EXILES

流放者

蔣林／著

序　寫作就是為了讓人生更有意義

斯蒂夫・約伯斯有句名言：「活著就是為了改變世界。」寫這篇文字的時候，這個為全世界帶來「美味蘋果」的巨人剛剛辭世，走完了短暫卻無比傳奇的人生。巨人的轟然倒塌，讓人感到無限悲傷。這裡，我模仿約伯斯的名言說一句：「寫作就是為了讓人生更有意義。」首先，這是我向這位將科技與藝術完美結合的天才致敬；其次，這也道出了我寫作的目的——為了讓人生更有意義，避免度過的歲月千瘡百孔，荒蕪殆盡。

無論承認與否，大家心知肚明的是，這不是一個屬於文學的時代。文學的邊緣化有目共睹、慘不忍睹。人們幾乎將全部精力用於掙錢和用錢，但遺憾的是，這錢基本上不是用來讀書，更不是用來買一部小說或者一部詩集。大家早已沒有閱讀的耐心和雅興，讀書成了擺在人們面前的一道「時代難題」。物質的慾望，完全佔據了我們的身心，擠壓掉了屬於精神的空間。

但是，無論承認與否，文學與孤獨是對孿生兄弟。文學創作是作家個人的思想激蕩和才情釋放，原本就應該與時代的喧囂保持一定的距離，儘量不要受到社會環境的干擾。化用一句廣為流傳的話：你看或者不看，我的書就在那裡，不亢不卑；你關注或者不關注，我的創作依然在繼續，不驕不躁。正是擁有這樣的觀念，這個浮躁的時代，才沒有給我的創作帶來影響。我始終堅信，每個人都有屬於自己的獨特的人生。於我來講，命中注定要與文學相伴，要將寫作進行到底，貫穿終身。因為我能感覺到，只有寫作才能讓我獲得寧靜，享受快樂，只有寫作才能讓我的人生更加豐滿，更有意義。

《流放者》是我的第二部中短篇小說集，四個中篇四個短篇，八篇小說寫盡人潮人海中那一顆顆流離失所的心。這是我多年觀察、傾聽和思考的結晶。行走是我的生活方式，就像寫作一樣。我常常穿梭於成都的大街小巷，一個人步履遲緩，眼神梭巡。在熙來攘往的人群裡，我看到了無數張表情各異的臉。這些表情或平靜，或呆滯，或笑顏逐開，或眉頭緊鎖。但是，當我傾聽到他們的心聲之後，我慢慢發現，這些表情的後面，其實隱藏著人物內心的蒼涼與憂傷，也潛藏著一個個攝人心魄的故事。這些故事在我的腦海裡生根發芽，長出了最後的小說。

創作十餘年，收穫百萬字。那些發表和出版的文字，不是我安睡的枕頭，而是我重新起步的基石。甚至，很多時候我早已忘記自己曾經寫下的文字。我像一頭沉默不語的老牛，十年如一日地在文學這片田園裡耕作。堅持不懈，永不放棄。或許，只有執著於創作的人，才能體會到這種樂趣和意義。

想起約伯斯，他的智慧、熱情、專注和堅持，無不感染著我。就算人生潮漲潮落，期間也因為各種原因離開過自己親手創辦的蘋果公司，但他始終對自己鍾愛的事業癡心不改。正是因為這樣，我們看到的這只「蘋果」才會如此醇香，才會如此讓人愛不釋手。文學創作同樣如此，才華是通行證，但是，進了這道門，未必就能擁有一番廣闊的世界，熱情、專注，始終如一地投入，持久地創作，才是我們堅守文學夢想的動力。孤獨與寂寞的背後，實則蘊藏著強大的力量。當這股力量噴薄而出之時，便是美妙文字誕生之時。

對於文學創作者，孤獨和寂寞是一種享受。在過往的無數個日日夜夜裡，我用一字一句修建一座座城堡，然後，我坐在一張老舊的椅子上，與城堡裡的人傾心而談。他們或男或女，或老或少，或成功或失敗，或得意或失意，或陽光或隱晦，或青春或滄桑，或激揚或迷惘，或歡笑或憂傷，或幸福或悲涼……我看著他們的表情，聽著他們的言語，內心頓時感到無比豐滿，因為我對他們充滿關懷。

文字，是我生命的延續；寫作，是我的宗教。

蔣林
二〇一一年十月，成都

【目次】

烏有之鄉

1

這是個沉悶的午後，灰褐色的天空顯得格外寂寞與空洞。我憂鬱地靠在陽臺上，手裡夾著一根菸，惴惴不安的情緒在血管裡湧動。那個念頭在我的腦子裡上躥下跳，彷彿隨時都會衝出來，飛向深遠的蒼穹。這個想法在腦海裡生根發芽很長時間了，但我一直沒有對外人說過。好幾次，我都差點對李馨脫口而出，可每當那些話跑向舌尖時，又被我強制性收了回去。

李馨是我的妻子，在市中心一個商場裡經營服裝生意。受金融海嘯影響，近來生意慘澹，瀕臨關門。我之所以遲遲沒有將盤踞在腦子裡的想法告訴李馨，是因為她聽後定會劈頭蓋臉地臭罵我一頓。我對她太瞭解了，從青梅竹馬到夫妻多年，她心裡想什麼我全明白。

天空越發陰霾，像一張巨大的抹布包圍住整個城市。一根菸抽完，我又點了一根。我一邊抽菸一邊踱向李馨，醞釀著與她交流的情緒。她正在看股票。最近半年，她很少到服裝店裡去，生意全由兩個營業員打理。不知道從什麼時候開始，李馨癡迷於股票，夢想著從那個虛擬的市場裡搖身變成百萬富翁。但是，如今的股市卻充滿了悲壯的氣氛。從各大媒體的報導看，股市早已哀鴻遍野。我不知道李馨虧了多少錢，她的事我很少管。在我的記憶中，這兩個月她都在積極抄底，試圖鹹魚翻身。我看著她捲曲的棕色頭發問，今天如何？她習慣性地搖晃著腦袋，默不作聲。我狠狠地吸了一口菸，吐了一個又濃又大的煙圈。

我是明知故問。我知道經濟大環境，也能夠看懂電腦上由紅、白、紫、粉等色彩交織而成的K線圖。我不過是找個話題跟她開始這次有著特殊意義的交流。我又抽了幾口菸，走到桌子上，向菸灰缸裡抖掉那截長長的菸柱。往回走時，我瞟了一眼目不轉睛地看著盤面的李馨，看到的是一個專注而又焦慮的背影。

我咳了一聲嗽，輕聲地對李馨說，給你說個事兒，說說我這個特別的想法。李馨的眼神緩緩地從股市裡掙脫開來，充滿期待地看著我。我也面帶笑容地看著她。她說，別只顧著笑，你到底想做什麼？我說，我想建一個農場。我看見李馨臉上的表情發生著複雜的變化。怪誕、荒唐、驚訝與惶惑在她的臉上風雲翻滾。然後，她瘋狂地笑了起來，聲音在屋子裡恣意飄蕩，震得天花板上有灰塵掉落。李馨笑岔了氣，她摔掉一直握在手中的滑鼠，捂著肚子差點栽倒在地上。

面對李馨的笑，我只有等待她慢慢停下來。我又抽了幾口菸，接著，走到桌子前，把菸頭掐滅在菸灰缸裡。在眼神與電腦螢幕接觸的一瞬間，我看見股市正處在瘋狂下跌的殘酷中。我不知道坐在沙發上等了多久，當李馨恢復正常時，她說，我就不明白，你那腦子裡怎麼藏著的全是些奇異的想法。她扭頭看了看我，接著她說，你想建一個農場？我的天啊，這是多麼詩意的想法，不愧為是一個作家。李馨口氣中帶著嘲諷、譏誚以及暗藏刺頭的不屑。

我看著她劈裡啪啦地用語言攻擊我，並沒有想與她爭辯。我慢條斯理地解釋自己的想法。我說，現在食品安全問題已經到了無法容忍的地步。說著，我扳著手指頭給李馨細數生活中的有毒食品。我說，番茄裡有蘇丹紅，牛奶和奶粉裡有三聚氰胺，雞蛋是人造的，火腿腸用農藥泡過，蔬菜與水果上都殘留著嚴重超標的農藥。我像個相聲演員一樣，倒豆子般地說了這麼多。

不過，食品安全問題只是我想做個城市自耕農的原因之一。促使我迫不及待地想過自給自足的生活的另外一種因素，是我對鄉村生活的嚮往。或者說，是兩種因素的同時衝擊，才使我的心情如此急切。我對都市生活早已厭倦了，心靈變成了乾涸的沙漠。我想在大都市裡過上鄉村那種恬淡與閒適的日子。不過，我並未將這些想法告訴李馨。

李馨看著我，又差點笑了出來，臉上的肌肉隱約抖動了幾下。她戲謔地問道，就這麼簡單嗎？我說是的。接著她把憋著的冷笑釋放了出來。李馨說，看來你改不了自己愛奇思怪想的毛病，城市中那麼多人都與我們吃著同樣的蔬菜、水果和食物，是不是所有人都像你這樣心驚膽戰？難道所有人都應該自耕自種？我親愛的大作家，你是否想過，假如都像你這樣，世界到底會變成什麼樣？

我回答不上來，只有用沉默來表示對抗。李馨趁機繼續猛攻我。她說，你想建農場，那麼，你準備建在哪裡？在這個偌大的都市裡，有適合你建農場的土地嗎？這裡不是你的家鄉，高樓大廈與柏油馬路消耗掉了廣袤、肥沃的土地。我繼續沉默著。李馨接著說，你這個人總是那麼不切合實際，就像你癡迷於文學一樣。在這個娛樂至上的時代，人們都忙於尋找消遣與刺激，你那些嚴肅的小說有誰讀呢？沒有讀者與沒有建農場的土地，都是橫在你面前的一條難以逾越的鴻溝。

李馨還在繼續她的說教，但我在聽到文學之後就中斷了記憶，全然不知後來她還說了些什麼。她說到了文學，觸及我心靈最柔軟與溫暖的地方。我知道李馨數十年如一日地反對我的文學創作，她認為我的作品沒有市場，就沒有再繼續寫下去的必要。有些話我一直都想對她說，但卻沒有開口。我明白李馨不會懂得我的內心世界。在李馨的觀念裡，世界是物質的。甚至，她可以把一切簡單地歸結為金錢，她認為所有人都在圍著利益打轉。她反對我寫作，就是因為我的文字不能換來鈔票。

不知不覺中，我又點燃菸抽了起來。頓時，屋子裡煙霧瀰漫。片刻後，我起身走開了。我打開房門，朝樓下走去。在三樓，我遇見了年邁的父母。這對進城已久的老人，一直都難以適應城市生活，彷彿只有通過行走才能深透地瞭解城市。於是，他們每天都要到大街上散步。在那些熟悉而又陌生的街道裡，我的爸爸媽媽就這樣走來走去。不知道他們是否弄清楚，腳下的土地與故土有著怎樣的區別。

這天，我也沉溺於行走，穿梭於大街小巷裡。只是，我不知道自己是否是沿著父母的足跡。李馨的提醒像一把鋒利的劍劃過我的心房，疼痛刺骨而持久。到底哪裡才有適合建造農場的地方，這個棘手的問題之前我卻沒有思考過。的確如李馨所說，我似乎真的是在空想。我走了一圈又一圈，依然沒有發現一塊空地。整個城市擁擠而喧囂，難以找到一片寧靜之地。我想著該向城外走，或許在某個地方能有意想不到的收穫。

時間的腳步永遠都比我走得快，天色慢慢暗了下來。黃昏裡淡薄的夕陽即將消失在天的盡頭。我抬頭望瞭望，憂傷如渾濁的空氣那樣包圍了我。我沿著城市以東的方向行走好幾個小時了，但我還沒有走出這片屬於物質的鋼筋叢林。我停下腳步，坐在路邊抽起菸來。這時，腦海裡浮現出了家鄉的場景。綠油油的稻田、風吹麥浪的清新，以及雞鴨歡唱牛羊嘶鳴的田園牧歌生活。這讓我在異鄉感到萬分沮喪。我發出了一連串的唉聲歎氣，坐在地上不知接下來該走向何方。

天說黑就黑了，天地間一片昏黃。城市的街燈冷漠而搖晃。我站了起來，但並沒有想要回家的意思。此刻手機響了，是媽媽打來的。我有些錯愕，因為媽媽很少給我打電話。在我不知所措時，電話已經開始響第二遍了。我忙不迭地接起電話。媽媽的情緒不太好，語氣也很生硬。她問，在哪裡？我半天回答不上來。這個被夜色籠罩的城市，讓我迷失了。我東張西望，環顧四周，依然沒有辨認出這是何地。媽媽又說，馬上回來。電話斷了，「嘟嘟嘟」的聲音富有強勁的節奏，敲得我耳朵生疼。

我跳上了一輛擁擠不堪的公車，忐忑不安地回家了。

2

我隱約感覺到即將迎來難以應付的局面，在開門時遲疑了很久，鑰匙插在鎖空裡半天都沒有轉動。我的大腦飛快地運轉著，以便理清思路。但是，腦子卻是越來越亂，彷彿有一群蜜蜂在裡面打架。

門突然開了，我看見了一個蒼老的身影。媽媽用生疏的眼神上下打量著我，她說回來啦？我點了點頭。爸爸正在看連續劇，最近他一直盯著《記憶之城》不放。我站在客廳裡，朝書房裡看了看，李馨在裡面，大概又在看股票方面的東西吧。爸爸看都沒有看我一眼，電視劇裡的男主角受傷了，他的精力集中在那個汩汩流血的傷口上。我覺得無趣，準備回臥室睡覺了。無端端的，我感覺異常疲倦。

我還沒有打開臥室房門，媽媽就跟了上來。她拉著我的衣角說，李馨說你又在胡思亂想了，是嗎？我搖頭。媽媽又說，李馨說你想建個農場，自己種蔬菜養家禽，是不是真的？我知道事情無法掩藏了，心裡嚴厲地責怪著李馨。媽媽把我推進臥室，然後隨手關了門。她語重心長地對我說，你這孩子，都三十歲了怎麼還不懂事呢？

我反問道，我怎麼不懂事了？

媽媽沒有回答我，她坐在梳粧檯前面的那個小凳子上，開始訴說著對我的不滿與擔憂。她說，我不懂文學，這些年你在幹什麼我也不清楚，但有一點，你必須為整個家庭著想。我不好反駁媽媽，只有瞅著鏡子裡的自己發呆。媽媽停頓了一下，歎了一口氣，接著她說，你的負擔不輕呀，所以你應該幹點掙錢的工作，爭取早日把房子的貸款還完，這麼老拖著一屁股債啥時才是個頭啊。她的口氣充滿了哀傷，似乎那筆數目不小的房貸我永遠也還不清了。我還是沒有說話，依然目不轉睛地瞅著那面佈滿灰塵的鏡子。媽媽沒有照顧我的情緒，繼續嘮叨著。

從鏡子裡面，我能夠清晰地看到媽媽頭上的白髮，以及臉上的皺紋。我的內心不再像剛才那樣平靜，波濤洶湧的情緒促使我想要對媽媽做一次真誠的剖白。媽媽，你不會明白，文學是我的精神家園，是我心靈的守護。或許，在你們看來，那不過是片荒蕪之地。但是，對於我來說，這是片豐饒的農場。在這並不寬敞的天地裡，我是一個富足而快樂的農場主。當我置身於這個農場裡，我能夠忘掉所有的憂傷、迷惘與彷徨。我心裡非常清楚，我不可能在其他任何地方獲得這樣的愉悅。

這些肺腑之言，我並沒有對媽媽說。這不過是一次內心獨白。我想，媽媽也未必願意聽。為了搪塞媽媽，我對她說，你出去吧，我想休息了，你放心，我知道自己該怎麼做。媽媽緩緩起身，默默朝外走去。在關門的時候，她發出了沉重的歎息。

夜很黑，屋子很靜。我的意識進入了一個朦朧的狀態。我躺在床上，整個身體快要散架了。我微微閉上眼睛，想要拒絕能夠進入視野的所有煩惱。但是，記憶此刻卻浮上了心頭。曾經走過的路，幻化成了一個又一個腳印向我踏來，堆積成了一場關於精神與物質的對抗。

我皺起眉頭，想要知道自己從何時開始沉迷於文學，並走上了這條艱苦的創作之路。遺憾的是，我已經想不起那個具體的時間點了。當我的思緒漫過所有的記憶時，內心裡泛起的是洶湧的寂寞與孤獨。我如一隻匍匐在黑暗之中的螞蟻，小心翼翼地邁著微小的步伐。

有一段時間，我做了一次違心的潛逃。在妻子的蠱惑之下，跟她在商場裡浪費掉了不少可貴的光陰。李馨讓我感受商場的氛圍，然後跟她一起做生意。李馨經商這幾年，確實賺了不少錢，算得上是個成功的商人。她信誓旦旦地對我說，憑你的智商，你會比我做得更出色。我拗不過她，便跟她去了。但是，我並沒有在商場上待多久。我厭倦那個烏煙瘴氣的環境。在那個世界裡，一切都顯得那樣敵對與勢利，金錢在這裡扮演著主宰者。物質散發出的氣息讓我時刻感到窒息，於是，我讓妻子失望了。我沒有成為她想像中那樣的成功商人。我很清楚自己內心的需要，我離不開那片文學農場。

這次逃跑之後，當我再次走回正軌時，自己並沒有感到愧疚。因為，這樣往返的行為，恰好證明我徹底地認識了自己。後來，我到了現在這家凋敝的雜誌社上班。因為雜誌社工作輕鬆，我有更充裕的時間，漫步在屬於自己的文學世界裡。

夜色越來越濃，閉著眼睛的我彷彿成了漂浮在大海上的一片枯葉。周圍有聲響，夜色加劇了流動。我知道是李馨來了。我儘量保持著同一種姿勢，把自己放置在一個自我營造的舒服的氛圍裡。不多久，我聽見了鼾聲。有時候，我很羨慕李馨，她總是很容易入睡。

我睜開眼睛，注視著白色的天花板。除了那盞孤獨的燈，天花板上空無一物。這種空闊讓我心情舒暢。我做了一個深呼吸，精神比先前好了些。我的眼神依然在天花板上遊弋，好像在尋找隱藏在上面的某個奧秘。突然之間，我恍惚感覺天花板發生了變化。它在向四周延展，空間越來越大，越來越空曠。

這讓我感到驚喜。我想起了家鄉一望無際的麥田，想起了寬闊遼遠的河面。我看見天花板上長滿了即將豐收的麥子，遊盪著歡快的魚兒，以及紅色鵝掌在清水中劃起波浪。接著，有更多的動植物出現在天花板上，一派生機勃勃的景象。一個閃念立刻跳了出來，為何不在樓頂上搭建一個簡易農場呢？

我住在平安大街幸福巷66號，這是一個老舊的小區。我家在這幢樓房的七樓，樓頂上有幾十平方米空置的面積。如果能夠合理改造，應該能夠達到我想要的目的。一個完好的農場即刻浮現在我的眼前，充滿了生活的氣象。這個靈感讓我忍不住地一陣狂喜，就差在漆黑的夜裡尖叫起來了。

甚至，我想立刻起床跑到樓頂，對未來的農場做一番精心的規劃。我轉身看了看李馨，不知道她能否感知我現在的驚喜。我真想喊醒她，對她說一說這個讓人瘋狂的發現。

這真是一個奇特的夜晚，我興奮得難以入眠。在漫漫長夜裡，我一直都在期盼天亮的那個時刻。我想，只要天邊放出一絲光亮，自己一定會衝到樓頂，去認真地看一看那片即將帶給我無限幸福與滿足的領地。

3

時間化身成了一個夜行的老人，步履蹣跚，跌跌撞撞。在我急切的情緒快要忍無可忍之時，天邊終於劃開了一個口子，一抹白光使城市的輪廓逐漸變得清晰起來。光亮讓我蠢蠢欲動，就像第一次出門遠行時的心情。我翻身下床，穿衣出門，整個動作連貫得像是經過嚴格訓練過似的。

我三步並著兩步跑，「噌噌噌」幾下就到了樓頂。推開那扇長年不開、鏽跡斑斑的鐵門，我進入了另一番天地。我住的房子不寬，不到八十平方米。但是，當我來到樓頂時，卻感覺到了廣闊的草原，恍然間有種望不到盡頭的錯覺。這個優閒的城市中，大部分人都還沒有起床，包括我的父母和妻子。城市的喧囂還沒有啟動，四周安靜得彷彿到了鄉村。早晨的空氣很清新、潔淨。在這個城市生活十幾年了，我還從未感到它是如此寧靜與楚楚動人。我張開雙臂，盡情地釋放著喜悅和激情，真想扯起嗓子大吼幾聲。

當欣喜逐漸平穩之後，我開始認真地審視這片寶貴的地方。

我住的房子是異型，幾十來個平方米的樓頂，被鋼筋混泥土分割成了幾個不規則的形狀。這無形中使面積看上去增大了。我在腦子裡迅速勾勒著未來農場的藍圖。進門的左手邊放一長排籠子用來養雞，大概七八個，一個籠子養四隻雞，總共可以養三十來隻。養雞至關重要，既可以吃雞肉，還可以吃雞蛋。順著左邊往裡走有五米長，這裡放兩個籠子，我準備用來養兔子。二十多年前，我在鄉下養過兔子。雖然兔子難養，但肉美好吃。再往前走，需要轉一個彎，向右拐九十度。這裡對應的是客廳，面積相對來說大一點。靠著這個圍牆，我要把這裡設計成一塊土地，用來種植蔬菜。這其實並不難，放上泥土之後，用磚圍好以防泥土流失就可以了。在我的構想之中，這裡可以種生薑、蒜苗、蔥子、蘿蔔、青菜、小白菜，以及香菜等等。這些是日常生活的重要作物。

我把目光拉遠一點，看到了兩間臥室對應的樓頂面積。這片空闊的地方到底用來做什麼，成了我遇到的一個幸福的難題。我想到了養豬，但是，我立刻又否定了這個想法。養豬可是個大工程，而且排泄的糞便多，不便於收拾。我站在樓頂，為如何利用這片空間而煩惱。這時候，天大亮了，能夠聽到街道上汽車賓士而過的馬達聲。我抬頭望著天空，有幾片快樂的雲在游動，如幾隻快樂的魚。我靈機一動，想到了養魚。於是，我當即決定做一個大的池子用來養魚。在城市中，除了豬肉之外，魚是人們最常吃的。在魚池的底部放些泥土，在養魚的同時還可以種植藕。這種可以做中藥的植物可謂大受青睞，也是李馨最喜歡吃的食物。

這是個幸福的早晨，在空曠的樓頂，我對著連綿起伏的樓群，發出了一聲聲會心的笑。我在內心裡默默地告訴自己，這是一個偉大的計畫。此刻，我覺得自己身處一片生機昂然之中。

當我回到屋內時，父母和李馨都起床了。他們用奇怪的眼神看著我，彷彿我是天外來客。或許，他們是第一次看見我如此早地起床吧。這些年來，我都是夜裡通宵寫作，白天睡大覺，一般都是午後才起床。我也看了看他們，但眼神明顯很謹慎，擔心他們通過眼神看穿了我的心思。

我轉身來到書房，坐在沙發上抽起菸來。煙霧在空氣中游來蕩去，像我漂浮不定的思緒。我思量著是否要把自己的發現告訴父母和李馨，儘管我知道他們會報以厭惡的神情。理智告訴我，要在樓頂上幹出如此驚天動地的事情，如果刻意去隱瞞，未免太愚蠢了。但是，明知道所有人都反對，再去與他們交流，實在也難為情。我不停地抽菸。可是，越來越濃的煙霧使我更加迷茫，而不是越來越清醒。這時候，倒是李馨來化解了我的困擾。

李馨在梳粧檯前忙完之後，九點半時準時來到了書房，打開電腦開始一天的炒股生活了。自從她愛上炒股之後，就成了這個書房的主人。股市飆漲的瘋狂和下跌的沮喪都在這間不大的屋子裡得到了淋漓盡致的表現。這個書房原本是我寫作的清淨之地，我所有的作品都在這裡完成。自從李馨鵲巢鳩佔之後，我就再也沒有寫出一個自己滿意的字來。即便是李馨不在書房裡，我也鮮有寫作的衝動與狀態。

我對李馨視而不見，依然抽著悶菸。李馨對煙特別敏感，進來後一直不停地咳嗽。半晌，她才喘過氣來。李馨挑釁地說，幹嘛抽悶菸呀，是不是沒有找到建造農場的場地？

我正愁不知如何向她說起，她到率先來勁了。這正中我的下懷。我故意怪聲怪氣地說，找不到，到處都是高樓大廈和水泥大道，哪裡還有土地啊。我原本不打算將昨天向城外行走去尋找場地的事告訴李馨，但是，此刻我卻來了興致，口若懸河地將之全盤托出。我掐滅菸頭，來到她身邊。我說，你不知道，我昨天找得好辛苦，步行十幾個小時，一直走到三環路外，也沒有找到一片空地。我搖著腦袋，指著雙腿說，現在交通太發達了，人們懶惰得十米遠的距離都得乘車，以至於我們的行走能力都倒退了，才走十幾個小時，現在腳底下都起血泡了。我還沒有說完，李馨就笑了起來。她說，你這人呀，我看不僅是倔強，而且還是個笨蛋。

李馨立即起身，想把我的傻行告訴兩位老人。但是，我的雙手及時地阻止了她。我說，你別著急，雖然昨天沒有找到地方，但是，這也並非說明我的理想就泡湯了。我看見李馨的臉慢慢平靜了，頓而出了另一番情形，烏雲密佈。半晌，她皺起眉頭說，你又有什麼鬼主意？我並沒有理會李馨的情緒，接著向她炫耀自己的新發現。我帶著神秘的微笑，用手指了指天花板。李馨的表情一片空白，我知道她不會想到樓頂，於是便對她說，樓頂上有一大片開闊地呢，稍加改造，你就可以看到一個簡易但卻完美的農場了。面積雖小，但也該是應有盡有。

李馨的情緒立即從冰點上升到沸點，可我依然沉醉在自己的表演中。我想把心中的設想完全說給她聽，但是，她卻揮舞著手臂，將那些我認為完美之極的計畫敲得支離破碎，我彷彿聽見了它們掉在地上的聲音。

父母聽見了李馨的咆哮，媽媽走了進來。她問，怎麼啦？我沈著臉，好半天才嘀咕道，沒什麼。她說，沒什麼還吵得快要掀翻屋頂了？我沉默不語。李馨趁機說道，無論怎麼吵也掀不翻，他都要在樓頂建農場了，我有那麼大的能耐再將屋頂掀翻嗎？我看見媽媽臉上的每一個皺紋裡都散發出責怪與無奈。

媽媽、李馨和我，都佇立在並不寬敞的書房裡。媽媽看著地板，李馨看著牆上的一幅卡夫卡畫像，而我的眼神在屋子裡四處遊弋，在尋找一個合適的落點。我們都最大限度地保持著沉默，而且誰也不願意打破這種尷尬的局面。氣氛異常沉悶，像夏天暴雨即將來臨之前的天氣。最終，我把目光投向了窗外，看著那個生意冷淡的地攤小販。

不知過了多久，媽媽的話把我的目光吸引了回來。她的語氣沉重而無可奈何。媽媽說，在大城市中，你這樣的行為，又有多少人理解呢？我接過媽媽的話，期盼著這是一次通暢的交流。我說，現在有毒食品太多了，我們吃飯就等於吃毒藥，我利用一下空間，養殖些東西自給自足有什麼不可以？媽媽歎了一口氣，然後朝客廳走去。她一邊走一邊說，還不如回鄉下種地呢，在這個人生地不熟的城市瞎折騰啥啊。

媽媽的話讓我陷入了深深的沉思，但思維卻如撞進了蜘蛛網一樣難以自拔。頓時，憂傷襲擊而來。每當思緒煩亂、惆悵不堪之時，我總是願意沉溺於尼古丁中。我下意識地把手伸進口袋裡，但掏出來的卻是一個空憋的菸盒。這給我提供了一個逃離的機會。我拔腿就跑，背後留下一陣凜冽的風。

我一口氣衝到樓下，在小區門口的雜貨店裡買了兩包菸。最近幾年，我的菸癮無緣無辜地大了，很多時候都是不停地抽。我點燃一根菸，在大街上漫無目的地走來走去。媽媽的話又在耳邊迴響。它如沉悶夜空裡的一道閃電，再一次激發了我內心的掙扎與彷徨。我對這個城市充滿了厭惡，但是，我曾經無數次捫心自問，我願意重新回到並扎根於封閉、貧瘠的鄉村嗎？我否定了自己。在我的腦海裡，鄉村就像一部空白的書，曾經豐富的內容被無情地抹去了。在無數個夢境裡，依稀可見的是雞鴨成群的歡快，以及在黃昏裡騎在牛背上吹著牧笛回家的情景。如今，我離不開這個車水馬龍的城市，儘管，它的喧囂讓我時刻都感到憂傷與迷惘。

這天，我就這樣帶著複雜的心緒在大街上奔走，從一條街再到另一條街。我忘記了時間的流逝，直到夜色悄然地投射到城市的上空時，才猛然覺得自己已經孤獨地行走一整天了。

4

又是一個失眠的夜晚，夜色如漫天飛舞的蒲公英。

我躺在床上，內心裡交織著淡淡的憂愁和微弱的溫暖。在決定建造農場之前的一段時間裡，我感覺自己掉入了一片荒原，找不到一個突圍的路口。創作陷入停滯狀態，身心無處安放。除了為那個不入流的雜誌採編希奇古怪的新聞，百無聊賴的我就只能望著天空發呆。我像個天真的小孩，試圖在茫茫蒼穹裡尋找奇蹟。東邊的天空與西邊的天空有什麼不同？此刻的天空與下一刻的天空有什麼區別？這些問題荒誕、可笑，但是，它卻幫我度過了一段難捱的時光。直到有一天，我萌生了建造農場的念頭，彷彿在漆黑的夜空裡覓得了閃亮的星星。它散發出微弱但卻令人心潮澎湃的光芒，指引我沿著一條寬闊、明亮的路走了出來，通向另一片廣闊的天地。

第二天是星期六，持續陰霾的天空出現了讓人驚喜的太陽。連續兩個夜晚失眠耗費了我太多精力，當太陽爬上天空鳥瞰這個疲憊的城市時，我還沉睡在床上。一個錯誤的電話把我驚醒了，對方是個口齒不清的女人。她像打機關槍一樣接連說了好多話，最後發現我並非是她傾訴的對方，嘎嘎地笑了幾聲後魯莽地掛斷了電話。我的睡意被她那令人毛骨悚然的笑聲趕跑了。

起床後，明媚的陽光激發了內心的衝動，促使我立即開始實施農場的建設。我像只掙脫籠子的白鴿，在自由的天空裡盡情地拍打著翅膀。我衝到樓梯，拿出筆記本，對整個農場的建設做了具體而周詳的安排。

我完全可以請幾個工作人員，只需把我的意圖告訴對方，過不了幾天，腦袋裡的藍圖就會變成現實。但是，我的心裡很清楚，自己必須事無巨細地親歷。經過深思熟慮之後，將來的農場到底是什麼樣子，早已在我的腦海裡定型了。我認真地在筆記本上記錄著該購置的設備，以及建造農場的各個步驟，細緻到每個籠子的大小。這時候，我化身成了一個工程師，對整個工程瞭若指掌。

按照我的計畫，我首先要採購石棉瓦、磚塊和水泥等材料，在樓頂上搭建一個棚子，目的是為了遮風避雨。這是建造農場的第一步。這並不難。在我家附近的那條街上，到處都是五金鋪子和各種裝飾部，我常常看到人們在那裡購買這些東西。

我找到了一間不大的五金鋪子，店主對我的到來感到費解，因為我對這方面一無所知。當他得知我要建造農場之後，更是對我的行為感到瞠目結舌。他吃驚地問，你要在自己家樓頂上建一個農場？我說是的。他又吃驚地問，你準備在上面做什麼？我說養雞、魚和兔子，以及種蔬菜。我一直板著面孔，表情異常嚴肅。對方憨厚地笑了笑說，估計小區裡的人不會同意你這樣做的。

我並沒有與那個五十歲左右的精瘦男人多說什麼，時間對於我來說，一直都是那樣緊俏。我給他說了樓頂的面積，以及一些簡單的設計策略，以便讓對方幫我計算到底需要多少材料。對方倒是個誠實而且熱心的人，他不厭其煩地幫我思考與計算，很快就拿出了方案，而且還能幫忙搞到只有在郊區才能買到的磚。我按照他的方案，與他完成了交易，並根據他的推薦，請了兩個搬運工，負責把這些東西抬到我家樓頂上。

很快，我就在原本凌亂、骯髒的樓頂上忙開了。我清理掉所有的隔熱板，然後再豎立柱子，以便能夠在柱子放石棉瓦。在城市中生活這麼多年了，身體變得越來越虛弱，還沒有勞作多長時間，我已是大汗淋漓。但是，我沉浸在勞作的快樂之中，無暇顧及體能的消耗。成都的深秋，幾乎都是大霧迷茫，很難見到透徹的陽光。可是，這天的天氣似乎是在為我的舉動唱著美妙的讚歌。從早晨到黃昏，太陽一直明豔而溫暖。經過一整天努力，幾根結實的柱子挺立在樓頂上，就差把石棉瓦蓋上去了。

在我忘情地勞作之時，我的父母和妻子都在冷眼旁觀。他們都與我生活幾十年了，知道局勢已經不可扭轉。於是，他們就像觀眾看電影或者舞臺劇一樣，眼睛骨碌碌地期待下一個情節，以及思忖著這出荒誕劇到底有著怎樣的結局。我沒有理會他們，我知道那樣將會節外生枝。現在，我最好就是埋頭做事。這樣的心境讓我感到異常愉悅。曾幾何時，只有在寫作時才能有這樣的心靈享受。

夜晚又不可避免地來臨了。但是，我卻沒有往日的慌亂與緊張。夜色變得那樣溫柔與華美，讓每一個人都能濾去白日的勞累，以安詳的心情享受夜晚的美好。儘管我連續第三個夜晚失眠，但我一點也不惱怒。睡意是被我的興奮趕跑的。

我來到書桌前，認真地看起書來。我翻開《新人生》，墨香讓我心曠神怡。我像一隻關在籠子裡餓極了的狼，瘋狂地撕扯著難得的美食。在那段迷失與彷徨的日子裡，我看了這本書的內容簡介以及很多評論。我深深地迷上了這部偉大的作品，奧爾罕•帕慕克對土耳其文化淪喪的深思讓我肅然起敬。這給我的創作帶來了很多啟迪，決定在日後的寫作中，要承擔起更多的思考與責任。這是一個作家應盡的義務。

這個夜晚，我的閱讀出奇地流暢。那些神秘的文字和情節，通過眼睛傳遞到我的腦海，然後像激情澎湃的波濤一樣翻滾。我忘記了夜的深沉，忽略了疲憊的催促。愉悅充斥全身，時間歡快地來到了凌晨三點。我看了看鐘錶上的三根指標，它們不知疲倦地運行著，以自己的方式告訴人們時間的真諦。我盡情地抽完一根菸後，躡手躡腳地溜到臥室睡了。

第二天，我中午才起床。天氣依然良好，溫暖的陽光毫不吝嗇地撫摸著人們。《新人生》帶來的閱讀享受還在心裡流淌，加上農場的建設正按照自己的計畫有條不紊地進行，整個人的心情非常舒暢。這個週末，我帶著前所未有的愉快，度過了一段難以忘懷的日子。我覺得，在我並不漫長的人生裡，這是最快樂的週末，勝過我結婚時的喜悅與激動。

我工作的雜誌社的老總是個四十開外的禿頂男人，他曾以詩歌叱吒風雲。但是，就在他風光無限之時，外界卻突然失去了他的消息。大概在兩三年裡，媒體上隨處可見關於他的猜測。他到底為何不再寫詩，以及他身在何處曾是人們津津樂道的談資。事實上，我也喜歡他的詩歌。但讓我意想不到的是，多年以後能夠在一間逼仄的辦公室裡見到他。如今，他是雜誌的負責人。他說他早已不再寫詩，但卻沒有解釋原因。當然，我也不好過問。當他得知我在潛心創作小說時，臉上綻放出了驚喜的笑容。為了給我提供更加寬鬆的創作條件，他允許我一周只上三天班。他說，星期一到星期三上班，其餘時間就安心寫作吧。

這是一個平常而又特殊的星期一，我帶著歡悅的心情來到了辦公室。人還未到辦公室，就先聽到了鼎沸的人聲。大家爭先恐後地發表著對食品安全的議論。最近一段時間，食品安全頻頻告急。從大家憤怒的聲音中，我聽到了人們對生活的惶急與無可奈何。

聽到同事們的議論與聲討，我覺得自己的行為充滿了智慧。這讓我有點沾沾自喜，於是便迫不及待地將建造農場的事情說了出來。但出乎我意料之外的是，我迎來了他們毫無顧及的嘲笑。他們認為我太瘋狂了，太極端了。他們說，你以為這是在鄉村嗎？不要忘了，這是一個國際化的大都市。我儘量保持著平和的心態，但也沒有放棄反駁。我說，大都市又怎麼啦？在大都市裡做個自耕農是件不可思議的事嗎？不過，沒有人再與我繼續討論下去，他們都保持著沉默。沉默著工作，然後又沉默著玩網路遊戲。

我也沉默著，漫無目標、搜腸刮肚地尋找那些充滿低級趣味的新聞。比如，一個男人做愛時陰莖燃燒起來了。或者，某位科學家發明了可以豐胸的乳罩。這些怪誕的新聞是這份雜誌的生命力。

很長時間以來，我對這樣的工作厭煩透了。但是，今天我卻異常平靜。我只想著儘快把工作完成，然後繼續建造我的農場。現在，我的心情比任何時候都急切。

5

時間比我的心情更急切，三天不知不覺就過去了。星期三的晚上，我又興奮得難以入眠。現在，失眠已經成了習慣。我坐在書桌前，一邊抽菸一邊讀書。那部讓我欲罷不能的《新人生》散發出奇特的魔力，時刻都在牽引著我。但是，我卻沒有看太久，夜裡十二點時，強迫自己上床睡了。我知道第二天還要繼續建造農場，這是一件更加重要與緊迫的任務。

天氣說變就變，冬天突然而至，顯得有些唐突與魯莽。早晨起床時，我才發現秋天已經離我而去，四處飄繞著冬季的氣息。天陰沉沉的，空氣裡藏著難以察覺的冰冷。按照計畫，我馬不停蹄地奔走在大街小巷裡，繼續購買建造農場需要的材料。這些事情雖然瑣碎，但卻沒有難度，很多資訊以前有所收集，只是需要自己親歷親為罷了。

我徑直朝那家被老闆冠以某裝飾工程部的店裡走去。春天的時候，我家陽臺的遮雨棚壞了，就是這裡的人為我製作更換的。我並不知道他們的水平如何，但我想按照設計製作鐵籠子不是什麼難事。

老闆娘是個五十歲左右的女人，她的眼力很好，大半年過去了還記得我。她說，遮雨棚又壞了嗎？我說不是。然後，我詳細地給她介紹我的需求，而且要求他們以最快的速度做完，並給我安裝好。她一直笑呵呵地聽著，不時地點頭。讓我覺得意外的是，她沒有對我的農場發表任何驚奇的言論，也不像其他人那樣用異樣的眼神看我。最終，我把所有的工程全部包給了她。接下來，我又到之前買磚的地方再次買了很多磚，它們是用來建造池子以及囤積土壤的圍牆的。

一番忙碌下來，已經是大半天了，身子骨有些酸軟。但是，我卻沒有絲毫的懶惰。回家之後，我就開始等待送貨人員的到來。坐在沙發上抽菸時，看見李馨的臉上難得地露出了笑容。自從我一意孤行地醉心於建造農場之後，我倆就沒有太多交流。可是，今天她卻主動與我搭訕起來。

李馨口若懸河地談起了股市。雖然全球性金融海嘯依然在瘋狂地肆虐，但是，救市的舉措也非常及時與強勁，所以股市開始回溫，穩中有了小幅攀升。李馨誇誇其談的是她在前一個交易日果斷買了一支牛票，連續兩天漲停，賺取百分之二十的利潤。在熊市中，這確實是了不起的操作。從她的表情看，她的眼裡似乎看到了大把飛舞的鈔票。我抽了幾口菸，為了不掃她的興，便敷衍了事地恭維了她幾聲。對於金錢，我還是那樣遲鈍。

下午的時候，我購買的東西陸續送來，只是那十幾個大鐵籠子還沒有到。我有些著急，按照之前留的電話，打過去諮詢了一下。對方告訴我，工作量比較大，估計要明天上午才能送來。於是，我又將等待的日子延長了一天。接下來，我便開始做魚池，以及囤積土壤的圍牆。黃昏時分，當整個城市被燈火照亮時，計畫中的工作順利地完成了。我看著那個又大又深的池子，心裡被勝利的喜悅填滿了。

晚上，我和李馨非常難得地共同坐在書房裡，她沉浸在股市上漲的喜悅中，我則為農場順利地建設而手舞足蹈。我突然變得不像原來那樣內斂與理智了，不斷地向李馨憧憬著屬於我們的未來生活，儘管她總是對我的精彩描述不屑一顧，甚至偶爾會爆發出嗤之以鼻的笑聲。我唾沫橫飛地說，要不了多久，我們全家就可以吃到純真的雞蛋了，純真的兔子肉了，純真的魚肉了，純真的生薑、大蒜、蔥子、白菜和香菜了。我特別強調純真二字，每一次都是語氣凝重。但她卻充耳不聞，繼續興致勃勃地談論著股市上的沉浮。我們好像都在對著空氣發表自以為精彩絕倫的演說。

這個夜晚，我繼續閱讀那部《新人生》。隨著閱讀的深入，我越來越感覺到作者的用意之深，在眩目的故事中，暗藏著他的良苦用心。作為一部小說，它蘊涵了作者太多深沉的思考，積極地調動了讀者的閱讀興趣。我感覺自己像是在追隨一位貌若天仙的女人，行走在變幻無常的時空裡。

我一直看到凌晨兩點半，放下書之後，又看起了足球賽。這個賽季我還沒有認真地看一場比賽。這是一場冠軍杯比賽，國際米蘭對帕納辛納科斯。我喜歡穆裡尼奧，他是個豪氣干雲的人。從英格蘭到義大利，我一直追隨著他。遺憾的是，這個夜晚他帶領的國際米蘭隊輸了。不過，這絲毫不影響我的心情。

第二天早上，我被一陣急促的電話聲吵醒。送鐵籠子的來了，那個氣喘吁吁的聲音說，他們已經到了樓上。我翻身下床，披件衣服就衝到了樓頂。我太滿意了，他們完全按照我的要求做出了合格的產品。我指揮他們把這些籠子靠著圍牆放好。看著那兩排籠子，我似乎看到了歡快歌唱的雞群，以及溫柔可愛的兔子。

陰霾了一天的天氣又轉好了，對於我美妙的心情，這無疑是錦上添花。我急切地投入到工作中去了。接下來該做的，就是尋找土壤。在大城市中，土壤非常稀缺。但是，也並非是無從尋找。幾天之前，我獨自在大街上徘徊的時候，驀然而至的靈感給我指明了方向。幾乎每一幢高樓大廈下面都有地下室，那麼，在修建地下室時，那些多餘的土壤就是我寶貴的資源。我立即聯繫了一個建築工地，他們倒是大方地答應了我的要求。於是，我找到幫我運磚的司機，到工地上拖了一車土回來。這些土壤，將會為我培育出不受污染的蔬菜。當我看著那些帶著芬芳的泥土時，感受到了生活的氣息和力量。

等一切完成之後，已經是下午兩點了。這時候，我才猛然記起，自己竟然忘了吃飯，早飯和中午飯都沒有吃。而且，此刻的我並沒有饑餓感。我一鼓作氣，將整個場地的清潔做了，並將剩餘的材料做了規整。我長長地出了一口氣，彷彿完成了一生中不可能完成的任務。

我滿足地站在樓頂，置身於自己一手創建的農場裡，幸福全身洋溢。我想給所有認識的人打個電話，我願意與他們分享這個激動人心的時刻。但是，我卻獨自站在那裡，默默地讓幸福在全身流淌。此刻，天地之間變得前所未有地遼闊。

農場建設的最後一步就是購買物種了，那些雞、魚和兔子，以及各種各樣的蔬菜，是這個農場正式建好的標誌。這將使我的喜悅達到高潮。我告訴自己，這個週末必須看到一個完整的農場。

在成都市東郊的三聖鄉，有很多農貿市場，在那裡可以買到我想要的所有東西。我以前來過這裡，在成都市禁止活牲畜進三環路之後，我去那裡點殺過幾次活雞。星期天的上午，我特地起了個早，急匆匆地趕往三聖鄉。坐在公車上，我的臉上露出了幸福的笑容。

大概一個小時後，我來到了這個並不陌生的農貿市場。我儘量裝得像一個老練的商販，穿梭於各個攤位面前，辨認著雞、兔子和魚苗。其實，我並不懂得它們的優良，只是走過場而已。在城市生活的這些年，我離這些生靈非常遙遠。我在市場上逗留了兩個多小時，最終選了三十隻小雞，十隻兔子，一百尾魚苗，以及生薑、蔥子、蒜、白菜苗、青菜苗、蘿蔔種子等等。我看著它們，心裡有種說不出的充實感，忍不住地悄悄笑了兩聲。

後來，我找了一輛小貨車，把這些收穫拉回到農場裡。司機是個肥胖但卻開朗的人，一路上與我快樂地聊著天。也不知道為什麼，話題就扯到了萬眾矚目的食品安全問題上。他看上去很激動，如果不是手握方向盤的話，估計他會手舞足蹈。他的氣憤與憂慮，就像是從我的腦子裡衝出來的一樣。

我突然想對胖子司機訴說自己購買這些東西的真實意圖，於是我說，你知道我買這些東西做什麼嗎？他眯著眼睛說，你直接說吧，現在的人哪有心思猜謎呀。我說，我在自己家樓頂上建了個簡易農場，我要做個自耕農，自給自足。他一直看著前方的眼神瞬間朝我臉上掃了一下，然後又調回去看著前方的路。接著，他說你這人有意思。我以為他會誇讚我幾句，沒想到卻說了這麼一句不鹹不淡的話，心裡有點失落。

這個普通而又特別的星期天下午，我精心籌建的農場正式落成了。在午後陽光的照射下，我看著雞、兔子和魚，以及那些禾苗，心裡的快樂像陽光一樣明亮。我坐在樓頂上，坐在浩瀚宇宙之下的這個小家園裡，多日來連續勞作帶來的疲乏消失得無影無蹤。我彷彿回到了童年時代，望著遙遠的天邊，設想著金光燦爛的未來。

我給農場起了個名字：蔣氏農場。

6

我按時走進辦公室，坐在那台老舊的電腦前，一如既往地編輯著稿子。可是，今天的我卻與往日不同。儘管我的表情依然冷峻，但內心裡那種快樂卻像熱情的火焰，一次次燃燒與升騰。很多次，我都想高聲對大家宣佈，那個被你們嘲笑的計畫完美地實施了，我現在是位真正的農場主了。不過，我害怕重蹈覆轍，羞於遭遇上次的情形，於是一次次將喜悅壓在心底。

面對那些庸俗的奇聞趣事，我沒有了以前的噁心。編輯稿件的同時，我在努力猜想著蔣氏農場裡的那些生靈，不知道它們現在是否也在想念著我這位農場主。我沉默地笑了，沒有讓任何人察覺。帶著這樣的心情，工作變得輕鬆，時間過得奇快，一晃就該下班了。下班後，我飛也似的往家趕，一個勁兒地往樓頂上衝。自從蔣氏農場建成之後，我回家後不是開門進屋而是直接衝進農場裡。我想第一時間去照看那些動物，澆灌那些植物。我好像覺得自己一直生活在鄉下，從少不更事的孩童到飽經世事的中年。

我過上了緊張而忙碌的生活，感覺自己時刻都在飛奔，像一隻永不停歇的蜜蜂。但是，我的心靈卻是從未有過的充實與愉悅。這激發了我的創作激情。

我已經很長時間沒有寫小說了，對於一個作家來說，這無疑是自戕。在過往的那段日子裡，物質就像一種無孔不入的病毒，我的精神領地遭到了猛烈的攻擊，已是滿目瘡痍。我的腳步慢慢地向物質靠攏，行走在物質與精神交界的邊緣地帶。這是李馨和我的父母所期望的，我看到了他們臉上的竊喜。我想掙脫這樣的束縛與羈絆，想回到屬於自己的天空裡自由地翱翔。但是，我靈魂裡的力量在不知不覺中減弱了。在我猛然驚醒的時刻，已然沒有了自救的能力。我痛苦地倒在一片沼澤中，任由死亡的氣息恣意地彌漫。

就在這個時候，空前的食品安全危機爆發了。一種危機化解了另一種危機。我這顆不安分的腦袋想到了自建農場，想搖身變成城市自耕農。如今，當我看著這片屬於自己的家園時，寫作的衝動又爆發了。我的身心被賦予了一種神秘的力量，時刻都想做一次深刻的表達。

於是，我開始寫這部對我來說至關重要的《烏有之鄉》。從靈感乍現到深入構思，以及後來像山泉那樣汩汩流出文字，我都明白它將是我生命中最重要的作品。甚至，我心裡偶爾也會生出悲哀來，惟恐這是我最後一部作品了。

《烏有之鄉》講述的是一個充滿理想主義色彩的故事，主人公蔣林是一個生活在喧囂都市裡的男人。我不想給他的年齡做具體的設置，但是，他來到這個城市生活已經十多年了。對於這個活色生香的大都市，蔣林非常熟悉，好像每一條街道每一條巷子都裝在他的腦海裡。有那麼一段時間，蔣林騎著自行車，穿梭於這個城市的體內，尋找能夠深刻認識它的基因。他知道，自己無法擺脫它，惟一能做的就是充分地認識它。遺憾的是，無論蔣林多麼努力，依然無法徹底瞭解他生活的這個城市。他整日像隻螞蟻一樣，漫無目標地穿梭在大街小巷裡，迷惘與憂傷佔據了他的身心。

也不知道這樣的生活狀態持續多少年了，七八年或許更久。在這個深秋的季節裡，蔣林突發其想，他要做一次徹底的、決絕的對抗，在這個城市中尋找一個能讓自己身心安適的地方。他的目標很明確，只要能夠找到這樣的一個地方，無論是在巷子的盡頭或者某個公園裡隱蔽的林蔭處，他都會心滿意足地收起那顆浮躁不安的心，繼續在物欲橫流中做一個行色匆匆的人。於是，蔣林抱著這個簡單的願望，踏上了特殊的征程。

這是個秋風蕭瑟的早晨，蔣林邁出了家門。他沿著家對面的大街往北走。這是他隨意選擇的方向，沒有經過任何思考。帶著那個重要的任務，蔣林刻意地放緩腳步，用心感悟，他害怕自己匆匆的腳步和急切的心情驚擾並嚇退了本要光臨自己的愜意與快樂。

風漸漸地大了，打在臉上有種粗礪的疼。剛走出二十米，一個小姑娘的手突然伸到蔣林胸前，嚇得他差點跳了起來。蔣林一看，原來是髮卡的，那只柔小的手上捏著兩張卡片，上面是飛機票打折資訊。蔣林不想要，這些資訊對他一無是處。但是，小姑娘執意要給他，她粗魯地將卡片塞進他手裡。蔣林心有餘悸地接過卡片，繼續朝前走去。幾米之外有一個垃圾桶，他隨手一揮，兩張卡片就成了垃圾。

今年的天氣比往年冷，深秋時感覺已到了冬季。街道兩旁的樹葉子已經凋落，光禿禿的景象顯得格外蕭索。大街上人流如織，人們縮著脖子茫然地遊來蕩去。一切都是那樣漫不經心。

慢慢地，蔣林來到了一個汽車站。剛到門口，一個身影從他身邊閃了過去。他還未搞清楚是怎麼回事，接著又有幾個人跟了上去，展開了一場殊死追逐。蔣林停下腳步，想探究一下事情的真相。他佇立在秋日的大街上，與眾多看熱鬧的人一起，在寒冷的風中觀看著這場不期而遇的追鬥。蔣林想起了常看的《動物世界》，動物之間的搏鬥正在人與人之間精彩地上演。幾分鐘後，這場圍攻結束了，那個瘦小的年輕人被團團圍住。

事情並不複雜，那個年輕人是個小偷，趁一位女士不注意時去偷她的皮包。正在他即將得手時，警覺的女士發現了他。於是，他掉頭便跑。雖然小偷沒有得逞，但是，那位受驚的女士依然大聲高呼：抓小偷啦！她在場的親屬便飛快地拔開雙腿，給蔣林和所有旁觀者生動地展示了一場圍獵。

蔣林鬆了一口氣，原來是件簡單之事。女士的包並沒有丟，那麼，所有的追逐就變成了一場遊戲。最多，他們會給小偷一些口頭警告以示教訓。但是，正在蔣林準備離開時，小偷卻悲慘地嚎叫起來。蔣林抬頭一看，大概有六七個人的拳腳正瘋狂地飛向小偷。無論小偷如何央求，眾人全然不聽，只顧猛烈地毆打。這時候，圍觀者裡又有人火上澆油。頓時，所有人都附和起來，商量好似的齊聲高喊：打得好，打得好。

後來，蔣林聽不到小偷的嚎叫與央求了，他甚至連自己的心跳也難以聽見。他孤獨地站在人群中，有種山洪奔流的錯覺。蔣林想奮力地衝出包圍，於是便飛奔而出，一口氣衝了二百米遠。

一鼓作氣地寫了這麼多，我欠起身子，伸了一個長長的懶腰。很久沒有寫作了，如今坐在電腦前，才幾個小時就感覺到全身充斥著疲憊。這在以前從未出現過。我點燃一根菸，踱步來到窗前。

打開窗戶後，一股冷空氣撲面而來，我情不自禁地渾身顫抖。

7

現在，創作和經營蔣氏農場是我心靈的兩種守護。只有從事這兩樣工作，我才不覺得浮躁、慌亂，我才能與充滿物欲的世界保持距離。冬天的腳步比我想像的要快很多，沒過幾天，樹葉差不多已經掉光了，只剩下一棵棵斑駁的樹幹，凋敝得讓人難受。《烏有之鄉》的創作，蔣氏農場裡那些歡快的雞、魚和兔子，以及那些茁壯成長的蔬菜，使我的腦子裡常常浮現出的是生機盎然的景象。現實世界是一片冬日蕭索，而我的精神世界裡，卻是春暖花開。

我的內心越是和諧，我與家人的關係就越緊張。這種情形就彷彿有兩根巨大的繩索，一頭拴在我的腳踝，一頭套在我的頭上，然後兩邊用力，一定要將我分裂似的。我儘量避免自己被撕裂，於是，我心平氣和地與父母和妻子交流，以期獲得他們的理解。但是，事情卻朝著相反的方向發展。我和他們的關係，正以難以想像的速度背道而馳。

儘管全世界都在極力搶救金融市場，股市也象徵性地進行了回暖，可是依然阻止不了金融危機對實體經濟的危害。李馨在股市上小有斬獲，但是，她所經營的服裝生意卻比冬日的氣溫還寒冷。我和李馨有相當長時間沒有認真地交流了，當我再次端詳她的臉龐時，發現她瘦了，清臒的臉上散發出憂傷的光。

我帶著玩笑的口氣問李馨，怎麼啦？股市不是漲了嗎？怎麼還綠著一張老臉？

這句話猶如一根導火線，引爆了積壓在李馨心底的怒火，她瘋狂地向我宣洩著心裡的鬱悶。她說，你什麼時候學會關心我啦？我還以為你從此就生活在自己的世界裡了呢。說著，她從沙發上站起來，雙手若有節奏地揮舞著。李馨借題發揮，她說，你看你這些年都幹了些什麼。從第一天寫小說開始，我就不支持你，但是，你卻倔著性子寫了下來。你看看自己那些讓人壓抑、鬱悶的文字，有多少人看呢？曲高和寡，這個道理你不懂嗎？這就算了吧，這麼多年的反對也沒有效果，就只好放任自流了。可是，你又搞起農場來。太荒唐了，簡直荒唐到不可理喻。好吧，你搞就搞吧，沒想到你把所有時間和精力都耗進去了。你每天都跟那些雞、兔子和魚，還有那些禾苗們打交道，還有時間關心我和這個家嗎？

李馨的語速快極了，我能夠感覺到空氣中飛舞的唾沫星子，以及她話語中的火藥味。這個夜晚，我沒有再跟她說一句話。我不過是關心一下自己的妻子，卻遭到了對方的炮轟。她帶著強烈的個人情緒，對我的人生和內心世界做著總結與猜測。我討厭這種擅自揣度。我默默地拿出菸，默默地抽著。

其實，我當時並不知道李馨的生意瀕臨倒閉。後來，媽媽才對我說起，李馨為此苦惱很久了。媽媽告訴我，李馨這段時間沒在家炒股了，她在極力挽救即將關門的生意。聽媽媽這麼一說，我才覺得事情到了非常嚴峻的地步。當我看著李馨疲倦的身影時，想與她談談，共同度過這場危機。但是，她卻沒有給我機會。李馨拒絕了我。事實上，我是想告訴她，寫作和農場，是我的精神需求，是我生命的必須。不過，我有責任、義務，也十分願意和她承擔所有的生活。

冬天的腳步真是太快了，清晨時能在蔣氏農場裡發現結冰的跡象，綠油油的蔬菜葉子也熬不過嚴寒的摧殘，沒有了往日的清新。我看了看日曆，現在快到最冷的時候了。我和李馨的關係，彷彿也走上了一條不可挽回的道路，不知道能否熬過這個冬季。我們開始頻繁地爭吵，往往是一次交流還沒有開始，就先交鋒了。這讓我陷入了深深的迷惘。畢竟，我愛這個家，我珍惜與妻子這段青梅竹馬的感情。

現實殘酷得讓人窒息，我在物質世界裡氣喘吁吁，舉步維艱。於是，我的精力自然而然地集中到讓我無比癡戀的寫作中。《烏有之鄉》時刻都在牽掛著我，我虛構的這個內心愁悶的人，如今似乎與我保持著血緣關係。我關心著蔣林的生命狀態。那個深秋的日子，他在混亂的車站看到了一場殘酷的表演。蔣林不明白，一個偷盜未遂的小偷，為什麼會遭受到圍攻。更讓他百思不得其解的是，是什麼讓那些圍觀者爆發出如此強烈的仇恨情緒。帶著淡淡的愁緒，他繼續朝前方走去。前方是一條深遠、逼仄的巷子，擁擠的車流和慌張的人們，讓這條巷子看上去非常混亂。

時間的指標表明現在已經是下午了，差幾分鐘到兩點半。蔣林並沒有吃午飯，這個胃口很大的男人今天卻沒有食慾。他默默地走在這個讓人身心空洞的城市。走完這條巷子，蔣林在十字路口朝左拐，進了另一條街。與前一條巷子沒什麼兩樣，一樣的車流，一樣的喧囂，只是四車道的路面更寬闊了。

蔣林正在用心地揣摩自己的內心，想感受自己此刻的情緒。這是一種複雜的心理體驗。但是，一聲沖天的尖銳剎車聲把他從沉思中拉了回來。他放眼望去，在寬闊的大街中央，一個被撞飛的女人還沒有落下來。血！蔣林看見一股鮮紅的液體噴灑而出，正從空中慢慢落下，像下著一場紅色的雨。他害怕血液，就算在吃火鍋時看見鴨血，也會噁心得胃部痙攣。蔣林皺著眉頭捂著胸口，一路狂奔而去。當他一口氣跑到五十米之外時，卻看見一個男人正對著路邊的萬年青撒尿。

目睹一場驚魂之後，蔣林帶著惶恐繼續向前走著。天還未黑，目的也沒有達到。那份與生俱來的執拗趨使著蔣林無法停下腳步，他像個機器人，不知疲倦地走著。時間很快就來到了下午五點，天空已經漏下了絲絲夜幕。一到秋天，這個城市的白天就特別短。蔣林最害怕夜晚，漫長黑夜裡的孤獨與寂寞會孳生出無盡的憂傷，讓他對生活感到絕望。這個夜晚是蔣林生命中最奇特的夜晚，他在努力尋找渴望已久的東西。他希望通過尋找來對抗那些孤獨、寂寞和憂傷。

一個濃妝豔抹的女人驀然跳到蔣林面前，打斷了他綿長的思緒。他呆楞地看著眼前這個不速之客，心裡納悶著對方到底有何貴幹。這時候，女人殷勤地說，帥哥，請進來娛樂一下。蔣林還是沒有明白，依然眼神呆滯。女人又說，你想怎麼玩就怎麼玩，保證讓你心滿意足。說著，女人的手伴隨著她的話就活動開來，一隻手在蔣林的褲襠處輕輕地一捏，另一隻手則把他往屋裡拽。此刻，蔣林才知道自己遇到了出賣肉體的小姐。他即刻爆發出一股強大的力量，掙脫眼前這個糾纏不休的女人，如一陣風似的跑開了。

8

我和李馨的關係走進了一條死胡同，再往前走，等待我們的將是碰得頭破血流的慘境。我們依然在進行著無休止的爭吵，在雙方的語言中，夾雜了許多人生攻擊的辭彙。在失去理智的情形下，我們成了對方眼裡最記恨的人，都認為是對方攪亂了自己美好的人生。在相互敵對的眼神裡，代替我們交流的是仇恨。如果我不告訴別人，我想沒有人會認為我和李馨是青梅竹馬、兩小無猜。夜深人靜的時候，我也會坐在天鵝絨般的夜色裡回望這半生情感。但是，我絞盡腦汁也想不明白，我和李馨的情感列車到底為何偏離了既有的軌跡。

我想我的人生真的陷入危機了，不然，爸爸媽媽也不會做出那樣大的改變。首先，爸爸不再沉迷於電視劇了，就算是他鍾愛的古裝武俠劇，也是心不在焉。電視螢幕上刀光劍影，殺聲震天，他卻在煙霧彌漫的客廳裡走來走去。在爸爸深邃的皺紋和渾濁的眼神中，我能夠看到他的失望和焦慮。可是，爸爸卻不與我交流。幾十年來，我們之間說的話屈指可數。

媽媽卻變得前所未有地囉嗦，她一見到我就不停地嘮叨。因為我忙於蔣氏農場和寫作，以前基本上難得與她說上幾句話。但是，自從我和李馨的關係破損到瀕臨離婚時，她總在我面前喋喋不休。在媽媽的眼裡，我是個恨鐵不成鋼的人。媽媽一個勁兒地規勸我，要懂得珍惜福分。在她的眼裡，李馨是個好女人，我們這段感情來之不易。媽媽用乾枯的手指敲著我的腦門說，幾十歲的人了，要幹點正事。你應該明白自己的身份，我還等著抱孫子呢。等了那麼多年了，難道你想讓我死不瞑目嗎？

父母也不再出去散步了，他們似乎特地呆在家裡等待我的轉變。但是，我並沒有回心轉意的跡象。我和李馨的感情彷彿已經不可逆轉。那段時間裡，全家人聽得最多的辭彙就是離婚。只要我和李馨一吵架，立即就把話題拉到離婚上，好像只要離婚，一切問題都解決了。

冬季突然變得冗長了，冰冷的空氣讓人縮手縮腳與優柔寡斷。父母在一個凜冽的上午離開了城市，帶著悵惘回到老家。在車站送別時，他們沒有與我做過多交流，只是象徵性地說教了幾句。但是，媽媽卻拉著李馨的手不放。看著他們難捨難分的情景，一股冰冷在我心裡流過。那一刻，我明白自己和父母之間的鴻溝已經大到無法逾越。

父母返鄉給了我沉重的一擊，我在煎熬中度過了一段難捱的日子。這段時間，我和李馨倒是出奇地消停了。只要不是原則性的問題，我們都保持著某種默契，懂得了互相謙讓。事實上，我們都不願意面對家庭的土崩瓦解。正如媽媽所言，我與李馨的感情來之不易，這年代青梅竹馬還能修成正果的是稀世珍寶。也許，李馨和我一樣，都認識到了這一點。

李馨的主要精力全部集中在生意上，她不想讓自己苦心經營的事業在金融海嘯中死亡。我再一次表示願為生意出謀劃策，但依然被她拒絕了。我看著她決然的表情，心中悵然若失。

我的身影又出現在蔣氏農場裡。儘管時值嚴冬，但農場裡卻是一片欣欣向榮。買回來時才拳頭般大小的雞，如今已經羽翼豐滿，時不時還能聽到它們的歌唱。經驗告訴我，母雞唱歌表明它快到生蛋的時候了。這讓我異常興奮，雙手暗自緊緊地握了握，為自己打氣。那些魚兒也漸漸長大了，再過一段時間，就可以吃新鮮的魚了。還有那些兔子，每當我看著它們，腦子裡就會浮現出山珍美味，口水也會瘋狂地漫溢。對於蔣氏農場，另一道風景就是那些鮮活生長的蔬菜。無論天氣多麼寒冷，每當我看著它們，就會有春意盎然的溫暖。

我的創作激情又一次澎湃起來，我要讓《烏有之鄉》這部奇特之作儘快完成。《烏有之鄉》寄予了我太多思想。我害怕自己的思維某一天被大街上刺耳的車聲震斷；我害怕奔湧的文思莫名其妙地枯竭；我擔心自己突然間就再也寫不出來一個字來了。

在那個深秋的夜晚，蔣林從一場荒誕中突圍而出。失望與傷感襲擊而來，使他又陷入了另一場心靈的包圍。蔣林站在十字路口，不知道該朝哪個方向走。閃念之中，他有了放棄的想法。自責與嘲諷在心裡慢慢泛起，他自問這次行動的意義。此時，他開始意識到自己的理想主義在喧囂、浮躁的城市中，顯得那樣格格不入。蔣林望著閃爍的霓虹燈，覺得自己是一隻掉入荒原的烏鴉，茫然而不知所措。

蔣林繼續朝前走去，他在迷失中隨便挑了個方向。走過一條聲色犬馬的大街，穿過一條促狹、幽暗的巷子，蔣林來到了一座立交橋下。那裡坐在幾個無所事事的人，他們東張西望，似乎在搜尋某個急於下手的目標。蔣林呆立片刻，轉身離去。

時間來到了晚上十點，蔣林不知道自己已走過多少條大街，穿過多少個巷子，當他來到一座公園時，才看到鐘錶上所顯示的時間。此刻，這個開放式公園燈光昏幽，一片死寂。蔣林的心裡驀然升起一絲希望，他想或許這正是自己費盡心思要尋覓的地方。帶著這個隱秘的念頭，他急步走了進去。

蔣林對這個公園並不陌生，以前曾來過幾回，但夜裡十點到訪卻是第一次。這讓他心裡充滿了好奇。公園很大，當中有個湖泊，陽光燦爛的日子，這裡總是聚集著打牌喝茶的人。蔣林沿著湖泊隨意地走著，湖面有冰冷的風吹拂過來。他打了幾個寒戰，單薄的背影在昏暗的燈光中搖搖晃晃。蔣林停了下來，坐在路邊的凳子上抽菸。煙霧在濃濃的夜色中被稀釋得難以看見，但通紅的菸頭卻散發出誘人的光亮。

在一根菸快要抽完時，蔣林看見湖泊對面有個小山坡，山坡上隱約有連綿起伏的樹林。在深秋的夜晚，那片樹林帶給人無限的遐想。遠遠望去，如一幅懸掛在夜色中的風景。蔣林不由自主地邁開了腳步，朝彼岸走去。

蔣林繞過一間咖啡屋，穿過一個有些凌亂、骯髒的運動廣場，踏過那段木板橋之後，便來到了山坡腳下。這不過是建造公園時特地留下的一個小土堆，再種植些四季常青的樹木，看上去便是城市中難得的一處人間仙境。蔣林做了一個深長的呼吸，帶著朝聖的心情朝山坡上走去。

不到五分鐘時間，蔣林就爬到了頂端。草地中間伸出來的這條彎曲的小路，還沒有讓他體味到漫步的快樂就到了盡頭。蔣林有些失落，順勢在路邊的椅子上坐了下來，手中又自然而然地燃起了菸。抽著菸，他把整個身體倚在了靠背上，閉目冥思。蔣林的思維下意識地活躍起來，他認為此刻到了認真思考自己這次行走的初衷了。無論如何，當時間宣佈這一天即將結束時，得為自己的行動做一次總結。

就在蔣林準備感受現在是否身心安適時，一個女人的呻吟打斷了他的思緒。他感到奇怪，甚至內心裡有一絲驚惶。蔣林一直以為此處只有自己一人，沒想到自己的所思所想竟在旁人的窺視之下，雞皮疙瘩迅速在身上遍地開花。呻吟越來越大，越來越激烈。蔣林的心裡立即升騰起一股惡臭，他對那對不知名的野鴛鴦充滿了仇恨。報復的情緒像一個調皮的小孩，指使著他進行反擊。蔣林咳嗽了幾聲，想用這樣的方式來干擾離他不足二十米的偷歡者。那對男女發現了蔣林這位不速之客，不過，面對那一連串咳嗽，他們不但沒有停下來，而是發出了更加撩人心魄的歡叫。蔣林無可奈何地站在子夜的漆黑裡，不知道自己接下來到底該怎麼辦。

9

就當我沉浸在創作的快感中時，現實中發生了太多變故。李馨的生意倒閉了。當她向我說起時，我看到了她眼裡的淚光。我從小說中全身而出，把身心拉回到讓人心慌意亂的現實世界。我試圖用語言去安慰李馨，我想這個時候她一定非常需要我。但是，我卻突然失語了，在小說中妙語連珠的我不知道該對自己的妻子說些什麼。好半天，我終於找到了隻言片語。可讓我錯愕的是，我張開嘴巴還沒來得及說出一個字，李馨就哇哇大哭起來。

李馨的哭聲如一場猝然而至的瓢潑大雨，讓人無法躲藏。更何況，我根本不能躲藏。我站在屋子裡，呆若木雞。不知過了多久，李馨的哭聲變成了淅淅瀝瀝的小雨，最終慢慢停了下來。我用憐愛的目光看著她，她長長的眼睫毛像是掛著雨滴的屋簷。我陷入了說還是不說的尷尬境地，並試圖希望這件事情就此慢慢過去。

事實證明，我的想法太簡單了。沉默了片刻，李馨就嘮叨起來了。她說你不知道我的心有多痛，苦心經營那麼多年了，我對這份事業有非常深厚的感情。李馨抽了抽鼻子，接著她說，我努力了，這段時間，我想盡了辦法。我就像一個病入膏肓的人，一直掙扎到最後，但是，最終還是倒下了。

我過上了一段終身難以忘卻的沉默日子，我和李馨都變得無所事事了。沒有生意可做的李馨幾乎所有時間都在看股票，可是，全世界都對經濟預期持悲觀態度，股市根本沒有太大的起色。而我，也迷惑於現實的困頓之中。我覺得自己是池子裡的一尾魚，無論怎麼游也逃不出池子的四壁。我左衝右撞，最終卻落得頭破血流、體無完膚。於是，我停了下來，躺在那裡用沉默來消磨這冗長的歲月。奇怪的是，這段時間裡，我和李馨的感情竟然在朝好的方向發展。

這期間，我聽到了外面的風聲。不知道從什麼時候開始，蔣氏農場已經名聲在外。那天下班回家，當我急匆匆地走在小區裡時，隱約中聽到背後有人在議論我。我下意識地停下了腳步，議論聲卻瞬間中斷了。背後被人指指撮撮就好像是在飯裡吃到了蒼蠅，毛骨悚然的感覺一下就流遍了全身。我迅疾跑開了，但在不遠的牆角處，又機靈地停下來躲在角落裡，想知道他們還會說些什麼。這是我有生之年最有心機的一刻。就是這個時候，我知道人們已經悄然地討論我和我的蔣氏農場了。

他是科學家嗎？莫非是在進行動植物研究。不是，聽說在一家雜誌社上班。雜誌社的人應該專心搞採訪和寫作啊，怎麼一天到晚忙著養牲畜種蔬菜，要種莊稼就回鄉下嘛，城市裡又沒有地，聽說他老家在農村呢。我猜想他是不是犯了神經病，那個人挺奇怪的，從來都是不苟言笑、獨來獨往，感覺他從未與院子裡的人說過話。哈哈哈，你他媽的才是神經病，不要在背後這樣擅自亂猜好不好？哈哈哈……

張狂的笑聲如衝擊波一樣向我撲來，恍惚中就像是發生了地震，牆體有沙石掉落的跡象。我怔了怔，如落敗的狗一樣逃開了。我不知道他們是否還在繼續討論我，到底還說了些什麼。上樓的時候，我納悶的是，到底是誰走漏了風聲。這個問題似旋風一樣盤旋在腦海裡，我驀然感到一陣眩暈。儘管我思前想後，但依然沒有找到答案。不過，當我打開門時，看到了一點蛛絲馬跡。

我發現了李馨眼神裡的異樣，但具體是什麼，自己也說不清楚。我忙不迭地問，是不是你對別人說了我的蔣氏農場？李馨說你懷疑我？我繼續問，到底是不是你？李馨說你真的懷疑我？我對這樣的糾纏厭惡極了。我沒有忍住在心裡滾湧已久的怒火，跳起來咆哮道，如果不是你對別人說，外面怎麼知道我在樓頂上搞了個農場？李馨被我的怒火震懾住了，她面帶怯懦，小心翼翼地說，我沒有對任何人說呀。我繼續咆哮，你為什麼要這樣做？突然，李馨一改先前軟弱的口氣，她針鋒相對地說，我真的沒有對任何人說過，誰願意提你那檔子事啊？

我找不出還有誰會向外界透露我的秘密，我相信已經回到鄉下的父母不可能這樣做。那麼，李馨就成了惟一的嫌疑人。不過，無論我以怎樣的口氣逼問她，她都沒有承認。而且，我的態度越堅決，李馨的還擊也同樣堅決。為此，我們爆發了激烈的爭吵。這段時間以來，我已經習慣了與李馨沉默相處，所以，突如其來的衝突讓人難以置信。或許，正因為這樣，爭吵的激烈程度也可謂前所未有。李馨終於找到了一個突破口，把生意關門的怨氣全部發洩到了我的身上。原本氣勢洶洶的我，最終卻被蹂躪與宰割了。

10

外面的風聲讓我變得警惕起來，當我置身於院子裡時，總感覺人們都在議論我，空氣中到處都是對我指指點點的手，以及那些嘲笑的眼神。我一直習慣於邊走邊思考，很多出奇不意的創意都來自於漫步之中。但是，現在我一到小區門口時，就不得不加快腳步，像個被監控的人，害怕別人的注目。有時候，我真想看看物業管理公司的監控錄影，想知道自己是怎樣一副狼狽的樣子。

這段時間，我的人生發生了很多沒有預想到的改變，心神不寧的我也就沒有了創作熱情。雖然《烏有之鄉》的故事脈絡非常清晰，而且它一次次在我的腦海裡浮現，就像是在催促我趕快動手寫似的，但是，我卻沒有繼續寫作的慾望。我的身影大部分時間都在蔣氏農場裡，我比任何時候都珍惜這片難得的家園。那些歡快的動物和茁壯生長的植物，如一張濾網，曾經無數次濾去了我心中的煩憂。不過，如今心裡的煩惱總如浮雲那樣揮之不去。

我和李馨經過一場暴風雨般的爭吵之後，又陷入了慣常的沉默。一天二十四小時，我們的世界裡總是一片死寂。以前，我沉迷於這樣的寂靜，因為這讓我的內心更平和。不過，現在我卻害怕了。在這令人恐怖的沉默中，我不知道下一次爆發在什麼時候。

形形色色的夢一直是我生命的一部分，而今，它卻變得更加豐富多彩與肆無忌憚。之前的夢境大部分都是追逐、殺戮、迷失、尋找，以及一些莫名其妙、險象環生的場景。但是，不知道從哪一天開始，蔣氏農場成了我夢境的主角。這樣的夢做了一個又一個，蔣氏農場以各種各樣扭曲、破碎的樣子出現在夢境裡。夢沒頭沒尾，彷彿是某個被定格的電影畫面，驀然地闖進我的夢裡。正在我悵惘地審視著那片狼藉的樓頂時，我就回到了現實，直挺挺地躺在床上。我多麼希望夢境能夠延長，讓我知道它的來龍去脈，但是，願望從來沒有實現。

日子就這樣不緊不慢地過著，李馨專注於股票，我除了上班以外，就是站在農場裡發呆。生活成了一潭死水，散發出使人委頓的氣息。我想起了父母，他們回去有一段時間了，不知道過得怎麼樣。我想給他們打個電話，但卻僅限於想一想，那串電話號碼一直沒有撥出去。我不知該如何向父母描述我的生活與心境。

更大的麻煩在我漫不經心的時候襲擊而來，它彷彿是夏日的驚雷，雖在意料之中，但卻難以承受。

那是個週末的上午，天空裡有燦爛的陽光，可氣溫卻很低。最近幾天，天氣預報發了寒冷預警，溫度也確實降低到了一年之中最冷的時節。頭天晚上，我把《新人生》讀完了，陪著主人公走完了一段奇特的人生。這部魔幻現實主義作品耗費了我太多閱讀精力，十行一回頭的閱讀方式也是頭一遭。每讀完一段，我都要倒回去複讀，仔細尋找作者文字背後的深遠意義。掩卷的那一刻，我長長地出了一口氣，半天沒有從作者描述的世界裡掙脫出來。抽了一根菸後，帶著充實、滿足和疲憊睡了。我似乎覺得這是我有生之年第一個沒有做夢的夜晚。第二天上午，一陣急促、猛烈的敲門聲把我從熟睡中驚醒。

我穿著睡衣跑去開門時，心裡還在瑟瑟地嘀咕著誰這麼不懂禮貌，有門鈴不按卻如此粗暴地擂門。當門閃開一條縫隙後，我便知道事情有些不妙了。那個陌生而又熟悉的面孔在我腦子裡迅速翻轉，幾秒鐘時間，我便為它找到了準確的身份。她是居委會主任，不久前，我躲在牆角處聽到了她對我的嘲諷。在她的口中，我是個十足的怪人，或許還是個神經病。我記不清當時自己是什麼表情，只是感覺腦子裡亂成一團。居委會主任對我說，有人向我們舉報投訴，說你在樓頂上私自養家禽，弄得烏煙瘴氣。不僅污染了我們賴以生存的環境，還給大家帶來了安全隱患。希望你能照顧大家的感受，把你的農場拆除了。她停了停，又鄭重其事地補充說道，我們要共同愛護人類的美好家園。

那個滿臉疤痕的女人盛氣凌人地說完就走了，我對她的腔調十分厭惡。我發瘋似的把沉重的防盜門關上，發出的聲響把李馨吵醒了。她頂著一頭亂髮跑到客廳來，詢問我到底在搞什麼。我說，這麼好的天氣，卻被一個瘋子給攪亂了心情。她驚呼起來，真的以為那些在大街小巷亂竄的瘋子來敲了我們家的門。李馨衝到門前，把惺忪的睡眼放在貓眼處，沉默著看了老半天，然後又沉默著回到臥室睡覺去了。現在，李馨跟我一樣晝伏夜出，一般都是中午才起床。

我再也沒有繼續沉睡的心情了，儘管自己的雙眼皮依然很疲憊。我瑟縮地穿好衣服，坐在客廳裡抽起菸來。透過冬日的陽光，我看見煙圈裡藏著無限的煩惱與愁緒。突如其來的變故攪亂了我欣賞冬日暖陽的心境，沮喪佔據了我的心靈。一根菸抽完之後，我的手又伸進了菸盒，但這一次我什麼也沒有抓著。手指頭懸在空蕩蕩的盒子裡，不知該做些什麼。半晌，我把菸盒揉成一團丟進垃圾桶裡。然後，我下樓買菸去了。可是，這包菸卻沒有買回來。

走到二樓時，我透過樓梯處的洞孔看見院子裡站滿了人，大概有幾十個。最中間的那位，就是剛才對我訓話的居委會主任。此刻，她正在激情地對大家宣講環境衛生與健康。她對大家說，那些家禽就像一顆炸彈，說不一定哪一天就會爆炸，爆發出威脅大家生命的禽流感。她開始手舞足蹈起來，她說，難道你們忘記了嗎？前兩年禽流感是多麼恐怖啊。正是因為這場前所未有的疫情，本市才規定三環路之內不能進活家禽和牲口。可是，現在竟然有人堂而皇之地在樓頂上搞了個農場，你們說該不該拆除啊？

大家一呼百應，群情激昂地要求拆除我的蔣氏農場。我看著這個場景，腦子裡不斷閃現某些電影畫面。在真實生活中，這還是我第一次親眼看見這麼真切的場面，而且他們針對的目標就是我自己。我蹲了下來，用空洞的眼神望著這一切。神情恍然的我，彷彿身處另一個世界。這時候，樓梯間有腳步聲傳來。我沒有回頭看到底是誰，我沒有了這樣的力氣。

我轉身往回走，買菸的事情早已拋到九霄雲外。此刻，我又聽到居委員主任的聲音。她說，何況，他還獨霸了我們的空間。樓頂屬於大家，他憑什麼一個人占著？我們一定好好維護自己的權益。又是一陣熱火朝天的附和。我提著沉重的步子上樓，每走一步心裡都會發出「咚」的一聲悶響，感覺心臟快要掉在地上了。

11

李馨還在睡覺，她並不知道我的世界發生了天翻地覆的變化。我垂頭喪氣地坐在沙發上，沒有菸抽的憂傷日子竟然是如此難以度過。太陽越來越大，可我感覺屋子卻越發冰冷。我站起來，在客廳和書房之間走來走去，像隻六神無主的麻雀。焦灼、慌亂以及對未來的無法預料，讓我感到異常空虛。

半晌，我又重新回到沙發上，讓身體儘量處於鬆弛的狀態。身子骨的反應告訴我，自己的疲憊快到極限了。躺在沙發上，我的思緒又胡亂飄飛起來。從當初忽然而至的念頭，到向親人和朋友說起時遭受的冷眼，再到辛苦建設蔣氏農場，以及最終置身於農場裡的快樂日子，它們如電影片段那樣緩緩地在腦子裡流淌。我無比懷念那段身心安適的日子，但是，從今以後也只剩下懷念了。

我的思路漸漸清晰起來，躁動的情緒也慢慢平復，心中明白蔣氏農場存在的時間不多了。說不一定，明天或者今天下午，就會有人強制性要求我拆除。剛才看到樓下那些激動的人群，我就知道了結局。這樣的心緒讓我感到異常寒冷，斜躺在沙發上瑟瑟發抖。

李馨起來了，我看了看牆上的鐘錶，指針剛好停留在十二點的位置上。她問你怎麼啦？我沒有回答。她又問你這是怎麼啦？我依然沒有回答。她著急起來，繞過茶几來到我身邊，扯起嗓子眼大聲地問道，你到底在幹什麼？我猛然地從沙發上彈起來，用生平最大的聲音朝李馨吼道，他們要拆除我的農場，我辛苦建立起來的家園就要毀滅了，就要完蛋啦！

我的歇斯底里把李馨震懾住了，她從未見過我如此憤怒過。她平靜地坐了下來，溫柔地挨著我，半天沒有說一句話。不知道過了多久，當我抬頭看著她時，發現她的臉上隱約洋溢著勝利的竊喜。我並未因為她的表情而感到厭惡，對於蔣氏農場，李馨從頭到尾都是反對的，如今要拆除，她理所應當高興才是。而且，我也明白了她不可能是告密者，我們畢竟是夫妻一場。我想，這件事情原本就沒有告密者。

儘管我已經預料到了事情的結局，但進展的速度還是讓我驚奇。中午時分，我來到蔣氏農場，無比留戀地漫步其中。就在這時，我聽到樓梯裡有人走動的聲響。從凌亂、嘈雜的腳步聲中，我知道不少於十人。果然，就在我的猜測剛剛結束時，那扇虛掩的鐵門就打開了。門「咣」的一聲砸在牆壁上，鐵銹在空氣中肆意地飄蕩。瞬間，一行數十人魚貫而入，闖入了蔣氏農場。我看著陌生的人群，腦子裡一片空白。我不由自主地後退了幾步，身體倚在牆角裡。

我不知道他們到底是什麼人，但明白他們來的目的就是處理我的蔣氏農場。對我說話的那個人比我還瘦弱，從他的口氣看，應該是這隊人馬的領導。他問，你姓蔣？我說是的。他又問，這個農場是你建的？我說是的。他說，那好，因為你是違章建築，而且飼養家禽給人們帶來了健康隱患，所以你必須拆除。我沒說什麼，眼神落在雞籠子裡。所有的雞都看著這群陌生的闖入者，只有其中一隻看著我。雞的眼神與我的如出一轍，閃爍著無限的迷惘。我的意識模糊了，在朦朧之中，我聽見了他們離開的腳步聲。那個看似領導的人最後離開，出門後他又回頭朝我吼了一句，一個星期之內，你必須拆除，否則後果自負。

太陽突然鑽進了雲層，氣溫陡然降了下來。我的身體有些僵硬，順勢席地而坐，寒冷順著脊椎往上爬，朝腦門衝去。我情不自禁地打了一連串寒顫。當身體重新有絲溫暖時，我看見李馨正在門口看著我。恍惚之中，她的神情與我媽媽的一模一樣。片刻後，李馨朝我走來。她伸出白皙的手，使勁地拽我。她說，起來啊。說完，她更用力地往上拽。後來，我像個迷路的小孩，跟在李馨的身後，回到了客廳。李馨突然變得溫柔起來，她給我泡好茶，挨著我坐在沙發上，把她的小手放進我冰涼的手裡，一股暖意傳遞到我的心窩裡。時光彷彿回到了很多年前，那時候我們都處於荳蔻年華。

一個星期，這個殘酷的時間概念不斷地在我的腦子裡閃現。我對李馨說，他們只給了我七天。她點了點頭，沒有說話，但眼神裡卻充滿了無助的關懷。不過，微弱的光芒難以照亮我灰色的世界。我向單位請了病假，推掉了幾個作家朋友的聚會，並關掉手機切斷與外界的所有聯繫，把全部精力和思緒都放在蔣氏農場裡，進行著一場別具意義的祭奠。

十二月了，偶爾溫暖兩天的氣溫又降低了，早晨起床後，蔣氏農場裡隨處可見厚厚的冰渣子。我已經有好多年沒有見過冰霜了，在城市的柏油水泥路上，一切都是灰色的。我想，從今以後很難再看見讓人又愛又恨的冰渣子了。

我戀戀不捨地在蔣氏農場裡徘徊，從東走到西，從南來到北，用細微的腳步銘記著這段美好的歲月。但是，晨昏的交替無時不在告訴我，蔣氏農場即將消失了。看著這些自己親手建造的物件，看著曾經帶給我安慰與快樂的生靈，我有說不完的話。我想告訴它們，我並非真的要靠它們生活，蔣氏農場的存在，不過是我對抗的一種方式罷了；我的內心被憂傷與惆悵堵塞；我的精神世界裡充斥著矛盾與憂鬱。但是，我卻沒有說出口。這些話如一股神秘的氣流，在我的體內循環了一圈後，又被深深地埋藏在心底了。我能做的，只是長長地歎息。

12

時間緊迫得讓人受不了，無形中有股力量在敦促我。我開始拆除蔣氏農場。這是一場毀滅。動手之前，我懦弱地站在門前，猶豫著不知從哪裡下手。李馨想幫我，但我拒絕了她。我決絕地說，不允許你動這裡的任何一樣東西。她看了看我，自討沒趣地站在旁邊，乾涸的眼神一會兒看著我，一會兒又看著頭頂上灰色的石棉瓦。

我給之前運磚的那個司機打了電話，讓他幫我把雞、兔子和魚運到三聖鄉的農貿市場。對於我的舉動，李馨很是不解。她問我，你幹嘛要賣掉它們？我沒有理她，掛掉電話之後就忙開了，對方說半個小時後就到，我得提前收拾。李馨自言自語地說，你費盡心思地自建農場，目的就是自給自足，雖然不能長期堅持下去，但短期目的也算達到了，可你為什麼又不吃自己養殖的這些雞、兔子和魚了呢？我還是沒有回答她。李馨不會懂得我的，以前是這樣，現在是這樣，將來的情況也不會有絲毫改變。在我們之間，有一堵無形之牆。我們各自站在牆的兩邊，能夠看到對方，但卻無法真正融入一體。半個小時後，就在司機走進蔣氏農場時，我全部收拾妥當。

這次去三聖鄉的心情與上次完全不一樣，上次帶著無限的希望，這次卻是絕望充斥全身。一路上，那個看上去木訥的司機對我不停地嘮叨經濟危機。他口若懸河，聽起來有些道理。但令我沒有想到的是，他的口氣會如此失望。我本想安慰他幾句，但終究是有口難言。時間的腳步彷彿變快了，沒過多久就到了上次買東西的這個農貿市場。

我小心謹慎地尋找著買主，不想把它們隨便丟給別人。這些餵養已久的生靈，與我有著特殊的感情。我希望它們有個好的歸宿。但是，我也明白這是不能苛求之事。帶著這樣矛盾的心情，我反而更容易地完成了交易。我沒看清對方是個什麼樣的人，也不知道自己到底拿了多少錢。總之，我極不情願地接過對方的鈔票，灰溜溜地逃走了。

我迫不及待地趕回了家，想用最短的時間把蔣氏農場拆完，儘量不留痕跡。當我重新走進那片曾經讓我迷醉的天地時，狼藉之象已然可見。酸楚立刻在心裡泛起，眼淚在眼眶裡肆無忌憚地打轉，但終究沒有掉下來。不知道從什麼時候開始，我學會了不再落淚。

接下來的半天時間，我一鼓作氣徹底把蔣氏農場解決了。首先，我把蔬菜拔光了，送給我常去買菸的那位老大爺了。對方身上洋溢的熱情讓我感動，每次把菸給我時，都要不厭其煩地勸戒我少抽菸，儘量不抽菸。然後，我聯繫了幾個工人，把樓頂上的磚塊、泥土以及廢棄物全部搬走。最後，頭頂上的石棉瓦也被清空。李馨異想天開地對我說，不要拆石棉瓦，夏天時正好在這裡納涼、喝茶。幾個工人都用期待的眼神看著我，我瞟了李馨一眼，然後轉身一揮手臂，劈裡啪啦的聲音就傳開了。

要毀滅一樣東西，真是太容易了。當初建造蔣氏農場時，耗費了我太多心思與精力。但是，這次拆除時，幾乎是眨眼之間一切都消失了。冬日的暮色總是這樣憂傷，打在我的臉上有股難以言表的寒冷。我站在完全暴露在蒼穹下的樓頂，恍然如夢。我點燃一根菸，在樓頂上彳亍、徘徊。當眼神無意間看到忘記拆掉的「蔣氏農場」這塊牌子時，感到陌生與錯愕。我默默地看著它，竟然想不起這裡怎麼會生出這樣一個招牌來。我抬起頭來，想要在茫茫夜裡尋找答案。但是，我的眼神卻沒有伸到深邃的天空，而是被一片飄蕩的雞毛抓住了。雞毛在半空中飄來飄去，卻始終沒有離開我的視線。它就像是在我面前做著某種表演，牽引得我的眼睛在冬日的夜晚跟隨著它的飄蕩晃來晃去。

這是個特殊的夜晚，我和李馨都失眠了，躺在床上像兩條沉默的蚯蚓。屋子裡一片死寂，冬季的冷空氣在我們之間流淌。我猜李馨有很多話要對我說，整個夜晚她都有表達的慾望。但是，直到現在她都沒有說過隻言片語。過了片刻，我感覺有一隻手在自己的身體上摩挲。輕輕地，溫柔地，從手臂到胸膛，然後沿著腹部向大腿滑去。李馨的手由冰涼變得溫暖起來。最終，那隻火燙的手移到了我的敏感部位，我感受到了她的溫暖與力量。我的身體彷彿添加了某種神秘的發酵劑，瞬間就膨脹起來。進而，我全身立即變得無比滾燙，細密的汗水在額頭悄悄地冒出來。我迅猛地翻身，把一團慾望之火投向了李馨。這兩塊寒冰，即刻在大火之中融化了。我們已經很長時間沒有做過愛了。這個夜晚，我們一次又一次地燃燒。

13

我過上了庸懶、空虛的生活，行屍走肉般遊弋在這個霧茫茫的城市中。工作時就按時上班準時下班，不工作時就待在家裡，靠著陽臺抽菸、發呆，到樓下悶悶不樂地散步。我愛上了行走，與我的父母一樣。但是，我並沒有明確的目標，也不留戀這個城市的細節；我甚至覺得腳底沒有落在地上，而是飄在空中。

突然有一天，我覺得自己走進了那部《新人生》，主人公的血液彷彿流進了我的身體。經過這段奇特的日子之後，我從一種迷惘與空虛，走進了另一種迷惘與空虛。新的迷惘與空虛讓我更加不知所措。那些漫步街頭的日子，我不只一次地想要回到先前的生活，回到曾經的迷惘與空虛中。但是，我回不去了。我就像被一種發射裝置送進了另一個星球，生活在陌生的環境裡，呼吸著與身體相互排斥的氣體。我隱約感覺到，自己隨時都可能窒息而亡。

《烏有之鄉》被我擱置了，我不知道該怎樣才能將它寫完。那些精美的構思依然躺在我的腦子裡，但是，我卻沒有提筆繼續寫作的衝動。百無聊賴的日子裡，我只得將小說的結尾在心裡默默地重覆。

冬季快要熬到盡頭了，空氣中的凜冽慢慢減弱。我的生活狀態依然委頓，沒有好轉的跡象。我還是一如既往地在大街小巷裡轉悠，像隻心思散漫的螞蟻。李馨在股市裡沒有太多收穫，也沒有尋思著繼續做生意。但是她變了，驀然間以另一個形象出現在我面前。李馨對我表現出了前所未有的關切，熱情得有些失真。很多時候，我都懷疑眼前的女人是否是自己的妻子。李馨對我說，你該好好寫小說了。我詫異地看著她，不知道該說些什麼。李馨繼續說，我想看到你以前那種醉心於創作的樣子，很迷人。

春天終於來了，明亮的陽光讓人心曠神怡。按照計畫，我準備在春季裡重拾《烏有之鄉》的寫作。但是，當我整理思緒欲重新接上作品的命脈時，奇怪的事情卻發生了。《烏有之鄉》後面的構思讓已完成的部分完全失去了意義，失去了存在的必要。當我坐到電腦前準備將構思轉化為文字時，前面所寫的內容就自動化為烏有了。我看著那些文字，就像在審視一張白紙似的。這讓我陷入了深深的矛盾與憂傷。接下來的一段時間，我始終在尋求解決之道，但無奈找不出一條妙計。

時間的腳步在春季裡變得無比輕盈，兩個月轉瞬即逝。《烏有之鄉》的寫作依然如泥沼一樣困擾著我，讓人難以自拔。慢慢地，《烏有之鄉》這部作品在我腦子裡變得模糊起來。我不僅記不清前面所寫的內容，就是曾經清晰地銘刻在腦海裡的關於結尾的構思，也逐漸斑駁起來。我似乎患上了健忘症，而且越是記得牢固的東西，遺忘得越乾淨。後來，我徹底遺忘了《烏有之鄉》，甚至自己什麼時候把它從電腦上刪除了也記不起來。如今，在我的意識中，《烏有之鄉》從未存在過。三月的一天，李馨對我說，《烏有之鄉》寫完了嗎？我茫然地看著她，腦子裡浮現出的是一團蠕動的霧靄。

回家

1

蕭恩出門前心情很忐忑，他像隻神情焦慮的老鼠，在屋子裡慌亂地上竄下跳。儘管他早已做了決定，但真的要將想法付諸行動時，他還是很緊張。下樓後，蕭恩又停下來想了想，是否真的要去。此刻，內心裡那種不可名狀的衝動，再一次撞擊著他的腦門。這使蕭恩最終戰勝了種種顧慮，按照事先的計畫開始了這次蓄謀已久的聚會。

三個小時後，蕭恩踉蹌著走出了酒店。三個小時之前，他不可能想到此刻的結局。一路過去，蕭恩的身後飄蕩著令人作嘔的酒氣。蕭恩平時滴酒不沾，當然這與他的職業有關。一個醉醺醺的司機就彷彿是個炸藥包，危機時刻存在。可是，今天晚上蕭恩卻視酒如命，一上桌子就自個兒猛灌，沒幾下就懵了。而關於此次聚會的目的，他卻隻字未提。事實上，無論蕭恩喝了多少酒，而他內心的苦悶以及今晚該做的事都沒有忘記。只是，蕭恩實在無法將那些窩囊的事與荒唐的想法說出來，他只希望喝酒可以解決一切，儘管他心裡明白這是徒勞無功的。最終，蕭恩把自己喝得像根軟綿綿的布條，浪蕩著離開了包廂。

蕭恩眼神迷離地朝車庫走去，他要去開那輛快要散架的奧托車。從酒店門口到車庫不過幾十米距離，可對蕭恩來說，這就是一段漫長的馬拉松比賽。他幾次差點栽倒在地。由於腿軟氣短，蕭恩途中與一個紅頭髮女人撞了個滿懷，結果招來了一通狂罵。蕭恩知道她在罵自己，但卻一點也不生氣，臉上反而浮現出輕佻的笑容，然後機械地「嘿嘿」了幾聲。

車庫黑暗如墓地，而那些款型不同價值不等的汽車，就彷彿是一堆堆黃土壘成的墳墓。蕭恩坐在促狹的奧托車裡，莫名其妙地感到毛骨悚然。這時，今晚聚會的目的隨著酒嗝又再一次浮上心頭。蕭恩「啪啪」地拍著腦門。他開始後悔自己沒有把心裡的話說給大家聽，使自己的計畫成為了泡影。接著，蕭恩的思緒又飄到了家裡，落在那張寬大的床上。他在想，那個可惡的男人是否又佔據了自己的位置？

半年前，蕭恩不經意間發現床上有菸灰的痕跡，而他已經戒菸三年了。當時，在床邊呆了半個小時，蕭恩才將滿腔怒火壓了下去。然後，他迅速將菸灰徹底抹去，沒留絲毫痕跡。蕭恩不斷地告訴自己，這是假象，不過是自己眼花而形成的幻影。蕭恩一遍又一遍地叮囑自己，就算妻子再瞧不起他，也還不至於背著自己幹這種勾當。可是，就在蕭恩快要真的相信那是假象時，事情的本質卻無情地被撕開了。

那天，蕭恩拉著一個剛剛做了人流手術的打工妹回鄉下老家。因為路途遙遠，蕭恩給妻子打了電話，說晚上就不連夜趕回來了。可是，當天蕭恩的眼皮總是不停地跳，用手按都按不住，而且心裡彷彿有一個聲音在催促他回家，一定要回家。這使得他心神不寧。最終，蕭恩發動了汽車。事情的本質，就在這個春天的夜晚昭然若揭了。蕭恩看見一個陌生而醜陋的男人，雙手貪婪地放在妻子的乳房上。他們睡得很沉，直到蕭恩把燈打開後，才恍然地醒來。尷尬、荒誕，以及可怕的沉默頓時瀰漫了整個房間。這三個關係複雜的人以這樣一種方式見面，確實是一件啼笑皆非的事。

那天蕭恩冷靜得像個旁人，雕塑般站在床前一動不動，以至於那個陌生而醜陋的男人抱頭鼠竄也不知道。他妻子的話雖然使他擺脫了木訥與呆怔，卻又陷入了不知所措的境地。她說，你回來幹嘛？你不是說今晚不回家嗎？蕭恩一言不發，他緩慢地來到床前，在剛才還被別人霸佔的位置上坐了坐。無法言說的委屈與憤怒充斥著全身，蕭恩明顯感覺到血液在沸騰，胸腔在燃燒。他已經盡力控制了，但他還是一個箭步衝向了妻子，迅猛地扇了她兩個耳光。

戰爭一觸即發。

蕭恩和他的女人，徹底攪亂了那個美好的春夜。他們先是抱成一團，瘋狂地撕打了半個小時，直到雙方都腰酸腿疼筋疲力盡。接著又進入了激烈而漫長的唇槍舌劍。他們都恨不得用唾沫星子將對方淹死。蕭恩罵妻子不要臉，是個騷貨，是個蕩婦。而他的女人則攻擊蕭恩最軟弱的地方，說他是鄉巴佬，說他無能，是個窩囊廢。經過幾番較量之後，話題在不經意間扯到了離婚。這時，蕭恩的女人像發情的獅子一樣吼了起來。她說，離婚吧，房子是我的，家裡什麼都是我的，開著你那輛破奧托滾回農村去吧。她的聲音如轟隆的驚雷，而蕭恩蹲在角落裡，彷彿一隻受到驚嚇的螞蟻，他恨不得找一個縫隙鑽進去。蕭恩沒有想到，結婚這麼多年了，妻子依然把自己當成為了獲得城市生活而跟她結婚的農村窮小子。這種寄人籬下的感覺使他感到無比自卑與羞恥。

蕭恩和他的女人開始了冷戰。他不想離婚，因為離婚會讓家庭支離破碎。完整，這是蕭恩對家最基本也是最嚴格的要求，因為他從小就生活在一個破碎的家庭裡。五歲的時候，父親就跟著一個走江湖賣草藥的女人走了。從那以後，蕭恩的腦海裡，母親孤苦伶仃的身影始終揮之不去，即便是她已經去世很多年了。蕭恩害怕兒子像當年的自己那樣，不能擁有一個完整的家庭，害怕兒子也遭受到自己曾經遭受過的嘲笑與淩辱。所以，他不會輕易離婚。

但是，冷戰卻使蕭恩進入了一種生不如死的生活。他發現妻子放肆得近乎當自己不存在，如果他一晚不回家，第二天就能在家裡發現其他男人的痕跡。而當他謝絕夜晚的生意，像隻機警的烏鴉一樣守在家裡時，妻子卻又夜不歸家。而且一出門就關掉手機，彷彿她被黑夜吞噬了一樣，找不到一點音信。每當她神色疲倦滿身菸味地回來時，蕭恩明知故問，你是不是跟那個男人在外面鬼混？可她卻一本正經地說，她在跟朋友打麻將。

在萬般無奈之下，蕭恩想出了一個魯莽與無知的方案，他想請幾個哥們幫忙。蕭恩想把這件事情徹底解決了。徹底，他在內心裡無數次重覆著這兩個字。但是，他卻在關鍵時刻臨陣退縮，只是一個勁兒地喝酒，直到把自己喝得接近死亡狀態。

2

酒精使蕭恩感到體內寒流湧動，醉眼朦朧的他坐在車裡瑟瑟發抖。半晌，他掏出鑰匙，想發動汽車回家。他負氣地認為，自己一個人也可以把這件事情辦妥，而且同樣會把事情徹底解決了。可蕭恩卻像個盲人，老半天也沒有把鑰匙插好。這輛平時輕鬆駕馭的車，此刻彷彿是一頭倔強的驢子，怎麼也不聽使喚。費了好大的勁，蕭恩才讓汽車動了起來。

夏日的街頭飄蕩著令人躁動不安的因數，蕭恩暈乎乎地駕駛著車子衝進了茫茫夜色裡。這個炎熱的夏日之夜，人們似乎都一窩蜂地湧到了街頭。蕭恩覺得已經找不到屬於自己的空間了，但他卻把車開得輕飄飄的。他只覺得周圍的車子像蒼蠅一樣從窗外飛了過去。唰唰唰，汽車輪胎與地面磨擦的聲音讓人感到不安。很快，他來到了十字路口。

這個路口蕭恩很熟悉，以前在這裡和一輛公車發生過事故。當天他接到電話，說家裡發生了火災，於是便急匆匆地往家趕，不料卻與一輛野蠻的公車撞在了一起。事故耽擱了蕭恩近一個小時，等他回家時，火勢雖已撲滅，但廚房已是面目全非。蕭恩覺得今晚的紅綠燈時間特別長，他木呆呆地盯著前方，眼珠子都酸得快要掉了。蕭恩酒氣衝天地告訴自己，那個骯髒可惡的人，肯定已經佔據了自己的位置。氣憤之餘，他的雙手在方向盤上狠狠地拍了拍。刺耳的喇叭聲使這個躁熱的夜晚變得更加無法忍受了。

汽車又開始在夜色裡穿行了。蕭恩加大了油門，他想快點趕回家。車子真的飄起來了。可是，蕭恩在下一個十字路口時，不知道該怎麼走了。他的眼睛無法分辨方向了，四周的景象全都是一樣的。幾十層的高樓，上面懸掛著巨幅海報，海報上的美女裸露著大腿，擺出讓人無限遐想的姿勢。蕭恩感覺自己陷入了迷宮。已經是綠燈了，蕭恩卻一動不動。後面是一片不耐煩的喇叭聲。蕭恩硬著頭皮向前方駛去。在不知路在何方時，往前走也許是一種相對妥善的選擇。

不知過了多少個路口，蕭恩也還沒有把方向搞清楚。他總是希望在下一個路口時能夠找到回家的路，可是，他一次次失望了。無論是哪個路口，蕭恩都覺得四周的景象是相同的，往哪裡走都一樣。更麻煩的是，酒精的威力這時好像才完全發揮出來，蕭恩不僅感覺頭更加痛了，而且胃裡有一股酸水在強勁地往外竄。蕭恩咬牙切齒地忍受頭痛和壓制酸水，感覺像個垂死掙扎的病人。

當他再一次在某個十字路口停下時，蕭恩猛然發現自己又回到了第一個十字路口。他又看見了那個裸露著大腿的美女。此刻，他覺得那個誘人的姿勢是如此噁心。因為蕭恩把那個裸露著大腿的美女與自己的妻子聯繫在一起了。恍惚間，他看見那是妻子在裸露著大腿。而且，蕭恩還覺得妻子的姿勢越來越下流，越來越不堪入目。蕭恩垂頭喪氣地望著那幅海報，惡狠狠地罵了一句，媽的逼，老子就往前衝，衝到哪裡算哪裡。

蕭恩駕駛的汽車風一樣向前面沖去，他的身體變得輕盈起來。他感覺自己彷彿坐在一個飄忽的氣球上，在空中恣意地飄蕩。逐漸地，身邊的燈光暗淡了，人流與車流也慢慢稀少了。事實上，蕭恩的汽車正在向郊區駛去，而他也離家越來越遠。但是，他並沒有減速的意思，踩油門的腳沒有絲毫鬆動。開車這麼多年了，蕭恩從沒有過這種癲狂的狀態。不知過了多久，他在一堆廢墟前停了下來。蕭恩踉蹌著下了車，一屁股坐在地上。一股酸臭味立即包圍了他，耳邊似乎還有蒼蠅在飛舞。蕭恩下意識地皺了皺眉頭，但他並沒有起身離開。他看了看周圍，並在努力地辨別這到底是哪裡。可是，他並沒有在大腦中找到與之相關的記憶。蕭恩恍惚中覺得自己從未來過這個地方。在刺鼻的酸臭味的混合下，夜晚變得更加黑暗與猙獰了。

蕭恩站了起來，從口袋裡摸了支菸，也許他認為抽菸可以讓自己清醒一點。剛抽了一口，他就劇烈地咳嗽起來。無法控制的咳嗽使這個夜色更加讓人感到厭惡。蕭恩嘴裡叼著菸，在附近四處遊盪。這時的蕭恩更像是香港鬼片裡的遊魂。他想去看看有沒有路標，或者任何一種讓自己心情舒暢的事物。大概走了三十米，蕭恩看到了一個牌子，但他看不清楚上面的字。他摸出打火機。在跳躍的火光的照耀下，蕭恩表情慌亂地望著路牌。無論費多大勁，蕭恩也沒把路牌上那一長串字認完，他只看清楚前面是「洪河」二字。他又叼著菸回到了原地，靠在奧托車上瘋狂地抽著菸。慢慢地，酒精在夜晚的焦灼中逐漸散去。蕭恩的意識慢慢清醒起來。

一包菸快要抽完時，蕭恩掏出了手機。他想打個電話。蕭恩覺得自己彷彿置身於另外一個星球，他想聽一聽人的聲音。打給誰呢？他的腦子裡一片空白。蕭恩在這個城市裡沒有幾個朋友，而且凌晨時分也沒多少人願意接到如此唐突的電話。想了很久，他想到了黃蕊。雖然他們有段時間沒有聯繫了，但是，蕭恩一直記著這個女人的電話號碼。

黃蕊在電話裡讓蕭恩原地不動，她馬上就過來。這並非是蕭恩的意思。蕭恩只想找個人說說話，但他也沒有反對黃蕊的決定。放下電話，蕭恩又點了支菸。這時，酒精也似乎隨著煙霧徹底飄走了。蕭恩覺得自己已經完全擺脫了醉酒的狀態。

清醒之後的蕭恩在路邊的一塊石頭上坐了下來。夜更加漆黑了，偶爾能聽見幾聲蟲鳴。這種情景把蕭恩帶到了久遠的記憶裡。

在很多年前的某個夜晚，蕭恩也是這樣一個人坐在漆黑裡。只不過，當年的夜晚更令人恐怖與膽寒。那年蕭恩還不到十歲，父親已經出走快五年了。當天，母親外出背沙子掙錢去了。在沒有父親的日子裡，蕭恩的母親一直肩負著掙錢的重任。人們常常可以在一群男人的身影中看到這個女人，她與他們一樣幹著力氣活。以前母親天未全黑時就回來了，但這天都晚上九點了還不見她的影子。蕭恩開始害怕了。她害怕母親出事，更害怕夜晚的恐怖。深深的夜色和偶爾的蟲鳴，都化成了他從故事中聽到的魔鬼，在他的周圍盤旋。儘管蕭恩雙眼緊閉，但卻依然感覺有很恐怖的東西在向他襲來。那個夜晚，母親回來之前，蕭恩始終蹲在院子的牆角裡瑟瑟發抖，蜷縮成一團的他看上去更像只病入膏肓的狗。但是，蕭恩並沒有哭泣，一點淚都沒流。他只是在想，假如父親在的話，他就不會經歷這個殘酷的夜晚了。

多年前蕭恩沒有流淚，但是，多年以後的今天晚上，他卻淚流滿面。

3

記憶是綿長的，黃蕊來到蕭恩面前時，他還沒有從記憶中掙脫出來。蕭恩上一次見到黃蕊已是三個月之前了，他依然是載她去一個男人那裡。在蕭恩的記憶裡，他每次都是載黃蕊去男人那裡。他從未見過她要去見的男人，也不知每次是否都是同一個男人。有時候，在等黃蕊的時候，他也在想，那到底是個什麼樣的男人？能讓黃蕊每次都自己送上門。後來黃蕊用一種近乎哭泣的腔調告訴了蕭恩，對方不過是個掙了幾個臭錢的包工頭，而她卻需要那些臭錢。黃蕊說假如有錢的話，母親就不會不治而亡了。黃蕊的母親當年得的並非是不治之症，但是她的父親卻把錢全部交給了情人，以至於母親乾癟地躺在床上慢慢地死去。母親的慘境讓黃蕊對金錢產生了一種病態的渴求，以至於後來她願意用肉體去換取。

黃蕊的到來讓蕭恩吃驚不小，他沒想到她會如此迅速。這說明黃蕊是真的在乎蕭恩。她像個慈祥的母親一樣，溫柔地撫摸著蕭恩的頭問，怎麼啦？你怎麼到這麼偏僻的地方來了？蕭恩看不清黃蕊的臉，他只知道面前聳立了一個黑影。但他能感覺到溫暖。在這個特別的夜晚，他太需要溫暖了。短暫的拘謹之後，蕭恩緊緊地抱住了黃蕊。沒有哀歎，沒有哭泣，他只是緊緊地抱住她。

這個夜晚接下來的很長一段時間裡，蕭恩坐在這堆陌生的廢墟前，給黃蕊講了他今天晚上想要辦而半途而廢的事。

蕭恩的口氣漫不經心，有些發抖。他對黃蕊說，我的難處你是知道的，我不想讓這個家庭破碎，我不想讓兒子沒有父親，也不想讓兒子沒有母親。但是，就是這個簡單的想法，卻是如此艱難。我已經忍無可忍了。我就差點跪地求饒了。

蕭恩把妻子這段時間的所作所為全部講給黃蕊聽了。他以前從不跟黃蕊說自己的家庭。蕭恩和黃蕊維繫著一種奇特的關係，即便是他們同床共枕時，蕭恩也與黃蕊保持著特殊的距離。蕭恩點了一支菸，狠狠地吸了兩口，然後他說，我不能天天守著她，腿是長在她身上的。我能做的是，把那個狗日的野男人幹掉。蕭恩重重地重覆了一句「幹掉」。說完後，他們都陷入了沉默。

沉默是可怕的，蕭恩的菸火似乎隨時都會引爆這沉默。半晌，正在黃蕊想打破沉默時，蕭恩卻又幽幽地說了起來。他說，我知道，凡是我不在時，他們就會在我的臥室裡幹那骯髒、醜陋的勾當。我故意說我今天晚上要外出一趟，拉一個客人回老家。實際上，我早已約了一幫朋友，我想叫他們幫我收拾那個野男人，不打死他也要讓他終身殘廢，讓他永遠無法往女人身上爬。蕭恩頓了頓，把聲音壓得低得不能再低了。他說，可是我最終沒這樣做。我無法讓這件事公之於眾。我害怕兒子知道真相。我無法忘記小時候遭到的凌辱。那時候，同學們都嘲笑我，說我母親為了掙錢養活我，不惜與周圍的男人睡覺。他們肆無忌憚地笑著說，你看，那些與你媽一起幹活的男人，都搞過你媽。最後，蕭恩一字一句地說，我不想讓兒子重覆我的命運。

說著話，蕭恩雙手不停地捶打著腦袋。沉悶的響聲在午夜時分顯得特別沮喪與悲涼。

黃蕊費了好大勁才把蕭恩的手制止了。她就像個勇猛的擒拿高手，死死地把蕭恩的雙手摁在一起，讓他動彈不得。她從未像現在這樣，把所有的力氣都發揮出來了。黃蕊不忍心看著蕭恩這樣折磨自己。她早就知道蕭恩的處境，而且也規勸過他，讓他離婚算了，沒什麼大不了的。她曾經信誓旦旦地對蕭恩說，如果你願意，我會好好照顧你的兒子，我會比他親媽更愛他。但是，蕭恩毫無餘地地制止了她的想法。黃蕊問你是不是瞧不起我？蕭恩說不是。黃蕊問那是什麼？蕭恩說我也不知道。蕭恩真的不知道。其實從他們簡短、粗略的相處來看，是很相配的。至少，他們都願意相互推心置腹。蕭恩知道這種推心置腹是難能可貴的。可是，他就是不能接受黃蕊的愛。

蕭恩的情緒慢慢平復了，就像這淡淡的夜色。大半個小時後，他說我送你回去吧。黃蕊說我送你吧，先把你送回家了，我再搭計程車回去。兩人就誰送誰回家開始了爭執。他們倆認識這麼久了，從來還沒發生過爭執。蕭恩內心真實的想法是，他先把黃蕊送回去，自己一個人找個地方靜一靜。今天，他不想回家。可是，蕭恩最終拗不過黃蕊。蕭恩在黃蕊的陪伴下，踏上了回家之路。

凌晨的城市很恬靜。蕭恩的奧托車似乎穿行在一幅令人產生無限遐想的畫中。他時不時地側頭看看身邊的黃蕊，他開始覺得她原來是如此神秘與遙遠。蕭恩覺得男人與女人之間有了肌膚之親後，相互之間就比較瞭解了。可是，他卻一直不瞭解黃蕊，就好像他從未真正瞭解自己的妻子一樣。他曾經對黃蕊說過，他們之間只是一夜露水情緣，是沒有結果的。可黃蕊卻不聽，她說蕭恩讓他感到寧靜，她覺得他就是自己的歸宿。接著她又說，如果真如蕭恩所說，他們之間不過是露水情緣，她願意等待那個殘忍的結局。也許正是這句話，讓蕭恩覺得黃蕊是遙遠的。

今天晚上，當蕭恩再次打量坐在身邊的這個漂泊的女人時，感慨良多。他情不自禁地想起了第一次認識黃蕊時的情景。那是個寒冷的冬夜，黃蕊上了蕭恩停靠在路邊的奧托車。但是，上車之後她並沒有說去哪裡，而是問蕭恩，我該不該回家？蕭恩當時覺得好笑極了，這也是個值得考慮的問題嗎？但蕭恩沒有這樣回答黃蕊，當時他很隨意地說，這個我可不知道，那是你自己的事。黃蕊說，你不知道？那我給你說吧。沒有徵求蕭恩的意見，黃蕊就口若懸河起來。這個平時說話慢騰騰的女人，這時卻像放鞭炮一樣對一個陌生的男人訴說著心中的苦惱。

原來，黃蕊那個粗魯野蠻的父親在老家給她找了門親事，硬逼著她回家結婚。對方是個四十多歲的男人，而黃蕊的父親看上了對方那筆數額不小的彩禮。黃蕊告訴父親，她不會回去的，要想獲得彩禮，讓他自己嫁給那個老男人算了。但是，父親卻在電話裡說，如果她不回去結婚，再過段時間就回去給他收屍。父親最後這句話使黃蕊左右為難。雖然她憎恨父親，但他畢竟是自己的親生父親。黃蕊知道父親的驢脾氣，她還真怕他幹出什麼不可挽回的事。放下電話以後，黃蕊來到路邊，上了蕭恩的車。黃蕊原本是想坐蕭恩的車回家的，但是，當晚她最終沒有回家。她喋喋不休地對蕭恩說了一個通宵。那個夜晚，蕭恩就一直安靜地聽黃蕊嘮叨，直到天際放亮。

4

其實，蕭恩回家的路很近。他住在平安大街幸福巷66號，沿著這條剛剛建好的大道往回開二十分鐘，然後左拐直下，過兩個紅綠燈口子就到家了。但是，迷失的蕭恩卻如散落在荒野的小鹿，跌跌撞撞卻找不到方向。當他還沉浸在有關黃蕊的回憶中時，車子已經順利到了小區門口。黃蕊說這不是很簡單嗎？你怎麼就迷路了呢？接著她佯裝嗔怪地說，以後可別喝這麼多酒，再喝多了我就不來救你了，讓你被野狼吃了算了。可黃蕊這句幽默感十足的話，並沒有讓蕭恩輕鬆起來。因為，他早已陷入了沉重之中。

蕭恩的家臨街，一到小區門口，他就不由自主地朝著窗戶望去。這之前他還一直希望今晚是個例外，不會看到自己不想看到的情景。可是蕭恩失望了。他看到臥室的燈還亮著；他看到了兩個人的身影。在影影綽綽中，他明白了屋內的人在幹什麼。蕭恩的眼珠子似乎成了兩顆火球，隨時會射出兩束能量超強的光，將那個罪惡的屋子燃燒。蕭恩呆楞得像尊雕塑。黃蕊的話不可能進入一尊雕塑的耳朵。黃蕊順著這尊雕塑的眼神望去，一切都明白了。她覺得這情景太殘忍了，沒有比這更殘忍的了。黃蕊立即把蕭恩拉過來，讓他伏在自己的懷裡。她擔心他多看一眼，就會燃燒起來，化成灰燼消失得無影無蹤。蕭恩的頭深深地埋在黃蕊的懷裡，他覺得自己快要窒息而亡了。

突然，蕭恩憤怒地掙脫了黃蕊的懷抱，顫抖的雙手拿出手機要打電話。手機在他的手裡不斷地跳躍。他一邊按電話號碼，一邊氣咻咻地說，老子叫人廢了他狗日的，廢了他狗日的。黃蕊見蕭恩的情緒已經失控，一把把手機搶了過去。也不知道她真的生氣還是假裝生氣，總之她與蕭恩怒目相對。她說你這是幹什麼？這能解決問題嗎？你不知道這樣做是犯法的嗎？蕭恩也提高嗓門，他怒吼道，犯法也要幹掉他，幹掉他老子坐牢也坐得安心。黃蕊也針鋒相對，坐牢坐牢，你不是要為你兒子保全一個完整的家庭嗎？你都坐牢了，你的兒子還不是跟你一樣，從小就沒有父親了。

最後這句話讓蕭恩的怒氣一瞬間消失了，他就彷彿被人抽走了骨髓，攤軟在早已佈滿破洞的椅子上。蕭恩像個失去知覺的植物人，任憑黃蕊在一邊絮絮叨叨。

黃蕊在蕭恩最軟弱的時候，把她之前苦口婆心說過很多遍的話，又不厭其煩地重覆了一遍。她說我早就說過了，女人一旦野起來了，九頭牛都拉不回來。我還是那句話，如果你願意，我會好好照顧你的兒子，我會比他親媽更愛他。我知道你其實是愛我的，只是不願意接受現實罷了。我覺得你一直生活在理想之中，可現實是殘酷的。黃蕊見蕭恩眼神空洞，表情呆滯，她不知道他是否聽見自己的話了，但她覺得自己必須再這樣重覆一遍。

時間在一秒秒過去，而蕭恩的心隨著時間的流逝而逐漸被掏空。慢慢地，他的腦袋裡出現了一隻風箏，而自己的臉懸掛在風箏上。風箏沒有線，就那樣飄啊飄，在深不可測的天際裡越來越小，最後成了一粒塵埃，最後什麼也沒有了。

夜色已經稀薄得快要不存在了。天正在慢慢放亮。蕭恩看了看自己臥室的窗戶，燈光依稀。一切似乎都已歸於平靜。經過一個夜晚的折騰，蕭恩看到了自己的家。現在，他用不了五分鐘，就可以順利回到自己的家裡。可是，蕭恩卻放棄了。蕭恩發動汽車，掉頭向遠離家的方向開去。這一切進行得乾淨俐落，就像以前無數次逃脫警察的視野一樣。

蕭恩的車穿越了整個城市。這個普通而又特別的凌晨，他覺得這個生活了十幾年的城市，原來是如此陌生與冷漠。後來他穿過一條燈光昏暗的巷子，來到一個骯髒凌亂的小區。爬了六層樓，蕭恩進入了黃蕊的家。這真是一個簡陋、凌亂、骯髒得不堪入目的家，但蕭恩顧不了那麼多了。蕭恩像只癩蛤蟆一樣跳上了黃蕊的床，把整個人裹了起來。被褥潮濕，黴氣刺鼻。可是他覺得溫暖極了。蕭恩蜷縮成一團，感覺像是鑽進了母親的子宮。

魔術師

1

十二年後，劉曉與張力見面時，他手中嫺熟地把玩著一副撲克。這天劉曉一直在練習抽拉迴圈假洗牌法以及雙重切牌法，纖細、蠟黃的手指精確地控制著每一張撲克。

很多年以前，在姑姑家那台黑白電視機裡看到神奇的魔術表演之後，劉曉就開始迷戀魔術。他對魔術的神秘、緊張和眩目，以及無所不能非常嚮往。後來，劉曉才知道當年電視機裡的那位魔術師名叫哈里·胡迪尼，他不僅以逃生術著稱於世，而且還享有「紙牌之王」的美譽。那時候劉曉才十七歲，喜歡幻想的他夢想做一名專業魔術師。

從鄉下到成都後，劉曉開始四處尋找學習魔術的途徑和方法。他特別想學逃生術，他夢想著自己有朝一日能夠隨時隱遁於無形之中。有一天，劉曉在二環路上看見了一家魔術師培訓班，他想從這裡進入魔術的天堂。但是，當他去諮詢時，發現工作人員的神情充滿了欺騙性和荒謬感，於是他放棄了。

回去後，劉曉從書店裡買了很多關於撲克魔術的書，一頭扎進對撲克魔術的鑽研之中。他認為撲克魔術是自己最容易實現魔術夢想的方式。劉曉憤憤地想，既然學不了逃生術，那就學撲克魔術吧，無論如何也算是個魔術師了。從那天開始，人們總是看見劉曉的手裡捏著一副撲克。最開始，撲克總是不聽使喚，生硬而倔強，一不小心就稀裡嘩啦散落一地。但是，劉曉從不氣餒，一如既往地堅持練習。漸漸地，他學會了玩各種撲克魔術。那些薄薄的紙片在他的手裡像跳躍的雪花，令人眼花繚亂。

多年以後與張力狹路相逢之時，劉曉手中的撲克正發出「唰唰唰」的聲音。

劉曉看見張力緊繃著臉怒氣衝衝地跑進他的辦公室，心裡立即咯噔了一下，手裡的撲克差點掉在桌子上了。劉曉沒想到這輩子還能遇見張力，特別是以這樣唐突的方式。所以他很緊張，一種極其複雜的情緒促使他心跳加速，臉皮發燙。為了掩飾緊張與慌亂，他一直沒有說話。張力沒有看出劉曉的心理變化，他開始了讓人心煩的喋喋不休。

張力說，劉曉，有件事情要拜託你幫幫忙了，這事只有你能幫我。劉曉放下手中的撲克，驀地站了起來，一邊走一邊說，張力，怎麼是你呀？你到我這裡來幹什麼？張力答非所問，他說劉曉啊，這事有些麻煩，你真的得幫幫我。

張力幽怨的口氣讓劉曉心裡有些毛躁，他看著張力生疏而又充滿戾氣的臉，長長地歎了一口氣。劉曉的思緒瞬間跌進了久遠的記憶，他突然想起了很多事情。他停下腳步，與對方保持著兩米左右的距離。劉曉警惕地看著張力，思想在做著強烈的鬥爭。幾分鐘之後，他轉身回到座位上，重新拿起了桌子上的撲克。

劉曉一邊練習抽拉迴圈假洗牌法一邊口氣生硬地問，到底什麼事呀？這時，張力卻讓劉曉感到意外，他居然結巴起來，要說的話全都卡在喉嚨裡了。劉曉在心裡默默地「哼」了一聲，心想這王八蛋一定是有苦難言。他重新把撲克放在桌子上，手掌輕輕地把整副撲克罩住。斜著眼睛看了張力一眼後，劉曉不耐煩地問，你怎麼不說話了？

張力環顧了一圈劉曉的辦公室，似乎是在調節情緒。接著，他踱步來到劉曉的辦公桌前，意味深長地看著對方。片刻後，張力坐了下來，與劉曉隔著一張桌子的距離。兩個人都無話可說，尷尬的眼神偶爾會在空氣中碰在一起，然後又迅急閃開。

空氣頓時凝固了，劉曉對驀然前來的張力保持著高度警惕和排斥。他沒想到在記憶中已經消失十二年的張力會突如其來地出現在面前，而且從他進屋後的表現來看，一定不懷好意。難道他是來報仇的？這個念頭在劉曉的腦海裡一閃而過。劉曉在靜觀事態的發展，他認為張力接下來的話非常關鍵。好在張力沒有讓劉曉等待太長時間，在對方的忍耐範圍之內，他說明了自己的來意。

空氣並沒有因為張力漫不經心的語氣而有所緩和。張力說，有些事情本來是家醜不可外揚，但是，我也是被逼無奈。張力把家醜兩個字拉得很長，彷彿這兩個字有著特殊的含義。很長一段時間以後，當事態逐步明朗時，劉曉才明白張力這句話真是別有用心。剛說兩句，張力突然停了下來，像是在思考著什麼。劉曉沒有理會這些，他知道此刻應該安靜地等待。於是，他繼續練習雙重切牌法，雙眼緊緊地盯著手中的撲克。

張力接著說，我發現她的背叛已經很久了，但我始終沒有找到證據。大概三個月前，我在西門上找了一家私人偵探所，委託他們處理這樁讓人心痛又難以啟齒的事情。可是，我白白浪費了一大筆錢，一點收穫也沒有。他們只是告訴我，她與一個房地產老闆有來往，卻沒有任何實質性證據，連張照片也沒拍到。

說到此，張力的情緒突然憤懣起來，他奮力地拍了一下桌子，從力度上判斷，他確實很氣憤。劉曉感受到了張力心中的憤怒，但他依然鎮定自若地玩著撲克魔術。大約停頓了一分鐘，張力又自言自語地說了起來。他說，我再也無法忍受這樣的生活了。前段時間，我看見你出現在這家偵探所裡，才知道你也開了家私人偵探所。反覆思考後，我覺得該找你幫忙，全權委託你把事情的真相查個水落石出。說完，張力哭喪著的臉像一朵被霜打了的花。

劉曉長長地出了一口氣，先前的緊張立刻煙消雲散了。至少，事情沒有他之前想像的那樣糟糕。劉曉口氣輕蔑地問，你就為這事而來？張力點了點頭。劉曉陷入了沉思。半晌，他搖了搖頭。劉曉拒絕了張力，雖然他確實是個私家偵探，但是，他本能地認為張力的驀然出現是一種不祥的預兆。劉曉不想再與張力扯上任何關係。張力並沒有立即對此做出表示，他彷彿在醞釀下一步的舉動。

空氣越發緊張起來。就在劉曉再一次準備練習撲克魔術時，張力迅速站起來，退了三大步，然後「咚」的一聲跪在地上。接著，張力哇哇大哭起來，眼淚順著清臒的臉噴湧出來。張力一邊哭一邊說，我希望你能拋棄前嫌，忘掉曾經的恩怨與仇恨，幫幫我吧，我也是窮途末路了。你應該知道，一個男人不到萬不得已是不會輕易下跪的。

張力的舉動讓劉曉非常吃驚，他怎麼也想不到張力會採取這種手段。劉曉不知所措，只得神情呆滯地坐在椅子上。空氣凝固了，時間在悄悄地流逝。突然，劉曉手中的撲克嘩啦啦地掉在地上了，躺在地上的撲克就像他的記憶那般凌亂。他無奈地站了起來，繞著辦公桌來到張力面前。他看見了張力那張扭曲的臉，以及對方嘴裡那兩顆早已變質的假牙。劉曉的心臟立即痙攣了一下，一聲無力的歎息之後，他說，起來吧，我幫你處理好事情就是了。

從張力後來的話裡，劉曉知道了張力的家庭住址，對他老婆也有了初步瞭解。無非是調查一起女人紅杏出牆的事，這對劉曉來說簡直是小菜一碟。張力說，他要出一次長達半年的差，給劉曉足夠的時間。劉曉沒吱聲。事實上，這樣簡單的事難不倒他，也許一兩天就可以搞定。他之所以沒有反對半年這個時間期限，是因為他此時不想說話。劉曉的心裡有點亂，他想儘快結束與張力的這次見面和談話。所以，他以最快的速度接下了這起案子，並找了個藉口把張力打發走了。看著張力離去的背影，劉曉的心情異常灰暗。

張力的出現讓劉曉想起了很多事情，他們之間的恩怨曾是童年時代不可抹去的一部分。在過去的很多年裡，劉曉對張力痛恨得咬牙切齒。但是，十二年過去了，盤亙在劉曉心裡的仇恨已經隨著時間的流逝逐漸消逝了。剛才，他看到張力那兩顆假牙，心裡還泛起了一絲同情與悔恨。

在辦公室裡獨自待到下午三點，劉曉出去了。他要提前回家，因為融融的父母要過來。融融是劉曉的女朋友，他們相戀已經兩年了。劉曉想結婚了，融融也同意，但她的父母沒有表態。融融的父母聽說劉曉是個私家偵探後，他們不願意將女兒託付給一個沒有穩定工作的遊盪人員。融融曾多次對父母表達過劉曉對偵探事業的熱中，以及這個行業的前景。為了使父母有個直觀的認識，她還把劉曉的收入如實做了彙報。但是，父母依然沒有批准他們的婚姻。沒有辦法，融融只有把父母接過來跟他們一起住，也讓兩位老人對未來的女婿多些瞭解。

劉曉的辦公室在北門一幢陳舊的大樓裡，他開著那輛破舊的車，穿過十字路口，向左行駛了大約三十米，然後進入一環路，飛奔著往家趕。劉曉住在平安大街幸福巷66號，如果不堵車，大半個小時可以到家。可是，車剛上一環路就堵起了，差不多是每行駛二十米就得停下來等兩分鐘。交通一直是這個城市最讓人頭疼的事情。

百無聊賴的劉曉把張力剛才留下的地址拿出來看了看，那是南門一個比較豪華的小區，好像他以前去過那裡，好像也是調查一樁婚外情。不過，劉曉的記憶非常模糊，想不起更多的細枝末節來。他看著手裡的地址，對接下來的工作感到茫然與惆悵。

回家後，劉曉發現融融的父母已經到了，他們正與女兒歡快地聊著天。劉曉自然也加入到聊天之中。

融融的父親是大學教授，退休後對股票有著濃厚的興趣，所以他說得最多的也是讓人灰心喪氣的同時又欲罷不能的中國股市。劉曉不喜歡股市，他一直坐在一邊安靜地傾聽著對方的演說，偶爾報以微笑，以此來表示他們之間處於交流的狀態。劉曉對這種狀況感到滿意，至少融融的父親沒有向自己拋來一些難以招架的難題。之前，融融曾提醒過劉曉，讓他做好迎接她父親刁難的準備。但是，劉曉高興得太早了。沒過多久，融融的父親就彷彿變了個人似的，把一個個讓人心煩的問題像丟炸彈一樣扔給劉曉。

融融的父親顯示出了他略微有些呆板的嚴謹，他突然從一個財經專家變成了一個婚姻專家，或者一個蹩腳的私家偵探，開始對劉曉的家底和未來進行刨根究柢地追問。儘管劉曉早就做好了心理準備，但他依然只有疲於應付。

這位滿臉皺紋、頭髮鬍子都白了的老人首先對劉曉的收入進了直截了當地盤問，他說，你一個月到底能收入多少？面對突如其來的盤問，劉曉有點措手不及。在劉曉遲疑的時候，融融的父親自嘲地笑了笑，他說，我只是為女兒將來的幸福考慮，希望你能理解。劉曉立即陪著笑說，我知道。接著他撒謊地說，差不多兩萬多吧。這個數字比融融之前給她父母說的要高很多。說完，劉曉隱蔽地看了融融一眼，他知道自己的謊言有點過分，但卻是不得已而為之。

劉曉之所以撒謊，主要是因為融融的父親藐視他的職業。劉曉想用高額的收入來改變融融的父親對私家偵探這個職業的看法。他想，我這麼高的收入，你應該會滿意吧。但事實卻截然相反。

融融的父親首先對劉曉的收入表示了認可，但依然對他的職業性質揪住不放。他看了看自己的女兒，意味深長地說，我總覺得你的職業使你看上去像隻老鼠，總是灰溜溜地做事。這個說法引起了劉曉的不滿和厭惡，他的眉頭立刻皺了起來。不過，他還是保持著最後的冷靜。劉曉沒想到一個退休教授的語氣會如此刻薄、粗俗和不留餘地。後來，他以身體不舒服為藉口，到臥室倒頭睡覺去了。

用厚厚的被子把整個人包裹起來，但劉曉還是沒有睡著。融融父親的話暫時還未對劉曉造成太大影響，他的思緒糾纏在張力身上。現在，他覺得剛才接下這個案子太匆忙了，他認為還有些細節需要詢問。與此同時，劉曉心中的疑慮也越來越強烈，一切都太唐突了。劉曉隱約感覺這裡面存在某些不確定因素，但他又找不出破綻。他的思緒就這樣四處亂飛了一陣後，停留在了一幅畫面上。

劉曉的腦海裡又浮現出了張力那兩顆變質的假牙，他想笑卻沒有笑出來。最後，他把張力留下的地址又重新看了一遍。劉曉想，明天一定要把這起婚外情案子搞定。

2

劉曉六點就起床了，提著手提電腦往辦公室趕。這是他成立私家偵探所以來第一次如此早地出門。劉曉看出了融融臉上的不解。他害怕融融誤會自己是因為她父母的到來而鬧情緒，所以才不願意待在家裡。劉曉對融融解釋說，有一起棘手的案子，要早點去辦公室準備資料。融融咕隆了一聲，翻身繼續睡著了。

到辦公室後，劉曉忙不迭地準備起來。按照設想，他要將自己打扮成一個送水的人，蹲在張力家門口，伺機而動。這是他慣用的招數，因為送水的人最容易混進居住小區裡。很快，劉曉就化身成為一個標準的送水員。向辦公室裡的工作人員交代了一些事情後，他就衝進了茫茫人海。

劉曉開著車向南門奔去。張力的家住在紫荊廣場附近，就在家樂福旁邊。在劉曉的印象中，這裡充滿了現代氣息和神秘感。劉曉開得很快，按照張力事先的交代，他最好在八點前達到目的地。因為，張力說他老婆在一家文化公司當會計，她每天八點半左右離開家去上班。儘管路上有些堵車，但好在劉曉還是爭分奪秒地在八點過幾分就到了。在張力家附近，劉曉停好車，扛著一桶水朝小區裡走去。

張力家在四樓，劉曉便蹲在四樓到五樓之間的樓梯口，眼神集中在張力家的門上。俯瞰早已成為劉曉的一種習慣。他把水桶放在一邊，摸出一根菸抽了起來。在做私家偵探之前，劉曉不會抽菸。但是，後來漫長的跟蹤生涯給了他學習抽菸的時間，於是他就慢慢變成了一個菸鬼。在跟蹤與等待時，撲克魔術與煙成了劉曉最好的朋友。

一根菸抽完了，時間過去了二十多分鐘。但是，劉曉並沒有看見張力家有任何人出沒。他豎起耳朵，試圖聽到屋內的動靜，以此來判斷張力的老婆是否要出門了。可是，他卻什麼也沒聽到。快到八點半了。隨著時間的臨近，劉曉開始緊張起來。做私家偵探也有好幾年了，可劉曉依然改不掉緊張的毛病。為了顯得更加真實，他把水桶扛在肩膀上，只要張力的妻子一出現，他就立即往上爬樓梯，表示自己是給五樓以上的人家送水。

又過了二十分鐘，張力家的門還未開，他妻子的身影遲遲沒有出現。水桶壓得劉曉的肩膀有點酸疼，他不知道該不該放下，因為那扇門隨時都可能打開。

大概在八點五十分左右，門開了。隨著門鎖清脆的響聲，一個女人躍入劉曉的眼簾。劉曉條件反射地往樓上走了兩大步，但他又立即停了下來，把水桶放在牆角邊，轉身朝樓下走去。在眼神一剎那間的接觸中，劉曉覺得張力的妻子很面熟，可他又想不起來他們是否在哪裡見過面。他躡手躡腳地跟在那個女人的後面。

劉曉看著那個女人進了地下室的車庫，他便急匆匆地跑出了門，坐在車裡守株待兔。他目不轉睛地瞅著小區大門，等著張力妻子出來。幾分鐘後，一輛紅色的車子出來了。劉曉看見開車的女人正是張力的妻子。同時，他的記憶也翻騰起來，如決堤的洪水。劉曉想起了一個熟悉而陌生的名字，海棠。在過去十多年裡，這個名字從未在劉曉的腦海裡出現過。但是，此刻他才發現，這個名字和這個女人一直潛藏在他的記憶裡，從未離開，只是自己刻意將這一切隱藏起來了。要不然，那些記憶不會來得這麼兇猛。

海棠怎麼會是張力的妻子？張力怎麼會讓自己去調查海棠呢？此刻，這三個關係曖昧的人交織在一起，使接下來的局勢更加撲朔迷離。劉曉隱約覺得眼前的事實印證了之前的擔心，張力真的別有用心。他的情緒非常複雜，緊張與慌亂在身體裡上躥下跳，握方向盤的手在微微地顫抖。但他依然努力地控制住自己，與海棠保持著適當的距離。

在二環路上走了很長一段路後，海棠的車向左拐進一條大道，朝一環路方向駛去。劉曉在紅綠燈口子上耽擱了點時間，差點跟掉了。幸好，他對海棠和她的車都比較熟悉，才及時找到了目標。戰戰兢兢地跟了差不多半個小時，海棠的車開進了一環路邊上的一幢大廈。劉曉也跟著進去了。在停車的時候，他看著海棠搖曳著身體上了樓。劉曉的思緒也跟著搖晃起來。

停好車後，劉曉走出大廈的停車場，在門口的一家茶樓裡坐下了。他要在這裡觀察海棠接下來的生活狀況，特別是要揪出與她有染的男人。時間此刻成了最可怕的敵人。劉曉希望時間就像一道閃電那樣快速劃過，但急切和焦躁的情緒卻充斥在整個世界，時間彷彿停止了前進。厭惡感一下就升騰起來，劉曉感覺有點噁心。那些已經散發著霉味的記憶再一次勢不可擋地竄了上來，使空氣裡彌漫著令人作嘔的味道。

記憶這扇無情的大門打開了，過往的人和事都湧了出來。張力和海棠彷彿就是兩塊沉重的石頭，不經意間就打破了劉曉內心的平靜。這些年來，他刻意把晦澀的過去封存起來。劉曉希望它們慢慢腐爛掉。這天上午，劉曉回到了過去。那是一個凌亂與聒噪的小縣城，人們嘰嘰喳喳的聲音充斥著每一寸空間，每一幢建築都似乎斑駁得令人恐懼與心慌意亂。因為父親經商掙了不少錢，劉曉家的經濟條件在貧窮的小縣城裡算是相當不錯。儘管如此，他的記憶裡卻沒有任何優越感和笑語歡顏。沉重的童年消解了金錢帶來的快樂。

無論是過去還是現在，有兩個人都一直纏繞著劉曉，那就是張力和海棠。

張力是劉曉的同學，在很長一段時間裡，他們都是很好的朋友。可是，後來他們成了仇人。他們之所以反目成仇，是因為張力嘲笑劉曉的母親。母親是劉曉心裡永遠的痛。八歲那年，他的母親進了精神病院。那時候，儘管劉曉還是個懵懂少年，但母親的離開還是讓他心中感到無比憂傷。他不知道母親為什麼突然就被送進了精神病院，在他的記憶中，母親是個正常、正直而賢慧的女人，她不應該與精神病院這種陰森、恐怖的地方沾邊。自從劉曉的母親進了精神病院後，張力彷彿就變了個人似的，他不再是劉曉的朋友了。張力只要一見到劉曉，就會嘲笑他有一個精神病母親。這讓劉曉感到憤懣。漸漸地，劉曉與張力就形同末路了，直到後來反目成仇。

不久後，海棠進入了劉曉的視野。那時候，周圍的人們都在流傳著一樁風流韻事。在人們的流傳中，海棠的母親和劉曉的父親搞在一起了。

劉曉開始有意地觀察父親的一舉一動，確實發現這個剛剛把妻子送進精神病院的男人與海棠的母親有曖昧的來往。不過，這並沒有給劉曉造成多大的影響，他依然沉浸在失去母親和母愛的悲痛與淒涼之中。但是，後來更加兇猛的流傳讓他逐漸對海棠和她的母親產生了仇恨。

有一天夜裡，劉曉在樓下的一群人裡聽說他母親發瘋之前，海棠的母親早就與父親搞上了。甚至，有人說是海棠的母親把劉曉的母親逼瘋了的。劉曉默認了這個事實，他覺得只有這種情況才會把母親逼瘋，以及被婚外情充昏了頭的父親才會把母親送進精神病院。這讓劉曉承受不了。從此，海棠就成了劉曉的眼中釘。他把對海棠的母親的仇恨轉移到她身上了。與此同時，劉曉一直在調查事情的真相。但遺憾的是，背後的秘密始終沒有揭開。

時間一溜煙就過去了，很快就到了下午四點。正在劉曉目光散漫、思緒紛亂時，他看見了海棠。她開著車緩緩地駛出了大廈。劉曉慌張地結了賬，大步跑到停車場，開車追了上去。幸好，前面路段堵車，海棠並沒有走多遠。人多車多，行駛緩慢得如淺灘上的流水。

海棠開著車沿著早上來的路回去了，很明顯她現在要回家。這讓劉曉有點淡淡的失落。他跟蹤她是想要通過她的生活，找出藏在背後的那個男人。如果她就這樣上班下班，然後回家，這會讓劉曉的工作陷入無效之中。劉曉抱著僥倖的心理，他希望接下來會發生一些意想不到的事情。但是，他失望了，海棠正如自己所擔心的那樣，把車開回了家。停好車後，她走出了小區，穿過一條小巷子，走過十字路口，到家樂福裡買了些菜，然後獨自回家去了。劉曉看著海棠的背影，感到無比頹喪。

回家的路上，劉曉的心裡空落落的。做私家偵探好幾年了，還沒有任何一樁案子讓他這樣尷尬與失落，跟蹤了一整天，針尖那麼大的線索都沒找到。剛上一環路時，融融就打來電話了。融融說，早點回來，今天晚上出去吃飯，帶爸爸媽媽吃火鍋去。劉曉「嗯」了一聲，掛斷了電話。

3

劉曉開車帶著融融和她父母去了離家不遠的火鍋店。按道理，這原本應該是一次充滿歡樂的吃飯經歷，但劉曉卻覺得彷彿經歷了一次嚴酷的審問。一坐上桌子，融融的父親就開始想方設法地對劉曉的家底進行嚴格地詢問，特別是關於他的父母。

之前，劉曉聽融融說起過，她爸爸思想比較保守，還講究婚姻的門當戶對。融融說，有一次我問爸爸，對將來的女婿有什麼要求，想不到爸爸竟然一條一條地說給我聽。我只不過隨便問問，他居然如此嚴謹與刻板。當時，劉曉不相信，他以為融融在開玩笑。這個吃火鍋的夜晚，他在融融的父親咄咄逼人的氣勢中證實了融融的話。

幾杯酒下肚後，那個倔強的老人話就多了起來。但他一點也不含糊，句句都是有的放矢。融融的父親問，小劉啊，你和融融也在談婚論嫁了，可我對你的家庭背景幾乎還沒有任何瞭解呢，你給我說說你的父母吧。這句話讓劉曉的心裡頓時痙攣起來。融融曾經說，她爸爸希望將來的女婿來自知識份子家庭。劉曉不僅不是知識份子家庭出生，而且父親和母親都是劉曉心中永遠的痛，這麼多年來他從未對任何人提起。劉曉摸了摸口袋裡的撲克，在心底盤算著如何應付融融的父親。

儘管劉曉不喜歡融融的父親如此直白而不留情面的談話，但他依然想給他一個合理的答案。劉曉想編織一個美麗的謊言，以此來換取融融的父親的認同和自己內心的平靜。也許是思考的時間太長，融融用腳悄悄地踢了他一下，示意他儘快做出回答。劉曉立即用笑臉來掩飾自己的失態，接著便認真地撒起謊來。他說他爸爸是縣中學的語文老師，媽媽是學校的圖書管理員。他們早就退休了，如今在家裡安享晚年呢。

劉曉知道這個回答令融融的父親比較滿意，他看見了老人臉上有些矜持的笑容。可是，融融的父親臉上的笑容無法掩蓋劉曉心裡灰色的記憶，它們就像在下水道裡匍匐的蟑螂。劉曉感到十分噁心，嘔吐的感覺順著喉嚨直往上竄。

二十一年前的那個早晨，劉曉起床後發現媽媽不見了。他睡眼朦朧地在屋子裡四處亂竄，找遍了每一個角落也沒有找到媽媽。劉曉蹲在地上，嘩嘩的淚水沖走了殘留的睡意。這個天真的少年從未這樣傷心地哭過。沒有媽媽的世界是如此灰暗和令人頹喪，八歲的劉曉在童年時代就感受到了深深的絕望。不知道哭了多久，眼淚似乎也流乾了。劉曉衝了出去，他要去尋找媽媽。

在鬧哄哄的院子裡，他就知道事情的原委了。原來，劉曉的媽媽被爸爸送進了精神病院。那些無聊的人們開始紛紛對這樁奇特的事情發表著各自的意見，各種歎息與驚奇在空氣中流轉。沒有一個人相信劉曉的母親是個精神病人，他們都在誇獎她平日裡的平易和勤勞。的確，劉曉的父親能夠在商場上全力打拚，他妻子在家裡的默默付出功不可沒。這種幸福與祥和曾惹得很多人羨慕和嫉妒，劉曉一直引以為傲。然而，這個殘酷的早晨，幸福被現實無情地摧毀了。

劉曉根本無法相信這個殘酷的事實，他奔跑著找到了做生意的父親。這個大腹便便的男人正跟幾個女人嬉皮笑臉地說著什麼。劉曉氣喘吁吁地問，我媽呢？你把我媽送到哪裡去了？

父親沒有對突如其來的劉曉和他的問題感到驚詫，他並沒有立即回答兒子的話，而是繼續與女人們調笑。劉曉站在旁邊，彷彿看著一群演員在演戲。幾分鐘後，劉曉的父親臉上的笑容突然停止，他拉著一張臉說，你站著幹嘛？快給老子滾回去讀書。劉曉說，我媽到哪裡去了？劉曉的父親說，送到精神病院裡了，一個瘋子成天在家裡瘋言瘋語，煩死人了。把她送到精神病院裡，也讓你有個安靜的學習環境。劉曉的臉漲得通紅，他哽咽著說，快把我媽接回來。劉曉的父親怔了怔，他輕佻地說，接回來？既然要送出去，幹嘛還要接回來？劉曉差點哭出來了，他說，我要媽媽，你快給我接回來。劉曉的父親發怒了，他看著執拗的兒子，原本就沒有耐心的他怒火中燒，他說老子喊你回去就回去，大人的事你攙和什麼呀？面對父親的憤怒，劉曉也不甘示弱，扯著嗓子眼吼道，我要去找我媽。

話音一落，沉重的巴掌就砸在劉曉的臉上了。劉曉感到臉皮發燙，腦袋嗡嗡作響。他覺得自己就快要在憤怒的火焰中化為灰燼了。劉曉與父親怒目相對，這種對峙持續了很長時間。最終，劉曉輸了。後來，他帶著絕望轉身而去。

離開父親，劉曉又奔跑起來。這次，他的目的地是縣城郊區的精神病院。劉曉沒有去過精神病院，但他常常聽到同學們談論那裡的奇聞怪事。在大家七嘴八舌的議論中，那是一個充滿了怪異與荒誕的地方。夜晚的歌聲和飄忽的身影，一度讓劉曉對精神病院感到無限恐懼。不過，現在他顧不上那麼多了。劉曉覺得自己的雙腿就是一對翅膀，帶著他飛向那個恐怖而又充滿希望的地方。在身體飛翔的過程中，他在腦子裡想像著母親的模樣。但是，母親曾經清晰的樣子此刻變得格外模糊。

大概奔跑了一個多小時，劉曉來到了這個恐怖、陰森的地方。這裡被高大的圍牆包圍著，遠遠望去，參差的樹枝就像一張巨大的天網，將整個精神病院死死地罩住。樹葉早已凋零，蕭索的氣氛讓人感到無限悲涼。劉曉站在那扇鏽跡斑斑的大門前，既恐懼又高興。他恨不得飛進去把媽媽找出來，但是，他被門衛攔住了。

門衛是一個長著黑頭發白鬍子的老頭子，他橫蠻地擋住了劉曉。老頭子擠了擠臉上的皺紋，他對劉曉說，小鬼，你到這裡來幹什麼？劉曉看了看老頭子，他說我找媽媽，我媽媽住在裡面。老頭子用灰色的眼神瞅著劉曉，半晌，他才用嘲笑的口吻說，不是你媽瘋了就是你瘋了。接著，他又立即補充了一句，給老子滾開，這裡可不是小孩子的樂園。

八歲的劉曉此刻顯得特別理智和充滿心機，他想耐心地對老頭子解釋，然後獲得進去尋找媽媽的機會。劉曉心裡還打著小算盤，他想即便不能進去，假如能從老頭子這裡獲得一些與媽媽有關的線索也不錯。於是，他瘦弱的身體向門口靠近了點，試圖用比較親切的口吻與對方交流。但是，令劉曉意想不到的是，迎接他的是一根粗黑的棍子。不知道老頭子從哪裡弄來這麼根棍子，劉曉只覺得在一眨眼間，對方就揚著棍子朝自己砸來。劉曉撒腿就跑，一口氣跑了好幾十米。

天空陰霾，污濁的空氣罩在頭上，骯髒的塵埃無情地打在劉曉充滿稚氣的臉上，絕望在心裡迅速地翻騰起來。他遠遠地望著那扇冷冰冰的鐵門，淚水嘩嘩地流了下來。

沒有機會進去尋找媽媽，劉曉就圍著精神病院的圍牆轉悠，他祈望獲得意外的收穫。長滿青苔的圍牆上有很多方形洞口，拳頭大的洞口被枯萎的樹葉和縱橫的蜘蛛網堵塞了一大半。透過洞口，隱約可以發現精神病院裡的老樹和偶爾飄過的人影。劉曉的眼神一直匍匐在圍牆上，他想用銳利的眼神去抓捕他想要的身影。牆腳下雜草叢生，隆冬季節，露水還未完全蒸發掉，一路走過去，劉曉的褲子幾乎完全被打濕了。冰冷的棉布緊貼在瘦削的腿上，他情不自禁地顫抖起來。但是，劉曉沒有停下來，內心的希望之火在燃燒中產生了無窮的動力，一直在鼓勵著他。

那個寒冷的冬天，人們可以看見渴望見到媽媽的劉曉打著哆嗦沿著精神病院走來走去。在不知不覺中，天色悄悄暗了下來，夜幕籠罩了大地，劉曉才幸怏怏地朝回家的路上走去。

回家之路是黑暗而淒涼的，這似乎是一個暗示，劉曉接下來的日子充滿了淒風苦雨。那天晚上，劉曉回家時已經是夜裡十點了。他沒有再奔跑，腳步慢得像蝸牛。劉曉不想回家，他知道迎接自己的將是寒冷的冰窖。失去了媽媽，就失去了所有的歡樂和希望。回家之後，他看見妹妹在漆黑裡哭泣，臉上的淚花閃爍著可怕的寒光。妹妹的聲音沙啞得快要聽不見了。劉曉走過去，把冰冷的她抱在懷裡。他想安慰她，但卻不知道說什麼。兩個幼小的心靈緊緊地靠在一起，夜晚彷彿有了一絲溫暖。

母親被父親送到精神病院後，劉曉的生活發生了天翻地覆的變化，他和張力的關係從這時候開始走上了一條無可挽回的道路。張力無休止地嘲笑劉曉有個精神病媽媽，這嚴重地傷害了他的自尊心。他承受不了這種羞辱，所以與張力之間爆發了一場前所未有的戰鬥。在這場戰鬥中，滿腔憤怒的劉曉獲得了勝利，張力以兩顆潔白的門牙為自己的輕佻和無知買了單。

這場戰鬥最終爆發，是因為張力嘲笑劉曉的母親在精神病院被人強姦。之前，劉曉從另一個夥伴的口裡得知張力在散佈謠言，當時他暴跳如雷，揚言一定要教訓張力。但是，張力並不相信劉曉的話，他依然囂張地在劉曉面前信口雌黃、胡言亂語，而且用豐富的語言把強姦一事描繪得十分逼真。劉曉心中的怒火被徹底引爆了，他當著幾十個同學和一個女音樂老師的面，把張力狠狠地揍了一頓。

當時，劉曉扛著一根結實的棍子，像追趕一條落魄的狗一樣追著張力。儘管張力跑得很快，但還是被劉曉的棍子打得眼冒金星。當時，一大群人鬧哄哄地追著看熱鬧，而那個瘦弱的女老師根本無法制止憤怒的劉曉。這次轟轟烈烈的戰鬥打掉了張力的兩顆門牙。

從那以後，張力和劉曉就成了仇人。張力不只一次地說要找劉曉報仇，他說君子報仇十年不晚，他說一定要讓劉曉付出十倍的代價。但是，直到劉曉離開家鄉遠走成都，張力也沒有提報仇的事。不過，劉曉卻沒有忘記，所以多年以後，當張力驀然出現在他的偵探所時，他想這傢伙終於來報仇了。

4

第二天，劉曉依然按部就班，很早就起床直奔辦公室。只不過，他今天不用再裝扮成送水工人了。劉曉直接把車開到了海棠家對面的那個十字路口上，他像隻狡猾的狐狸，在等待獵物的出現。今天路上沒有堵車，劉曉到了之後還有充裕的時間。他點起菸抽了起來，但卻抽得不爽。昨天晚上吃了火鍋，有點上火，喉嚨乾燥、澀痛。但是，劉曉依然在大口大口地吸菸。否則，他找不到任何事情來消磨這令人空虛的時間。

劉曉剛剛丟掉菸頭時，他就看見海棠的車徐徐從眼前開了過去。通過幾秒鐘的觀察，他斷定海棠的心情非常不錯，臉上散發的青春氣息是最好的證明。細緻入微的劉曉還發現海棠改變了髮型，以及換了一副新耳環。這一切都讓他喜上眉頭。劉曉覺得情況正在朝著自己想要的方向發展。他一邊發動車子跟了上去，一邊摸了摸旁邊的拍攝器材。劉曉暗想，今天一定要把這件事情徹底辦妥。但是，隨著時間的流逝，劉曉高漲的情緒慢慢跌落下來。

海棠的汽車重覆著昨天的路線，一成不變地到了她上班的地方。停好車後，她神情氣爽地上了樓，好像還一邊走一邊哼著小曲兒。劉曉望著海棠的背影，心裡有種莫名的失落。無奈之下，他也只好按照昨天的步驟，停好車後去了街對面那家茶樓。劉曉不知道今天將會如何度過。

在茶樓裡坐了十幾分鐘，百無聊賴的劉曉又把心思放到海棠身上了。他對她的現在和過去都特別感興趣。最開始，劉曉把精力集中在現在的海棠身上，他想找到線索，迅速地把這起案子完成。作為一個自以為還不錯的私家偵探，劉曉想速戰速決。但思來想去，從僅有的兩天時間的觀察中，他並沒有發現什麼端倪。接著，劉曉就把思維的觸覺伸向了過去。在過去裡，劉曉和海棠曾經以某種特別的方式交織在一起。

劉曉的母親被送到精神病院之後，無論他如何央求父親，都沒有辦法把她接回來。這讓劉曉萬念俱灰。但是，他並沒有放棄尋找母親的念頭。每一個週末，劉曉都帶著失落與希望並存的複雜心情奔向遠在郊區的精神病院。在凜冽的寒風中和炎炎的夏日裡，人們都可以看見一個瘦弱的小男孩，不知疲倦地跑向精神病院。劉曉知道永遠也不能從那個冷漠的門衛老頭子那裡獲得機會，所以他總是圍繞著高高的圍牆轉悠。他像個小偷一樣，利用有限的空間認真地觀察著高牆內的蛛絲馬跡，絕不放棄任何一個細小的突破口。可是，時間一天一天地過去，劉曉依然在那條路上奔跑著。儘管沒有人看見這個年輕的生命有任何倦怠的跡象，但是，劉曉內心裡的絕望卻在慢慢膨脹、蔓延，隨時都有可能將他擊倒。

在劉曉彷徨惆悵的時候，另一個可怕的事實便向他襲來。父親婚外情的流言蜚語得到了證實，而且，故事的女主角海棠的母親大張旗鼓地住進了劉曉的家。劉曉終於認識了這個他無比憎恨的女人。那個風騷、性感的女人住在縣城的東邊，一條常年散發著屍體腐爛味道的巷子裡。她的丈夫體弱多病，幾年前死於心臟病。她有一個女兒名叫海棠，母女倆相依為命。通過進一步瞭解，劉曉還知道海棠與自己同在一個學校，低一個年級而已。那個長著一對酒窩的女孩子似乎因為脫離了骯髒與貧窮而開心不已，嘴裡成天哼著歌兒。海棠的幸福與劉曉的悲憤，在這個複雜的家庭裡形成了鮮明的對比。

事情發展到這一步，劉曉覺得沒有挽回的餘地了。他對父親非常瞭解，這個暴發戶氣焰囂張、飛揚跋扈，自己根本無法阻止他的決定。幼稚的劉曉將所有的仇恨全部集中了海棠和她那妖冶、嫵媚的母親身上。自從她們進入自己家裡後，他的臉上從未露出過一點笑容，他用冷漠的態度保持著與那對母女的敵對關係。這種令人窒息的狀態使劉曉感到疲憊不堪，以至於他時刻都在想到逃跑。幾年以後，劉曉終於實現了這個夢想，他逃離了家鄉，來到了陌生的成都。那個時候，遙遠的成都對劉曉來說無疑就是天堂。

回憶如烈酒，劉曉醉得頭皮發麻，所以時間過得特別快，一下就溜到了下午三點。這時，劉曉才發現自己連中午飯都沒有吃。他突然感覺肚子裡空蕩蕩的，好像連一粒食物的殘渣都沒有了。正當饑餓感讓他坐立不安時，海棠的車一下就躥入眼簾了。劉曉忙不迭地追了上去，他知道有突發事件了。這讓他心花怒放，忘記了饑餓。經驗豐富的劉曉判斷，海棠在下午三點離開工作崗位，接下來的故事應該非常精彩了。

海棠的車順著一環路飛奔起來，這個時候的交通狀況基本令人滿意。在衣冠廟時，劉曉跟著海棠的車左拐去了漿洗街。然後，在紅照壁右拐，穿過人民南路，在百貨大樓後面的一個停車場停了下來。

這時，劉曉的心裡有些忐忑。按照開始的想法，海棠應該到南門去，比如玉林的某個酒吧，或者人南立交橋那邊的某個高級娛樂會所，因為那裡才是人們談情說愛的好地方。在他所經手的婚外情案件裡，收集證據的場所大部分是在酒吧，或者各種各樣的娛樂場所。現在，當海棠把車開到這裡時，劉曉心裡隱約覺得今天可能又是白忙一場了。正在他腦子裡思量著這一切時，海棠已經穿過街道，進入摩爾百盛了。天府廣場車流湧動，海棠的身影在摩爾百盛門口越來越模糊了。劉曉跟著就是幾大步，雖然身子躲躲閃閃，但眼睛卻死死地抓住海棠不放。

進入摩爾百盛後，劉曉的目光隨著海棠的身影四處遊盪。最開始，海棠一直在賣鞋子的地方徘徊。每到一個品牌的專櫃，海棠都要試穿好幾雙鞋子。但是，她卻一雙都沒買。大概一個小時後，她上了樓，去了內衣專櫃。

一道難題擺在劉曉面前，到底跟還是不跟？一個男人獨自盯著女人買內衣，怎麼說也是件尷尬的事。劉曉在樓梯口扭捏地來回踱著步子，焦慮堆滿了整個臉龐。在劉曉不知所措時，他斜著眼睛看著海棠在選購一隻文胸。儘管距離比較遠，但他還是能夠發現海棠的認真與仔細。在海棠選購文胸的時候，劉曉做了決定，就在外面等待。憑直覺，他認為海棠不會從別的出口下樓。然後，他往回走了幾步，靠在電梯口附近的牆壁上安靜地等待。

大半個小時後，劉曉看著海棠從不遠處走了過去。她手裡提著一個袋子，裡面裝著剛剛一直在精挑細選的文胸。劉曉迅速追了上去。從這樁案子的進程看，他對自己的辦事效率不太滿意。所以，劉曉今天鐵定是想有所收穫。海棠沒有在商場其他地方待多久，走馬觀花地溜達了二十分鐘後，她付款出去了。劉曉心想，看來她今天是特地來買那隻文胸的。

出了商場，海棠直接回到停車場，發動汽車走了。劉曉也緊隨其後。海棠開著車，按照來時的路回去了。劉曉明白今天又是竹籃打水一場空。但他不想放棄，也不能放棄，機會總是在不經意間悄然而至，所以他一路追隨而去。海棠回家以後，劉曉依然把車子停在能夠監視她的地方。他寂寞地蹲在車裡，紛飛的思緒找不到停落的地方。直到夜裡十二點，失望的劉曉才開車回家。

5

回家後，融融的父母都睡了。這讓劉曉感到驚奇，他以為融融的父親又會準備一大堆問題等著自己呢。不過，寂靜的屋子此刻反而讓劉曉有點不適應，他躡手躡腳地朝臥室走去。臺燈還亮著，融融斜躺在床上，鬆散的頭髮遮住了半張臉。從她的表情來看，他知道她可能有心事。

劉曉猜中了，他剛剛收拾好準備睡覺時，融融把問題拋了過來。她直截了當地問，你為什麼要撒謊？劉曉不假思索地說，撒謊？我什麼時候撒謊了？他已經忘記了之前對融融父親說過的話。

一直以來，劉曉對自己的出生和家庭背景都保持著迴避。曾經分崩離析所帶來的痛苦，使他想要忘掉過去的一切，以一種全新的面貌生活，哪怕是戴著偽善的面具也願意。所以，在潛意識裡，劉曉早已虛構了好幾種完整、美好的過去和記憶。無論什麼時候，他都要用謊言去掩蓋真相。面對融融的父親，為了投其所好並做到恰如其分，劉曉為自己的父母虛構了相應的工作。這樣的背景不露鋒芒，但也不低賤、卑微。但是，劉曉很納悶，為什麼融融看穿了自己的把戲呢？他覺得自己的偽裝應該無懈可擊。

這個夜晚，劉曉先是與融融周旋，他想儘量平息事態，以及維護一個男人的尊嚴。後來，當他感覺防線即將崩潰時，又用尷尬的神情默認了一切，並向融融袒露了心跡。在整個過程中，劉曉都在熟練地玩著他的撲克魔術。那個魔術的名稱叫蹉跎歲月。

融融覺得與一個戴著面具的男人生活是一種羞辱，所以她這個夜晚的質問格外兇猛。她重覆地問了一句，你為什麼要撒謊？這一次，她的口氣中明顯有一種咄咄逼人的氣勢。劉曉依然心存僥倖，他的眼神晃了晃，接著他說，我並沒有撒謊。融融的口氣越來越沉重，她幾乎是一字一句地說，我再給你一次機會，如果你再不摘掉你的面具，那誰也幫不了你。一切堅硬此刻都柔軟了，劉曉知道再做任何掩飾與狡辯都是徒勞。他耷拉著腦袋，就像一個犯了錯誤的小孩子，用膽怯的眼神看著融融。他準備把所有的負累都說給她。

劉曉斬斷了所有防線，準備做一次徹底的開誠佈公。從相識到相愛，這麼多年來，他們的距離從未如此接近，近到沒有距離。劉曉又想起了很多往事，想起了母親的死亡。

母親的死亡是劉曉心中永遠的痛。多年以後，他依然不清楚媽媽到底是怎麼死的，事情的真相被一塊巨大的黑暗籠罩著。那年冬天快要結束時，得意忘形的父親突然告訴劉曉母親去世的消息。他說，你媽死了。劉曉沒有及時反應過來，他以為那個中年男人是在跟其他人說話。自從海棠母女倆闖進他們的生活後，劉曉就和父親形同陌路，即便是偶爾的四目相對，眼神裡也充斥著憤怒和對抗。父親繼續用冷淡的口氣說，你媽死了，剛才接到的通知。劉曉如夢初醒，他一下跳了起來說，我媽死了？父親粗暴而冰冷地回答說，死了。

劉曉如風一樣衝了出去，他邁開瘦弱的雙腿，飛快地朝精神病院跑去。他要去找媽媽，他想她一定還活著。劉曉覺得自己長了無數對翅膀，他漸漸地飄離了地面，越飛越高。他微微地閉上了眼睛，世界變得模糊起來，只有耳邊的風在呼呼地哭泣。到精神病院門口時，劉曉恍惚覺得只用了幾秒鐘時間。但是，氣喘吁吁的劉曉沒有找到答案。他依然進不了那扇森嚴的門。劉曉又耐心地給那個看門的老頭子解釋，他說，我媽媽是個精神病人，據說她死了，我想去看看她。老頭子一看又是這個討人厭的小傢伙，眼睛一橫，他說死都死了有什麼好看的，我看你也要不了多久就會進去了。說完，他「砰」的一聲把門關上，封鎖了劉曉的希望。

情緒跌落到深淵的劉曉又圍著圍牆跑起來。他就像一隻心急如焚的老鼠，不放棄任何一絲觀看牆內動靜的機會。一圈又一圈，劉曉圍著圍牆跑了整整一個下午。只是，他並沒有發現這個精神病院有死人的跡象。回家的路上，劉曉六神無主。

回去以後，劉曉本來指望能從父親的口裡得知與媽媽有關的一點消息。可是，無論他如何央求，得到的只是媽媽已死的無情結局，至於事情的前因後果，他無從得知。那個夜晚是劉曉一生中最難過的夜晚，他陷入絕望的情緒裡無法自拔。甚至，劉曉聞到了死亡的氣息，他想追隨媽媽而去。媽媽離開家已經一年多了，這些時間以來，孤獨與寂寞使他變得神情憔悴，面容枯槁，天真與朝氣完全被驚人的滄桑遮蓋了。但經過一個晚上的思考與掙扎，劉曉放棄了輕生。他要為媽媽的死找到真相。這是他活著的信念。

事情已經過去很多年了，回味帶來的痛苦讓劉曉徹夜未眠。融融聽完劉曉的講述後，感覺身體特別疲乏，倒頭睡了。他聽著融融均勻的呼吸，感覺思維飄了起來，在漫無邊際的夜空遊盪。

終於等到六點了，劉曉迫不及待地起了床。他早就想逃離這張寬大的床了。六點的成都還處於朦朧狀態，劉曉把車開得飛快。失眠透支了劉曉的精力，但他卻得強打起精神來。今天是星期六，這個別人休息的日子，劉曉卻是最繁忙。在去海棠家的路上，他還在想，既然是婚外戀，週末就會是野鴛鴦尋歡作樂的最佳時間。劉曉有種強烈的預感，海棠今天一定會與張力所說的男人約會。

劉曉七點就到海棠家門口了，汽車依然停在老地方。大概九點鐘的時候，海棠出來了。透過車窗，劉曉發現她今天穿得格外性感，服飾搭配也非常考究。這給劉曉增添了信心。他發動汽車，跟了上去。

海棠的汽車朝著玉林開去，這正是劉曉需要的結果。

週末，交通還能讓人們有一絲喘息的機會，一路上基本上沒有堵車。劉曉遠遠地看見海棠的車停在一家咖啡館門口，他也開了過去。停好車後，他從另外一個門進去了，挑了一個角落裡的位置。海棠要了咖啡，但一直沒喝。她時不時地看手錶，劉曉明白她是在等人，便知道故事要進入正題了。劉曉悄悄地拿出了攝影設備，並做好了拍攝準備。只要故事的男主人公一出現，案子基本上就大功告成。一切安排妥當之後，他喝了一口已經有點冰涼的咖啡。又等了差不多二十分鐘，一個穿著深色西裝的男人出現了，進門之後他徑直朝海棠走去。劉曉的精神為之一振，攝影設備隨之開始進入了工作狀態。

時間一分一秒地過去，劉曉的希望卻在慢慢枯萎。海棠和那個男人似乎並沒有親暱的舉動，從他們的行為舉止看，應該是工作上的朋友。劉曉看見海棠拿出了一疊資料，那個男人一邊看一邊點頭。然後，他們又說了些什麼。整個過程大概持續了兩個小時，劉曉並沒有發現什麼異樣。這兩個小時裡，他們身體的接觸就是握手。見面一次，分開一次。第二次握手之後，那個男人離開了咖啡館。劉曉看著男人的背影，無比失落地關掉了攝影設備。沒多久海棠也離開了。

海棠的車向人民南路開去，劉曉不知道她還要到哪裡去。他只好做一隻跟屁蟲，她到哪裡他就跟到哪。

海棠並沒有走遠，她去了成都數碼廣場。劉曉跟著海棠上了三樓。很快，海棠選購了一款MP4。付款之後，她出門開著車往市中心跑。到了春熙路後，海棠去了西南書城。劉曉沒有進去，他蹲在西南書城對面那條街上，靜候著海棠的一舉一動。這一等就是兩個小時，在他肚子餓得呱呱叫時，才看見海棠手裡提著幾本書出來了。劉曉以為她要去吃飯，在西南書城的旁邊就有很多小吃。但是，海棠沒有吃飯，而是直接去了停車場。在去停車場的路上，劉曉看見她接了一個電話。雖然說話時間不是很長，但他看見海棠的臉上露出了笑容。沒多久，劉曉就跟著海棠回到了人民南路。最後，他們一前一後進了紅色年代。

這時候已經是下午五點了，天空中隱約出現了淺淺的暮色。劉曉一邊走一邊得意洋洋地想，精彩節目總是在最後。

在紅色年代裡，劉曉看見海棠與一個禿頂男人聊上了。很明顯，他們並非是第一次見面。劉曉看見他們言談甚歡，某些動作還有點曖昧。他開始把他們當作是一對偷情的男女了。劉曉再一次準備好了攝影設備，儘管這裡光線不太好，但他不會放棄任何一絲機會。

劉曉突然有點激動和忐忑，跟蹤這些天來，他感覺事情的真相就快水落石出了。他難以想像自己抓到海棠的把柄之後的情形，到時候自己的心情到底會怎樣呢？有報復的快感和失落嗎？劉曉長長地吐了一口氣，他想儘量地穩定自己的情緒。這個關鍵時刻，他不能有任何閃失。

吃過晚飯後，海棠和那個禿頂男人去了迪廳，看來他們需要狂歡了。劉曉也跟著滾進了喧鬧的人群裡，那款隱形攝影機也跟著他輕微搖擺的身體而晃動起來。海棠和禿頂男人瘋狂地扭動著身體，但他們卻都擁有一份難得的清醒，兩人之間始終保持著距離。距離不遠不近，時遠時近。劉曉難以判斷他們兩人的關係，以及接下來要發生的事情。音樂越來越強勁，人潮越來越沸騰。劉曉有點頭暈的感覺，但他努力保持著鎮靜，等待他期望的那一刻出現。

但是，這個夜晚註定會讓劉曉垂頭喪氣。幾番折騰下來，海棠和禿頂男人分手了。分開時，他們只是相互間笑了笑，聯手都沒有握一下。海棠開車回家了，劉曉也追隨而去。他希望中途她能掉轉車頭，把車開到某個男人的家裡。但是，海棠卻帶著她的ＭＰ４和書回家去了。劉曉看著海棠的背影消失在黑暗之中，只好帶著沮喪的心情結束了一天的跟蹤。

6

劉曉又失眠了，這是他接手張力這個案子以來的第二次失眠。這個並不複雜的案子耗費了他太多精力，做私家偵探這幾年來，比這複雜得多的案子都沒有讓他如此頹喪。融融睡得很香，看來她很享受跟父母相處的幸福。沉靜的夜色裡，劉曉的思緒在現實和記憶裡來回穿梭。過去就像泛黃的照片，一張張地飄進五顏六色的現實裡來。這種強烈的衝擊和模糊不清的糾纏讓劉曉身心疲憊。凌晨時分，他小心翼翼地起床到客廳裡抽起菸來。煙霧混合著晨曦，沖淡了劉曉心中的惆悵。

接下來的一段時間，劉曉始終處於飄忽的狀態，但他依然廢寢忘食地為這樁現在想起來有點莫名其妙的案子操心。為了儘快解決問題，劉曉甚至花費了更多時間跟蹤海棠。某一天，他覺得海棠是個心機很重的女人，也許她知道丈夫安排了人調查她的婚外情，而且這個偵探就是心裡充滿了仇恨的劉曉。於是，她改變了外出的時間和路線。為了迎接海棠的挑戰，劉曉把跟蹤的時間儘量延長了。有時候，他近乎是全天候監視著她。劉曉把這部汽車當成了家，吃飯睡覺都在上面。他甚至忘記了融融和她的父母，幾天不回家，而且連一個電話都沒有。

這期間，劉曉依然沒有發現海棠有婚外情的跡象。她確實在與形形色色的男人接觸，出入於各種各樣的酒吧和娛樂場所，但是，卻從未越過那條警戒線。漸漸地，劉曉失去了耐心，而且他覺得事情有些蹊蹺，於是便想給出差外地的張力打個電話。打電話之前，他在心裡醞釀著如何推掉這個案子。但是，事情有些出人意料。

手機通了，但是，說話的卻是一個女人的聲音。劉曉說，請張力接電話。對方操著河南口音說，張力？誰是張力？劉曉耐心地解釋，他說，前幾天找我幫他調查案子的張力。對方問，調查案子？誰找你調查案子了？劉曉依然有耐心，他說，張力找我調查案子了。對方的口氣有些生硬了，她說，我不認識張力。劉曉的耐心也在慢慢消失，他粗聲粗氣地問，你是誰呀？沒想到對方冒火了，她咆哮道，你是誰呀？神經病。說完，電話就斷了。

劉曉拿出張力留下的聯繫方式，對照了一下剛才撥打的電話號碼，確定自己沒有打錯。接著，他又打了過去。通了，但對方沒接。劉曉繼續打，對方依然沒接。這天，劉曉把他的耐力發揮到了極致，他想用這種殘酷的方式拖垮對方。後來，對方又接電話了。只是，電話一通，劉曉的耳朵裡就聽到了尖銳的痛罵。在結束這次通話時，對方再次狠狠地罵了一句，神經病。

就彷彿被潑了一身洗腳水一樣，劉曉覺得太荒唐與無聊了。張力的手機怎麼是個女人接的呢？帶著莫名的空虛，劉曉回去了。他想暫時放一下這個案子。此刻，關於張力的手機是他最想弄清楚的事情。劉曉想，等晚上找個時間換個電話號碼再打過去，或許會把事情的真相揭開。為此，他特地去買了一張新手機卡。

劉曉回去時已是傍晚七點過了，融融的父親正在看新聞聯播。他一進門，老人家就把電視機關了，臉色頓時變得難看起來。氣氛一下就緊張了，有點山雨欲來的感覺。劉曉尷尬地笑了笑，但他的笑容沒有得到任何人的認同。融融的父親輕聲地咳嗽了幾聲，那是他進攻之前的信號。接著，劉曉感到一陣狂風暴雨向自己襲來。

融融父親的行為讓劉曉覺得不可思議和啼笑皆非，這位守舊、呆板的老人，不知道採取什麼方法，把劉曉的家庭背景弄得一清二楚，而且在那個殘酷的黃昏把一切秘密都捅了出來。融融的父親說，我就知道你的父母不是知識份子，否則你不會幹私家偵探這種藏頭露尾的工作。接著，這個彷彿受了委屈與欺騙的老人像是在背誦某本書的內容一樣，把他所瞭解的細節大聲地念叨起來。他的口氣那樣機械而冰冷。他說，我知道你父親是個商人，十足的暴發戶嘴臉，所以他有了錢之後就喪失了人性，為了與外面的女人亂搞，把結髮妻子送進了精神病院。你只有幾歲時就沒了母親，最親近的人就是比你更小的妹妹。

劉曉默默地聽著，怒火在胸腔裡慢慢燃燒。這種被人揭老底的感受令他感到極度悲傷。但是，劉曉始終強壓著怒火，他不想讓事態有任何擴展。這些年來，他一直過著隱忍的生活。隱忍已經滲透到劉曉的血液裡了。但是，融融的父親接下來的話讓劉曉的憤怒達到了他無法忍受的極限。融融的父親說，家庭的支離破碎最容易讓一個人性格扭曲，我不能容忍女兒跟這樣的人生活一輩子。

就是這句話引爆了壓抑的談話環境，劉曉用氣勢洶洶的語氣對融融的父親說，我覺得你的行為傷害了我。接著又補充說，嚴重地傷害了我。老人一下站了起來，他問，我怎麼就傷害你了？劉曉立即頂了上去，他說，你這是幹什麼？我只是跟你女兒相愛並要結婚，我不是犯罪分子，你為什麼非得像調查罪犯一樣調查我的家事呢？難道你不知道這樣做是不尊重我嗎？劉曉這樣的頂撞讓融融的父親惱羞成怒。老人暴跳如雷，他怒氣衝衝地指著劉曉說，你一直隱瞞著我，難道對我和我女兒不是一種傷害嗎？

沉默，可怕的沉默。

空氣彷彿停止了流動。劉曉看了看在客廳角落裡一言不發的融融，心裡有種撕心裂肺的痛。爭論與對抗的結果是劉曉輸了。沒有人判定輸贏，但他自己知道輸了。他垂頭喪氣地退到了臥室，希望這樣的退避能讓自己有些安全感。劉曉覺得整個身體一下就枯萎了，似乎只剩下一張皮。他沉沉地倒在床上，感覺全世界都在快速下墜。

劉曉一直睡到夜裡十點過。醒來時，他沒有看見融融。來到客廳，他發現融融睡在沙發上，身上蓋著她爸爸剛剛給她買的毛巾被。劉曉聽著融融均勻的呼吸聲，一絲悲涼在心裡躥了出來，融入到濃濃的夜色裡。他小心翼翼地回到臥室，突然想起還要給張力打電話。

這時候劉曉還比較清醒，知道換上剛剛買的新手機卡。打電話之前，他非常緊張和惶恐。對未知情況的恐懼感讓劉曉的手一直在發抖，手機差點掉在地上了。認真地想了很久，劉曉還是打了這個讓他徹底絕望的電話。他儘量壓低嗓音，並刻意用生硬的河南話與對方交流。

電話依然是個女人接的，從聲音與說話的節奏感上判斷，劉曉明白她就是白天與自己說話的那個女人。電話響了很久才接通。劉曉說，我找張力。對方問，張力，誰是張力。很明顯，對方是被劉曉從熟睡中吵醒的，語氣有點含混不清。劉曉說，叫張力聽電話。劉曉聽到對方幾乎是重覆著第一次通話的口氣和內容，狠狠地把自己臭罵了一頓。最後，對方說，你別以為換個電話號碼我就不知道 話斷了。急促的忙音如一記重錘砸在劉曉的頭上，他又一次倒在床上迷迷糊糊地睡了。

第二天凌晨，劉曉在噩夢中醒來。在那個恐懼的夢裡，劉曉被一個怪物瘋狂地追趕。他看不清楚怪物的臉，那隻碩大的血口成了夢裡最清晰的記憶。除此以外，就是劉曉亡命地奔跑。怪物的嘴就在劉曉的身後，只要在接近一點就會將他吞噬。劉曉急得滿頭大汗，他暗中使勁，努力往前衝。但是，他卻全身乏力，無論怎樣努力都無濟於事。劉曉始終處於即將被怪物撕成碎片的邊緣，直到他滿頭大汗地醒來。

劉曉躺在床上，感覺空氣中彌漫著屍體腐爛的味道。

7

天一放亮，劉曉就離開了。今天他不去跟蹤海棠了，他決定放棄這樁糟糕的案子。劉曉去了辦公室，他想在那裡一個人靜靜地待著，梳理一下最近的生活。到辦公室後，他把自己封閉在一個促狹的空間裡，一根接一根地抽菸。思緒隨著煙霧在屋子四處飄蕩，一些人和事開始在劉曉的腦海裡交替出現。

張力和海棠、成都與家鄉的小縣城、現實與記憶，它們交織在一起，發生了強烈的化學反應。劉曉的腦海裡波濤洶湧，塵封已久的往事，如冬日的霧靄一樣蔓延開來，媽媽的死亡又浮上心頭。

關於劉曉母親的死亡，曾經是那個封閉的小縣城裡人們最熱中的談資。在相當長的時間裡，人們總是不自覺地拿出這樁怪異、荒誕的事情來打發無聊的時光。劉曉十分痛恨那些惡臭的流言蜚語。媽媽死後，他在縣城裡生活的時間不長，但卻聽到了很多關於媽媽死因的版本。最開始，人們流傳的是劉曉的母親在精神病院遭到幾個男精神病人輪姦，因為她反抗，結果被其中一個滿臉鬍鬚的男人勒死了。在人們的談論中，還有另外很多細節和氣氛渲染。很多時候，沉默寡言的劉曉就躲在人們的身後，孤獨而絕望地聽著人們精彩地描述著母親的死亡。事實上，幾乎沒有人會照顧這個孤僻孩童的情緒，其中某些無聊的人還會肆無忌憚地嘲笑劉曉。

在那些落寞的黃昏，劉曉無數次發誓要找到那幾個可惡的男人報仇。後來，他真的在一個週末去了精神病院。但是，劉曉還沒來得及向那個門衛老頭子說明來意時，對方就不懷好意地嘲笑起他來。門衛老頭子說，你又來幹什麼？難道你真是個神經病，想進去啦？劉曉望著門衛老頭子那張充滿皺折的臉，只有灰溜溜地回去了。但關於母親死亡的猜測沒有消停下來，甚至有變本加厲的勢頭。

在後來的日子裡，儘管劉曉聽到了無數關於母親死亡的談論，但只有一種說法令他傷心欲絕。那些無聊的話最開始是從張力的口裡說出來的，一個名叫王飛的夥伴把原話轉達給了劉曉。

那個霧氣沉沉的早晨，王飛對劉曉說，張力說你媽媽是你爸爸派人殺了的。當時，氣憤的劉曉差點撿起地上的磚頭向王飛砸去。王飛立即解釋說，你別生氣，我沒有撒謊，這話真的是張力說的。劉曉的怒氣最終沒有冒出來，他用表情示意王飛繼續說下去。接著，王飛就滔滔不絕地說了起來。他說，張力說你媽媽原本就不是個精神病人，那是你爸爸要與外面的女人亂搞，才把你媽媽送到精神病院去的。聽說，你爸爸花了很多錢，找了很多關係才達到目的。但是，把你媽媽送到精神病院並不能讓你爸爸重新結婚。為了與外面那個女人名正言順地生活在一起，你爸爸終於做出了最惡毒的一手，找人把你媽媽徹底解決了。

劉曉聽得毛骨悚然。後來，這個最令人感到恐怖的傳言就在縣城裡像蒼蠅一樣飛舞，幾乎每一個角落都能聽到。

這個最殘酷的傳言狠狠地刺痛了劉曉，強烈的懷疑再次在他心底升騰起來。自從母親被父親送進精神病院之後，劉曉就從未停止過懷疑，他覺得母親並不是個精神病人，儘管她的確有些笨拙和呆滯。他曾經也猜測父親把母親送走是別有用心，特別是當海棠和她母親住進他家之後，但這些都局限於一個想念母親的男孩的猜測。當王飛把張力的話轉達到劉曉的耳朵裡後，懷疑又重新站了出來，主導了他的思想。但是，劉曉始終無法找到母親死亡的真相。

當劉曉離開父親、離開縣城之後，時間封鎖了他內心的仇恨，他想用隱忍和閃爍來開始新的生活。在陌生的城市，劉曉成了一個陌生的人。他忘記了關於自己的一切，在苟且偷生中體會到了充滿疼痛的安寧和幸福。劉曉以為這種具有安全感的生活會一直持續下去，可是，張力和海棠的出現重新掀開了他的內心，某些複雜的念頭死灰復燃，促使他想要回到那個小縣城，回到不堪回首的過去。這天上午，劉曉在辦公室裡做出了決定，重返那個記憶中的縣城。

融融對劉曉的決定非常憤怒與無奈，因此他們爆發了激烈的衝突。她把他的決定歸結為逃避，她說，你在逃避什麼，想逃避我們的婚姻和感情嗎？我不在乎你的過去，我只想你與我一起站在新的起跑線上重新開始新的人生。但是，你必須要做的是坦然面對過去、現在，以及未來。

劉曉不想解釋，他知道任何解釋都是徒勞無功。每個人都無法進入別人的內心世界，所以他原諒了融融的憤懣。劉曉默默地忍受著曾經溫柔的融融的質問。但是，融融卻得寸進尺，她惱羞成怒地說，難道你就不能光明磊落地做人嗎？

這句話深深地傷害了劉曉。氣急敗壞的他站了起來，但他找不到發洩的方式，只有把口袋裡的撲克拿出來憤怒地向空中拋去。撲克從空中散落下來，頹喪地躺在冰涼的地板上。融融的父母在一旁看著這場激烈的爭吵，就像在看一場熱鬧的演出。只是，沒有人知道他們是否會幸災樂禍。

爭吵的結果除了沉默以外，就是各自悄然的呼吸聲。每個人鼻孔裡出來的氣流依然在空氣中做著各種爭鬥，它們都想戰勝對方。但是，誰都沒有妥協，誰也沒有戰勝誰。

8

劉曉在晨曦中離開了家，離開了成都，坐上了返回故鄉的火車。這是一趟思緒複雜的旅途；這是一趟註定會感到悲痛的旅途。自從離開了小縣城之後，十多年來劉曉從未踏上過那片沉重的土地。直到現在，他依然對那片故土充滿了仇恨和抗拒。只是，今天他必須帶著一份使命重新回去。坐在火車上，劉曉的心隨著鐵軌的聲響起伏不定。但是，起伏中卻藏著一份勇敢和堅定。

黃昏時分，劉曉的雙腳又站在記憶中的縣城了。這裡已經今非昔比，濃烈的煙霧和漫天飛舞的灰塵代替了以前的封閉與陳舊，空氣中飄蕩著喧囂與浮躁。劉曉沒有回家，當年他負氣離開時，發誓要與父親斷絕關係。他去了縣城郊區的姑姑家。雖然一幢幢氣派的高樓佇立在曾經縱橫交錯的田園上，姑姑家那低矮的老房子早已蕩然無存，但是，經過幾番打聽，劉曉還是找到了姑姑。在濃濃的暮色中，他看見了姑姑的蒼老。

姑姑哭了，這個年邁的老人用淚水表示了她對劉曉這些年的擔心、牽掛，以及無限的思念。她說，我以為你已經不在這個世界上了呢。自從劉曉在那個黑咕隆咚的夜晚離開縣城之後，所有的親戚朋友都認為他死了。大家都認為失去媽媽後的這個孤單的孩子選擇了輕生，他們甚至還在縣城背後的那條河裡進行了打撈，試圖找到劉曉的屍體。確實，劉曉做這次徹底的逃離時，他經過了長時間的思想鬥爭。那段時間，他一直沉默不語，鬱鬱寡歡。走還是不走，這個問題始終盤踞在他的腦子裡。最終，劉曉悄然地離開了，沒有與任何一個人告別。

劉曉拍了拍姑姑的肩膀，輕輕地擁抱了她一下。姑姑的情緒慢慢平息了。可是，她的淚水很快又順著溝壑縱橫的臉頰靜靜地流了下來。這一次，她用悲傷表示了對劉曉的父親的同情。她顫抖地說，真是善有善報，惡有惡報，你那個沒良心的爸爸，把你媽媽送到精神病院之後，最終還是遭到了報應。老人突然停了下來，她彷彿在整理情緒。劉曉對姑姑的話感到異常驚奇，他不知道父親到底遭受了怎樣的報應。但是，早已扎根在心底的仇恨使他沒有對父親的遭遇進行詢問。劉曉一直在默默地傾聽，而且打算始終保持著這種狀態。姑姑搖頭歎氣地說，沒想到，他也進去了。

姑姑把父親進精神病院的事情從頭到尾地給劉曉說了。原來，海棠的母親侵吞了劉曉的父親所有的財產，那個蛇蠍女人把已經沒有利用價值的丈夫折磨到精神失常，最終將他送進了精神病院。

殘酷的命運和現實讓劉曉思緒複雜，他不知道接下來該做什麼。他默默地垂著腦袋，眼裡噙滿了淚花。劉曉有點後悔重返故鄉了。他在姑姑家住了一晚，整個晚上輾轉難以入眠。各種情緒都糾結在他的腦子裡，相互糾纏的力量趕走了劉曉的睡眠。第二天天還沒亮劉曉就起床了，他披著晨曦踏著露水，向精神病院走去。

去精神病院的路上很安靜，劉曉的腦子裡一直閃爍著以往去精神病院的情形。以前，他都是跑著去的，這次他不想跑了。劉曉害怕見到父親，他找不到父子情感的介面。維繫感情的紐帶在母親進入精神病院後就開始出現裂縫，母親最後的死徹底地斷絕了父子之情。儘管事情已經過去那麼多年了，但劉曉不打算用寬容來消融過去。這天，劉曉一次次在心裡對自己說，我只是去尋找媽媽死亡的真相。

這麼多年過去了，門衛居然還是那個老頭子。只是，他比以前老得多了。劉曉向老頭子遞上了姑姑的探望證，對方沒有看探望證，而是死死地瞅著劉曉那雙紅腫的眼睛。半晌，老頭子乾癟地說，進去吧。劉曉點了點頭，點頭的同時他在想，他還記得我嗎？

精神病院裡的氣氛非常緊張和壓抑，劉曉的步伐謹慎而帶著試探性。他一邊走一邊想念著母親，她各個時期的形象像幻燈片一樣變換著在腦海裡出現。母親曾經的音容笑貌在一定程度上緩解了劉曉緊張的情緒。精神病院的每一個角落都似曾相識，多年以前，劉曉的眼神透過圍牆上的視窗進來搜尋過。如今，當他用腳步代替眼神，實實在在地來到這個陰冷的地方時，他希望每一片樹葉或者每一粒瓦礫都能為他帶來破解母親死亡真相的線索。所以，劉曉每一腳都走得那樣小心翼翼。但是，他依然沒有獲得希望。

劉曉幾乎走遍了精神病院的每一個角落後，蕭索與肅穆的氣氛讓他感到窒息。幾個小時下來，他還是沒有獲得任何線索，事物的表象和本質彷彿依然停留在十幾年前。灰心喪氣塞滿了劉曉的內心，他驀地蹲在地上，耷拉著腦袋，一陣眩暈襲擊而來。他就那樣蹲在地上，用長長的呼吸去平息矛盾的內心。良久，劉曉做出了一個令自己非常吃驚的決定，放棄調查母親的死亡真相。突然之間，他想去看看父親。接著，他又在心裡加強、肯定了自己的決定。對父親的同情消解了橫在他們之間長達幾十年的仇恨，劉曉的內心漸漸平復了，像潮水退去之後平靜的海面。然後，他向父親的病房走去。

劉曉只在父親的病房裡待了半個小時左右，這段時間裡發生的事情他已經慢慢忘記了。後來，他的記憶裡保留的只是一些簡單的畫面。比如父親的白髮、臉上的紫色斑點、深陷的眼眶以及失去光澤的眼神。劉曉記得父親看自己的眼神很奇怪，遲疑中帶著肯定，肯定中又夾雜著閃爍。他不知道父親是否還認識自己，是否還記得過去的恩恩怨怨。劉曉輕輕地喊了一聲，爸爸。他看見父親眨了一下眼睛，眼珠子左右搖晃不定。接著，劉曉又喊了一聲，爸爸。這次，劉曉沒看見父親有任何反應。這個在精神病院蹲了好幾年的老人，目光散亂地盯著牆角，牆角處結著一張碩大的蜘蛛網。

離開精神病院，逃避的情緒再一次在劉曉的心裡翻江倒海，他有一種立即返回成都的衝動。他停下來，抽了幾根菸，凜冽的風把菸灰吹得四處飄蕩，過去的陳年往事又浮上心頭。最終，劉曉再次決定逃離這個地方。這次，逃避來得如此洶湧。

劉曉回到姑姑家裡，把探望證還給她，同時也向她辭別。姑姑對劉曉的決定很吃驚，她沒想到這個失蹤十幾年的孩子這麼快又要消失了。姑姑說了一大堆話，劉曉一句也沒聽清楚。他隱約覺得她是在挽留自己，但確實沒有聽明白她到底說了些什麼。劉曉就想著離開。十多年前他就厭倦了這裡的一切，現在更是一刻也待不下去。

9

黃昏時分，劉曉回到了成都。這個渾濁的城市此刻更加容易讓人迷失方向。開門後，一股夾雜著塵埃的空氣撲了過來。家裡空無一人，一片死寂。劉曉給融融打電話，聽筒裡傳來了她尖細的聲音。融融說，我送爸爸媽媽回去了。劉曉問，你什麼時候回來？融融答非所問，她說，爸爸媽媽說在這裡住不習慣。對話就在這裡僵住了，劉曉本來還想說點什麼，但總覺得喉嚨被堵住了。他簡單而機械地「哦」了一聲後，把電話掛了。

夜幕幾乎是在一剎那間籠罩了這個城市，劉曉覺得世界突然間就暗了下來。他半躺在沙發上，一根接一根地抽菸。劉曉的思維凝固了，彷彿一切都停止了流動，只有手指間忽明忽暗的菸火表示著時間匆忙的腳步。

電話驀然響起，驚擾了濃稠的夜色。但劉曉卻無動於衷，依然呆滯地躺在那裡。第一遍結束了，片刻後第二遍接踵而至。劉曉才如夢初醒，他慌亂地拿出手機，但卻沒有立即接聽。他第一反應以為是融融打來的，劉曉始終認為他們之間的愛是真摯的，外界的任何干擾都無法阻止他們相愛。不過，手機螢幕上顯示的卻是另一個電話號碼。

正在劉曉遲疑之際，電話停了又響，已經是第三遍了。這一次，劉曉迅速地接通了電話。情急之下，他的嘴巴裡竟吐出一串河南話來。劉曉問，你是誰？你找誰？

劉曉啊？你怎麼說起河南話來了？電話是張力打來的，難怪劉曉覺得這個電話號碼似曾相識。劉曉恍然大悟，他說你回來了嗎？張力說，回來？我一直在成都，哪裡都沒有去啊。劉曉呆愣片刻，接著又說，你不是說要出差半年嗎？好像是去河南了吧？此刻，他想起了那個操一口河南話的女人。但是，張力卻沒有回答。不過，劉曉也沒有就這個問題繼續糾纏下去。

當劉曉明白是張力打的電話時，他就想儘快結束這次通話，所以他問，你找我有什麼事？張力聽而不聞，轉而問劉曉，這段時間你怎麼不在偵探所？劉曉想了半天也沒有找到搪塞的理由，半晌他才實話實說，回了一趟老家。電話那端，張力輕輕地說了一句，我就知道你早晚會回去的。什麼？劉曉問，你說什麼？張力極力迴避，閃爍其詞，他說，我只是想告訴你，我那個案子不用跟了，事情已經水落石出了。劉曉迫不及待地問，與她有染的那個男人是誰？張力輕描淡寫地說，完全是虛驚一場，海棠與那個男人只是普通朋友。頓了頓，他又補充說，還是非常感謝你，我會給你支付一筆勞務費，明天給你送到偵探所來。劉曉斬釘截鐵地說，不用了。然後，他果斷地掛斷了電話。

結束了這次充斥著荒謬與詭異的電話，劉曉的心情格外複雜。不用再糾結這個莫名其妙的案子，這是一種徹底的解脫，但他又總是覺得事情的背後隱藏著某種陰謀與暗算。劉曉木然地佇立在天鵝絨般的夜色裡，好半天過去了，他才憤怒地揮舞著手臂說，去你媽的勞務費。

劉曉想出去走走，寄望於讓夜晚的風稀釋自己內心的積鬱。他起身開門，但走到門口後又突然停了下來，一隻腳在屋內一隻腳在門外。劉曉覺得雙手有種空蕩蕩的感覺，驀然地想起了那副撲克。這些年來，無論劉曉走到哪裡手中都會捏著一副撲克，否則就會感到恍惚與飄蕩。他轉身回來，但翻遍了整個屋子也沒有找到那副撲克。劉曉隱約記得，他離開家之前，五十四張撲克凌亂地散落在地上，見證了他和融融之間最猛烈的爭吵。可是，現在他把所有的燈都打開了，也沒有發現撲克的蹤影。就在劉曉感到十分沮喪時，他的眼神卻落在茶几下面的垃圾桶裡。那幅撲克支離破碎地躺在垃圾桶裡，像極了他此刻的心情。劉曉瞬間便明白了，這是融融臨走之前做的。她用剪刀憤怒地剪碎了劉曉的撲克，連盒子都沒有放過。劉曉死死地盯著垃圾桶，長長地出了一口氣。

濃郁的夜色與朦朧的燈光，讓整個城市更加蒼茫。劉曉「噌噌噌」地逃出了大樓，茫然無措地在街上遊走。他穿過一條條大街小巷，看到了翹腳牛肉店，也看到了成人用品店，看到了眼鏡超市，也看到百貨商場，甚至還看到了一對男女在街角的樹蔭裡忘情地接吻。不知走了多久，當劉曉有點疲倦想要停下腳步時，他發現自己正好站在小區門前的十字路口，平安大街幸福巷 66 號的字樣若隱若現。

劉曉神情落寞地回到家裡，又躺在那張沙發上。然後，極度虛空的他打開了電視機。電視裡正在播放魔術揭秘，這檔節目劉曉每期必看。他喜歡那個長著小眼睛和薄嘴唇的主持人，他覺得她的眼神具有某種特殊的穿透力，足以揭穿任何一個精妙的魔術。但是，劉曉今天晚上不想看，他甚至一下就厭惡這檔節目了。「啪」的一聲，劉曉關掉了電視機，憤怒地把遙控器砸在地板上。

劉曉掙扎著站了起來，踉踉蹌蹌地來到窗口。他探著腦袋望瞭望深不可測的夜空，一層薄霧在空中湧動，整個世界模糊一片。

胸前掛牌子的女人

1

黃梅已在心裡默默發了誓，這個冬天一定要找到他。這個臉龐清矍頭髮枯黃的女人希望能在明年春天過上新的生活。入秋以後，黃梅一直在尋找對她至關重要的丁寧。她像個笨拙的間諜，任何蛛絲馬跡都不放過。可讓黃梅意想不到的是，丁寧就像是從地球上消失了一樣。她幾乎找遍了這個城市的每一個角落，但依然不見他的蹤影。天氣一天天冷起來了，黃梅的處境也似乎越來越潮濕。

一個星期六的晚上，有個女人來找黃梅，告訴了她有關丁寧的消息。那個胸部碩大的女人說，她在街上遇見丁寧了。她說丁寧住在東門，一個企業家屬院裡，但具體位址卻不清楚。儘管這是個語焉不詳的消息，但黃梅還是興奮得手舞足蹈。她高高地舉著兒子，一次次把他拋在空中。兒子在黃梅激動得有些誇張的舉動中發出清脆、純潔的笑聲。黃梅很長時間沒有這樣高興了，即便是兒子誕生時。兒子是初夏時生的，短暫的驚喜之後，接踵而來的沉重讓黃梅感到疲憊不堪和傷心欲絕。

那天晚上，黃梅差不多通宵都在與大胸女人商量怎樣尋找丁寧。比起之前的大海撈針，現在的計畫更加明朗和具有針對性了。最終的決定是，去丁寧所在的社區，找居委會領導，他們一定知道丁寧的具體住址。丁寧的老巢都瞭若指掌了，逮住他還不是甕中捉鼈嗎？這個決定讓大胸女人洋洋得意，因為是她想出的點子。

這個夜晚，黃梅一眼沒合。面對人生的希望，她激奮得失眠了。黃梅太渴望見到希望之光了。

三年前，她來到這個陌生的城市，尋找從未見過面的父親。但是，她始終在黑暗中匍匐前進。而一年前丁寧的突然失蹤，讓黃梅更是跌入了萬丈深淵，所有信念頓時土崩瓦解。惟一讓她感到欣慰的，就是肚子裡的孩子。孩子讓黃梅繼續活了下來，也讓她繼續尋找下去。

第二天是個難得的好天氣。這是個奇怪的城市，只要一進入冬季，老天總是不給人好臉色，陽光成了最稀缺的東西。今天的好天氣似乎暗示前景一片光明，黃梅這樣想。她抱著兒子，坐上公車，朝著那個能帶給自己希望的地方走去。黃梅的兒子非常害怕坐車，每次都是從上車哭到下車。可他今天卻一聲不吭，還有幾次露出了甜美的笑容。這笑容讓黃梅想起了家鄉金燦燦的油菜花，她心裡暖洋洋的。黃梅深情地吻了吻兒子臉上的酒窩。她看著兒子，丁寧的影子一下就躥進了腦海。

儘管來這個城市三年了，可除了自己之前上班的萬州大酒店附近的幾條街，黃梅對這個城市的整體感覺是粗略而陌生的。有時候，她甚至覺得自己不是生活在這個城市中。有一次，癱瘓在床已經快十年的外婆要黃梅給她描繪一下這個美好的城市，可她腦子裡卻一片空白，什麼都沒有。

轉了兩次車後，黃梅終於到了傳說中丁寧所在的小區。她好不容易才找到了隱藏在角落裡的居委會辦公室。與她說話的是一個牙齒比油菜花還黃的禿頂中年男人，他用一種充滿懷疑與輕蔑的眼神看著黃梅。他說，丁寧？我們這裡沒這人。黃梅小心翼翼地說，他是個廚師，以前在萬州大酒店上班。儘管中年男人有些不耐煩，但他還是煞有介事地思索起來。他皺著眉頭，左手搔頭的同時，右手摸出了一根菸。他長長地吸了一口菸後說，沒有，真沒有這個人，你肯定找錯地方了。黃梅有些為難，她本不想再打擾眼前這個男人了，因為她覺得他能跟自己說這麼多，已經很不容易了。但她卻不想放棄這個來之不易的機會。黃梅用乾枯、僵硬的手指在空中比畫起來，她用空氣將丁寧的名字給男人寫了一遍。接著她又補充說，就住在你們五號院裡，但我不知道具體是幾棟幾單元幾號。黃梅剛說完，中年男人就迫不及待地說，不知道，反正我不認識這個人。說完，他就頭也不回地進屋了，坐在一張蠟黃的椅子上看起報紙來。黃梅在那裡楞了好幾分鐘，雖然她發現中年男人斜著眼睛偷看了幾眼，但她知道他不會再理會自己了。她怏怏地離開了。

黃梅並沒有打道回府，她直接來到五號院門口，想到這裡碰碰運氣。但黃梅遇到了更大的困難，門口那個並沒有穿制服的保安將她擋住了。黃梅被對方的粗魯嚇倒了，她的兒子差點哭了起來。黃梅和藹地說我找丁寧，他是個廚師，以前在萬州大酒店上班。她本來還想把資訊交代得更詳細一點，比如他的年齡、長相，以及有什麼特徵。但是，對方武斷地打斷了她。黃梅只聽到了一句話：沒這人，到別的地方找吧。然後她再沒有獲得任何交流的機會。

黃梅心有不甘地邊走邊回望這個老態龍鍾的院子，她想為什麼大家都不認識丁寧呢？是不是春芳的資訊不準確？此刻她開始懷疑那個名叫春芳的大胸女人了。接著她無比失落地問兒子，是不是春芳阿姨搞錯了，是不是啊？兒子只是用純潔中滲透著茫然的眼神望著黃梅。

2

回家後黃梅收到了一封信，那是外婆寫來的回信。這封信使黃梅的內心交織著太多情緒，激動、忐忑、恐懼，還有一種說不清道不明的慌亂。她急不可待地打開了那封也許能夠解開一個迷團的信。黃梅的手顫抖得厲害，兩張皺皺巴巴的紙在她手裡張狂地跳動著，像是危在旦夕的小鳥的翅膀。跟以往一樣，這封信依然是外婆找村裡一個高中生寫的，字跡有些做作的潦草。黃梅小學沒讀完就輟學了，每次讀這些潦草的信時都像是在考古，讀完一封信會讓她喘好一陣粗氣。今天這封信她讀得格外吃力，因為她在等待一個結果。黃梅知道，當她讀完最後一個字時，一切都會明朗起來。

黃梅如此看重這封信，與鄰居老張有關係。黃梅與以前在萬州大酒店裡上班的一個姐妹一起住在平安大街幸福巷66號裡的一個套二的房子，月租四百，一人攤兩百。兩個月前，這姐妹的肚子遭人搞大了，匆忙做了人流手術後回老家休養去了。這使得黃梅要一個人承擔四百塊錢的租金。她承受不了這負擔，所以便在仲介所登記找個人合租。於是，老張搬了進來。

最開始，黃梅對滿臉橫肉的老張保持警惕和距離。因為，她覺得老張的眼神裡藏著一種邪惡，總是貪婪地看著自己，彷彿要咬自己兩口似的。可沒過多久，黃梅就有了主動去親近、瞭解老張的衝動。在一個陰沈沈的午後，她發現老張與自己最初來這個城市的目的有某種關聯。於是，黃梅開始與老張套近乎，想從他的嘴裡獲得有關這個快滿五十歲的男人的資訊。這些資訊對黃梅來說非常重要。在某個漆黑的夜裡，黃梅甚至有種踏破鐵鞋無覓處得來全不廢功夫的衝動。她隱約覺得，這三年的尋找終於快有結果了。

從隻言片語中，黃梅對老張有了初步瞭解。她知道老張來這個城市已經快二十年了，用他自己的話說，是個老江湖。老張在工地上幹過苦力，推著自行車收過垃圾，在菜市場賣過菜，他甚至還在某個廠子裡當過幾年門衛。不過最讓黃梅覺得意外與驚喜的是，老張說他曾經還是個廚師，在老家開過館子，只是在城市的大酒店裡，他的技藝就派不上用場了。黃梅發現，老張在說自己的廚師身份時，眼神裡流露出了讓人擔憂的得意和懊喪。

從老張那裡獲得的資訊，讓黃梅想起了自己的母親。黃梅的母親去世時，黃梅只有五歲。儘管母女相處時間很短，但是，母親總是利用有限的時間，不遺餘力地給她描繪她的父親。母親的口吻始終充斥著委屈與歎惋。她總是喃喃地對黃梅說，你爸爸很能幹，是個手藝不錯的廚師。他切菜的聲音很動人，「嘟嘟嘟」的聲響就像節奏鮮明的鼓點，讓人心潮澎湃。後來，他在鎮上開了一家館子，生意火暴得很，有時候客人為了吃頓飯，不得不等上半個小時。他最拿手的是糖醋魚，我從來就沒吃厭過。不過，我也沒吃幾年，他就走了。你爸爸離開以後，我就再也沒吃過糖醋魚了。

黃梅的母親總是這樣粗枝大葉地向女兒描繪她的丈夫，事實上，她從未抓住這個負氣男人的任何細節。他走得太突然了，沒有給她銘刻記憶的機會。這倒是給黃梅留了充裕、空闊的想像空間。除了簡單地描繪一個離開已經好多年的男人之外，黃梅的母親還在做艱難的解釋。她知道這種解釋毫無用處，但她還是堅持了好多年。因為她看著黃梅清澈的目光，知道女兒是如此渴望知道父母之間到底發生了什麼。在一個個漆黑的夜裡，黃梅的耳朵裡就會鑽進母親哀怨的氣息。她總是第一句話就求女兒，她要黃梅相信她說的都是真的，沒有半句謊言。

她說誰也不希望事情發生，但災難總是突如其來地降臨在善良而孤獨的人面前。黃梅的母親說，在結婚一個月前，我去鎮上買東西，在回家的路上遇到了一個挨千刀的酒鬼。那是一個沒有人煙的山梁，當時天空還下著持續了一個月的綿綿細雨。那個挨千刀的酒鬼粗暴地把我摁倒在地，橫蠻地扯掉了我的褲子，然後死死地騎在我身上。我幾乎使完了所有的力量進行反抗，並用口死死地咬住他的胳膊。那個挨千刀的酒鬼就像頭野獸，一頭發瘋的野獸。就在我的力氣快要用完即將繳械投降時，路邊走來了十幾個回家的鄉親。我得救了。但是，流言蜚語也在每一個人的嘴巴和耳朵裡出現。

每當說到這裡，黃梅的母親總要停下來，似乎覺得接下來的話有些矛盾。她對黃梅說，我要感謝你爸爸，他真的相信了我，相信我只是被摁倒在地上，沒有讓那個挨千刀的酒鬼得逞。每次說這句話時，黃梅母親的眼睛裡總是飽含淚水。她接著說，我們的婚禮如期舉行。結婚那天晚上，我一直在黑夜裡默默流淚。我想，我必須用一生來感謝這個男人。黃梅的母親停了停說，可當生下你之後，一切都改變了。因為，你提前了一個月就急匆匆地來到了這個世界。從那以後，他就不再相信我了，認為我早已被那個挨千刀的酒鬼玷污了，而且還懷上了孽種。

這樣的話重覆了一遍又一遍，每當最後，黃梅的母親總要歇斯底里地吼道，他為什麼就變了呢？他為什麼就不相信我呢？這樣的歇斯底里似乎透支了她的生命，在黃梅剛剛度過五歲生日的第七天，她就撒手而去了。

3

來信最終讓黃梅失望了。也許是外婆的記憶已經模糊，也許她也確實不瞭解父親，總之，黃梅從來信中沒有讀出自己想要的東西。不過，外婆在信中再一次重覆了三年前的那些話。她說你一定要找到他，告訴他你母親是個好女人。我的女兒從不撒謊，我相信她說的都是真的。

三年前那個飄著細雨的黃昏，黃梅帶著神聖、沉重的使命離開了家，來到了這個城市。因為在鄉親們的流傳中，她的父親在這個城市裡。在母親去世之後，黃梅總是坐在老邁而腐朽的門檻上，等待父親的身影。她不認識自己的父親，因為他離開家時，她還不到一歲。而且，父親沒有為她留下一張照片以及其他任何能夠辨認他的容貌的資料。但黃梅相信，當父親出現在眼前時，她一定認得出他。

黃梅有些失落地將信折好，放在那個斑駁的抽屜裡。放好信後，黃梅佇立在淩亂的床前，她想，要是外婆還健康的話就好了，可以把她接到城裡來，一眼就可以看出這個老張是不是自己的父親。可惜外婆已經癱瘓好多年了，這真是一個天大的遺憾。這樣想了一會兒，她的思緒又拐了個彎兒，轉到丁寧身上了。頓時，一股莫名的委屈與悲傷在她身上每一個地方滋長開來。眼淚像突如其來的冰雹，劈裡啪啦地撞擊著地板。黃梅忍不住向自己傾訴道，命運怎麼這樣殘忍呢？自己的父親還沒有找到，又要為兒子找父親了。老天為什麼要這樣捉弄人？到底為什麼？

兒子在這個下午突然變得脆弱與傷感起來，他似乎在展示他嘹亮的嗓子，一直哭到黃昏。後來他累了，在黃梅的懷裡疲倦地睡了。黃梅緊緊摟著兒子的同時，還在不斷地給春芳打電話。她想給對方說一下今天尋找丁寧的情況，以及就某些線索進行求證。但電話一直沒有打通。春芳與幾個姐妹一起，住在一個封閉的平房裡，手機信號糟糕透頂。在夜幕已經覆蓋這個城市時，春芳的聲音終於傳進了黃梅的耳朵。她說不可能吧？他親口告訴我的。接著她又反問，你是不是走錯地方了？春芳的聲音像刺蝟，黃梅感覺耳膜有股隱約的疼痛。黃梅若有所思，半晌，她又把那地址重覆了一遍。春芳的聲音又風火火地飆進了黃梅的耳朵。春芳說，沒錯，絕對沒錯，就是那個地方。

放下電話，黃梅失落中帶著些微興奮，興奮中又夾雜著迷惘。她想，是春芳把地址記錯了呢？還是自己運氣不好，沒遇上願意幫助自己的好心人。這時，黃梅又開始埋怨春芳，她幹嘛就不要一個丁寧的電話號碼呢？真是胸大無腦。黃梅有一年多時間沒與丁寧通過電話了。他早已換了電話號碼，明顯是要與她徹底斷交了。接著，黃梅又開始怨恨起丁寧來。她覺得他太絕情了。

這天夜裡，黃梅輾轉難眠。她看著身邊酣睡的兒子，與丁寧有關的記憶如春日的細雨，綿密地出現在腦海裡。她覺得記憶已經完全浸潤、滲透了自己。這種浸潤與滲透讓黃梅身心感到極度痛苦。黃梅想，他可以不要自己，但絕不應該拋棄他們愛情的結晶。

來到這個城市後，黃梅漂泊不定，幹過很多工作。但是，她一心想去酒店上班。因為她知道父親曾經是個廚師，這樣便於尋找這個已經失蹤十幾年的親人。一年之後，她經人介紹，到萬州大酒店當了一名服務員。在這裡，黃梅認識了後來讓她欲罷不能的丁寧。

丁寧是個三十出頭的小夥子，有著清瘦的臉龐和不可捉摸的眼神，以及能夠爆發出極快語速的薄嘴唇。他們認識不久後，丁寧就展開了對黃梅的攻勢。黃梅本來對丁寧抱有本能的牴觸，她覺得他們不適合在一起，而且她現在也無心談論兒女私情。但是，黃梅又不想拒絕丁寧，因為他是個人際脈絡很廣的廚師。丁寧常常拍著胸脯說，這個城市的餐飲行業，只要是個人，沒有我不認識的。這句話對黃梅來說，具有強大的誘惑力。她想，丁寧一定可以幫助自己找到父親。後來，黃梅慢慢地接受了這個比自己大十多歲的男人。半年以後，他們同居了。

很快，半年過去了。黃梅沒有從丁寧的嘴裡得到有關父親的半點消息，這讓她有些失望。她一直以為丁寧幾天就可以把父親找到。他不是說過嗎？這個城市裡搞餐飲的人，沒有他不認識的。按理說，這應該是個簡單事啊，可為什麼他每次都讓自己再等等，別著急呢？一個月後，黃梅又問，有沒有我父親的消息啊？丁寧依舊是懶洋洋的腔調。他說你著什麼急呀？這個城市又不是你們村，想翻個遍就翻個遍。這事不能急，得需要時間。可是沒過多久，另一樁讓黃梅心急如焚的事情發生了。那個早上，當她在水槽邊上吃力地嘔吐時，她才猛然發現自己的月經已經遲到快二十天了。頓時，黃梅心裡悄悄地產生了一種不祥的感覺。也就是從那天起，她開始急切地盼望著月經的到來。可是，黃梅失望了。

當黃梅神情焦慮、語氣顫抖地將懷孕的事情告訴丁寧時，她看到的是一張驚恐中潛藏著憤怒的表情。在接下來的幾分鐘裡，黃梅清晰地看到丁寧的表情在進行著複雜的變化。最終，丁寧的憤怒燃燒成了一連串讓黃梅無法接受的話。他說你怎麼懷孕了？你怎麼這樣不小心？快去醫院打掉吧，一定要打掉。他的語速快得讓人很難聽清說話的內容，但是黃梅卻聽得一清二楚。黃梅小心翼翼地問，為什麼要打掉？生下來不好嗎？丁寧粗魯地回答說，生什麼生？我們連婚都沒結怎麼能生孩子？黃梅也有些生氣，她說那我們立即結婚就是了。她本來還想說什麼，但卻被丁寧粗暴地打斷了。丁寧近乎咆哮地對黃梅說，非打掉這個孩子不可。說完，他就摔門而出。

這以後黃梅再也沒有見過丁寧，前幾個月裡，他們還能通上電話。在電話裡，丁寧無數次叮囑黃梅，讓她去打掉肚子裡的孩子。可是，黃梅始終堅持要生下來，她說那是他們愛情的結晶。幾個月後，在黃梅的堅持中，丁寧最終換了電話號碼，徹底從黃梅的世界裡消失了。

慢慢地，黃梅在記憶中迎來了微弱的晨光。天快亮了，黃梅揉了揉生澀的眼睛想，她一定要為兒子找到父親。然後，她挖空心思地想出了一個新的招數。黃梅相信，用這招一定能找到丁寧。

4

起床後，黃梅去雜亂的陽臺上找了一個淡黃色的舊紙箱。她撕下一塊，做成一個四四方方的牌子，並在牌子上戳了兩個洞。接著，她又在角落裡找到一根紅塑膠繩子，繩子的兩頭分別系在牌子的兩個洞上。接著，黃梅又「噌噌噌」地跑到樓下，在超市裡買了支筆。回來後，儘管她上氣不接下氣，但黃梅還是迫不及待地在牌子上寫了起來。從想到這個良策之後，黃梅就在琢磨那些她要寫在牌子上的內容，一切早已爛熟於心，所以她近乎是一揮而就。寫好之後，她長長地籲了一口氣，如釋重負。

天氣就像女人的臉說變就變，昨日晴空萬里，今天卻已是烏雲密佈，似乎還有降暴雨的可能。但黃梅沒想太多，即便是下刀子，她也得去找丁寧。尋找丁寧已是刻不容緩的事情，否則，她的處境不會在明年春天之前得到改善。黃梅幾乎是用逃命一樣的速度來到了丁寧所在的小區。

這個彌漫著令人感到壓抑的空氣的上午，一個胸前掛著牌子的女人吸引了眾多人的眼球。幾乎每個人都向她投去異樣的目光，不少人還在指指撮撮。胸前掛著牌子的黃梅，帶著渴望的眼神站在人們的議論中間，彷彿是因為做了大家不可原諒的事而被示眾。但是，黃梅沒有絲毫羞澀與心虛。她心中充滿了期待，她始終相信圍觀的人群中，一定會有認識丁寧的人，一定會有願意幫助自己的人。因為，黃梅在胸前的牌子上把她與丁寧的關係以及尋找他的理由，都寫得詳細而準確。她覺得所有身為父母的人，都不願意看著一個孩子從小就沒有父親。黃梅情不自禁地摟了摟懷裡的兒子。

在這個日新月異的城市裡，每天都上演著令人目不暇接的奇聞怪事，所以，人們對胸前掛著牌子的黃梅並沒有保持足夠的新鮮感，短暫的驚異與質疑之後，也都紛紛散去。但是，有一個老人顯得與眾不同，他始終關注著這個臉上刻滿了漂泊的女人。

在沉悶的一天快要結束時，那位老人用慈祥的笑容對黃梅打了招呼。接著他說，孩子，我不認識字，只聽旁人說你是找人的，你能告訴我，你到底找誰嗎？我在這裡住了幾十年了，也許我能幫助你。黃梅像是找到了救命稻草，忙不迭地說我找丁寧。丁寧？從老人的面部表情看，他已經陷入了回憶之中。接著，黃梅用手在空中將「丁寧」二字寫了一遍。儘管老人已經說了他不認識字，但她還是情不自禁地寫了起來。黃梅知道，她掛著牌子站了快一整天了，只有這個老人真正地關心自己。她不想失去任何一個機會。老人的表情越來越凝重，黃梅的情緒也跟著老人表情的變化而懸了起來。幾分鐘後，老人鬱悶地搖了搖頭，他說沒這人，沒聽說有叫這個名字的人。黃梅的情緒猛然跌落下來，彷彿重重地摔到水泥地面，心裡隨之痙攣了一下。她以為眼前這個飽經風霜的老人會幫助自己找到兒子的父親。老人也許不想徹底掐滅黃梅的希望，他接著又補充說，你可以再找找，我也未必認識這裡的每一個人。說完，他蹣跚地離開了，消失在淺淺的暮色裡。黃梅看看老人模糊的背影，又看看懷裡的兒子，心裡空蕩蕩的。

回去的路上，黃梅的思緒一直起伏不定，彷彿暴雨來臨之前的風吹雲翻。她不斷地回味剛才那位老人的話，她相信老人不會撒謊，於是感到情況不妙。難道丁寧真的不住在這裡嗎？可為什麼春芳說是丁寧親口告訴她的地址呢？黃梅想，憑自己和春芳的關係，她不會欺騙自己，而且也沒有必要欺騙自己。那麼，為什麼沒有人認識丁寧？這其中到底有什麼奧秘呢？越想越糊塗，黃梅覺得腦袋快要炸了。

黃梅的神情和她胸前的牌子，讓老張感到異常驚詫。當時老張在吃麵條，剛進嘴巴的麵條齊刷刷地掉進碗裡了。他問你掛個牌子幹什麼？黃梅這時才如夢初醒般地摘掉了胸前的牌子。見黃梅沒說話，老張接著問，發生什麼事了？黃梅癱軟在那張被老鼠咬了幾個破洞的沙發上，有氣無力地將尋找丁寧的事情給老張說了。這些年一直在奔波的黃梅，在這個陰霾的傍晚時分變得格外脆弱，她想通過傾訴來減輕內心的負累。聽到黃梅的話，老張的眼神由吃驚逐漸變得邪乎起來，那種黯淡使夜晚更加猙獰。他說原來是這樣啊，原來你是給兒子找爸爸啊。他甚至嘀咕了一句，原來你是個寡婦啊。

這天晚上，黃梅與老張之間的距離拉得前所未有地近。這並非是她要主動進攻，以求證老張是否就是自己失散多年的父親，而是黃梅確實早已身心俱疲，傾訴的閘口一旦打破，就再也堵不住了。黃梅採取倒敘，從自己與丁寧的相識講起，以近乎邏輯推理的方式，把自己為什麼尋找丁寧，又為什麼來這個城市的前因後果全盤托出。

在交流的最高潮時，黃梅潸然淚下地講了自己的童年，以及自己不願意兒子也重覆著自己從小就沒有父親的命運。她說，在我的記憶中，我就是一個野種。我的夥伴、同學，以及那些閒來無事的女人們，都不知疲倦地議論著我的身世。他們都說我的母親是個無賴，被玷污了就應該認命，何必去欺騙我那敦厚、無辜的父親呢？他們說我父親願意要一個被男人搞了的女人就很不容易了，怎麼可能再接受一個野種呢？只要是個男人就不可能。而那時候我才六歲，母親已經去世一年了。我能找到質問的人，就只有我那已經七十高齡的外婆了。外婆總是黑著臉說，別相信那些無聊婆娘們的話，你母親是個好女人，那個挨千刀的酒鬼沒有得逞，你僅僅是不足月就生了，你是你父親的親生女兒。外婆的臉越來越黑，她似乎有些憤怒地說，有一天你見到你父親了，一定要告訴他，你母親是無辜的。從此，我就坐在門檻上等待父親的身影。而十年以後，十六歲的我來到了這個城市，因為我害怕在門檻上等完一生也見不到我的父親。最後，黃梅嗚咽起來，像一隻失落在荒野的病貓，孤獨而又無助。她告訴老張，我原本是來這個城市尋找父親的，沒想到讓兒子重覆了自己的命運，從小就沒有了父親。

凌晨時分，黃梅才上床睡覺。這個夜晚的後半段，她一直處於迷糊狀態。不知是做夢，還是黃梅的意識裡閃爍著過往的回憶，那些坐在門檻上孤獨地等待的日子，一直糾纏著她。

5

一晃，冬天就快要過完了，春天的氣息依稀混合在冬日的空氣中。黃梅隱約能聽見春天的腳步聲。這使她有些心慌意亂。

黃梅依舊執拗地把牌子掛在胸前，到丁寧所在的小區尋找兒子的父親。黃梅似乎知道這是徒勞無功的，但她就是不願意放棄這個機會。事實上，她早已黔驢技窮了。當這個胸前掛牌子的女人，一次次抱著孩子出現在人們的視野裡時，大家早已司空見慣。圍觀的人越來越少，最後就只剩下母子倆孤苦無依了。但是，在人們逐漸冷漠、麻木的眼神裡，黃梅依然在等待奇蹟出現。

在那個遙遠的天邊漂染著彩霞的傍晚，黃梅的電話響了。黃梅的電話很久沒響了，所以這響聲讓她感到驚詫和興奮。當她聽到一個陌生的女人在電話的另一端談論丁寧時，黃梅激動得全身顫抖。但陌生女人的話，卻又使黃梅的情緒立即跌落到冰窖裡。

陌生女人說，你別做無用功了，你永遠也找不到他。黃梅問你是誰？陌生女人說，我是誰不重要。黃梅問你怎麼知道我在找丁寧？陌生女人說，我看見你胸前的牌子了。黃梅問丁寧在哪裡？陌生女人輕蔑地笑了一聲，鼻息裡輕輕地噴出了一個「哼」。她說我怎麼知道。黃梅問你怎麼認識丁寧？陌生女人又輕蔑地笑了一聲，她不屑地反問道，那你又是怎麼認識丁寧的呢？這句話讓黃梅感到十分厭惡，因為她早已覺得認識丁寧是命運的捉弄。此刻，她面對這個不速之客的聲音時，竟然啞口無言。沉默。兩個女人沉重的喘息在電話裡猛烈地撞擊。

後來那個陌生的女人打破了沉默，她用一段冗長的話把黃梅置於一個漫無邊際的荒野。她說我這麼告訴你吧，我跟你有著同樣的遭遇，我找他已經好幾年了。後來當我發現他時他已經睡到你的床上了，不久就搞大了你的肚子，於是我就徹底地放棄了他。就在我快要將他從我的記憶中完全清洗掉時你就出現了，我看見你就彷彿看見了當年的自己。我關注你已經很長時間了，我原本猜想你堅持不了多久就會放棄，想不到你如此執著。我想告訴你的是，為了一個四處流竄的逃犯如此執著不值得。另外，如果你非要兒子跟著他的父親姓的話，應該讓他姓王，因為丁寧原名叫王平。

電話驀然斷了。世界一片死寂。黃梅感覺地球快要毀滅了，那些高聳的大樓正在坍塌，瓦礫瘋狂地襲來。她彷彿覺得有人掐住了自己的喉嚨，生命危在旦夕。

回去的時候，老張已經喝了幾個小時的悶酒。他似乎有心事。黃梅面如死灰地出現在老張面前時，他略顯慌張，但很快又鎮定自若了。他問吃飯了？黃梅沒回答。他說一起吃？黃梅沒回答。他問人找到了？黃梅依然沒回答，但眼淚卻撲簌簌地掉了下來。過了一會兒，黃梅來到桌邊，端起老張的酒杯就往肚子裡灌。她只覺得從喉嚨到胃部，彷彿全都燃燒起來了。這種燃燒使黃梅有種朦朧的幸福和快感。接著，她又要老張給她倒一杯，然後一飲而盡。後來，老張就一杯接著一杯地給黃梅倒酒，而黃梅就一次次地燃燒起來了。

不知過了多久，黃梅的意識模糊起來。她頭腦懵懂，渾身乏力，剛一起身就栽倒在地。兒子在一邊哇哇地大哭。黃梅想掙扎著起來，但卻一次次失敗了。躺在地上的黃梅，感覺像被人抽走了脊髓似的。後來，老張將她扶進了屋裡。

在黃梅躺在床上時，她感覺老張順勢壓在自己身上了。她推了老張一把，但沒任何反應。老張像塊沉重的石頭。然後，黃梅恍惚覺得老張在慌亂地扒自己的褲子，接著她朦朦朧朧地看見床邊站著一頭赤裸的野獸。儘管黃梅早已思維混亂，但她知道這頭赤裸的野獸想幹什麼。她開始做最後的反抗，但沒有任何效果。黃梅只是像條瀕臨死亡的魚，在乾涸的沙漠裡無謂地扭動了幾下身子。這時，那頭赤裸的野獸迫不及待地撲了上去，猛烈地刺進了黃梅的身體。黃梅感覺身體裡爆發出了一陣強烈的疼痛，疼痛從她的下身一下竄到了頭頂，又從頭頂急速下墜到下身。這使得黃梅全身冷汗淋漓。在野獸猛烈的撞擊中，黃梅的意識越來越模糊。她隱約聽見老張一邊撞擊一邊說，老子今天就要強姦一次女人，否則這罪就白背一輩子了。撞擊使黃梅胸前的牌子不斷地顫抖，不斷地傾斜，慢慢向一邊滑去。最終，這塊牌子完全遮蓋住了黃梅的臉。

黃梅完全失去了反抗的力量，她閉上眼睛，思維進入了一個飄渺而又遙遠的世界。在那個世界裡，有一個孤獨的女孩，倔強地坐在老邁而腐朽的門檻上，用渴望的眼神凝視著遠方。

麻醉師

1

春天的夜晚彌漫著絲絲溫暖和不安，紛亂的思緒在馬超越的腦子裡瘋狂地蠕動。他坐在電腦前，臉上佈滿了焦慮和凝重。有一個小說，構思早已成竹在胸，但是，每當馬超越坐在電腦前準備寫時，他卻像中了邪似的失去了語言表達能力，一個字都憋不出來。想寫而寫不出的矛盾在馬超越的心中沉積已經很久了，他心急如焚，可效果卻並沒有因為著急而有絲毫的改善。儘管如此，他並沒有打算放棄這次註定要經歷磨難的寫作。馬超越默默地在心裡發了誓，事在人為，一定要將構思變成震撼人心的作品。

在馬超越的構思中，這將是一部非常奇特的小說，與他自己有著複雜而神秘的關聯。正是因為小說與他自己的人生有種某種特殊的關係，在無法進入寫作狀態時，馬超越才如此沮喪和惶恐。這個初春的夜晚，他再次在心裡悄然地對構思進行了整理和完善，他希望今天晚上能寫出一個開頭，哪怕是一個字也好。

打開電腦之前，馬超越的腦海裡浮現出文字在藍色螢幕上流淌的情景，他的思緒在一片綠色的草原上恣意奔跑。可是，當他鄭重地坐在電腦前時，文思突然就枯竭了，思維彷彿陷入了一片乾涸的沙漠。他沉重地歎息了好幾聲，失望的情緒越來越令馬超越揪心。馬超越點了根菸抽了起來，他想借助尼古丁來麻醉自己，以此來緩解內心的失落與惶惑。他的身體狀況本來不允許他抽菸，抽一口菸就會頭疼、胸悶。但是，不知道從什麼時候開始，菸成了馬超越生活中必不可少的東西。

馬超越曾經是名麻醉師，在過去的二十幾年裡，他一直在成都市一家醫院的產科上班，每天面對的是挺著大肚子的女人和呱呱墜地的新生命。這些年來，馬超越對他的工作早已產生了厭倦。他一看見那些挺著肚皮的女人，就會頭暈目眩。但是，她們肚子裡的新生命卻會使他激動萬分。馬超越只要聽見嬰兒清脆、明淨的哭聲，興奮感就會油然而生。他想，假如自己能重生一次該多好啊。這種帶著幽默色彩的念頭使馬超越對人生充滿了希望。只是，無法實現的希望背後藏著更大的失望。失望在心靈深處慢慢衍變成絕望，使馬超越越來越孤僻與麻木。這種狀態伴隨著他度過了漫長的歲月。

因為馬超越內向的性格和拙劣的人際交往，所以人們對他的瞭解很少，只知道這個人少言寡語、行事乖戾，常常做些令人費解的行為。馬超越知道人們對他的看法，但他一點也不介意。他非常清楚，自己的靈魂裡始終充滿了陰霾，在童年時代裡，孤獨、冷漠、麻木就流進血液裡了。馬超越曾經想了很多辦法去改變自己，在過去的十幾年裡，他一直在看心理醫生，但都沒有收到任何效果。後來，長期處於灰暗狀態的他自暴自棄了。馬超越想在孤獨與絕望中慢慢枯萎，最終化作一縷空氣消失得無影無蹤。

正當馬超越在沉淪的邊緣以一種不可阻擋的速度向深淵墜落時，一個女人成了他人生的拐點。她的名字叫嚴格格。嚴格格的出現顛覆了馬超越，他突然想改變消極的生活態度，突然想寫一部關於自己的小說，突然想大膽地愛一個女人，突然想辭職過另外一種生活。

嚴格格曾經是馬超越的同事，在同一個病房裡工作了好幾個月。去年六月初，嚴格格到馬超越工作的醫院報導，這個二十出頭的女麻醉師成了馬超越的同事。快到四十歲的馬超越第一次看到嚴格格時，他的心裡莫名其妙地產生了一絲悸動。他不知道為什麼有這種感覺，只是恍惚間從她的眼神裡看到了隱藏得極其妥善的迷惘和不安。這引起了馬超越的共鳴。在並不長的工作接觸中，他覺得自己愛上了這個右邊臉上長了兩個酒窩的女孩。馬超越開始想入非非、心猿意馬。嚴格格不在時，他希望她出現；嚴格格出現時，他又拘謹、緊張和慌亂，甚至舌頭打結，說不出一句像樣的話來。隨著接觸時間的增加，馬超越對嚴格格的愛意越來越濃，但是，幾個月過去了，他卻沒有向嚴格格表示他的心跡，哪怕是一個曖昧的眼神。馬超越始終處於一種暗戀狀態。

馬超越喜歡嚴格格而並沒有主動出擊追求自己的愛情，是因為他陷入了一種前所未有的矛盾和恐慌。他清楚自己是個害怕愛情的人。父母長達幾十年的戰爭消耗掉了馬超越對愛情和幸福的嚮往，他認為人生並無美好可言，那些洋溢在人們臉上的恩愛不過是掩蓋真相的一種塗料。殘酷與無情的記憶始終駐紮在馬超越的腦海裡，消滅了他對美好人生的期望。

不知道從哪一天開始，馬超越對愛情和女人既嚮往又害怕。在認識並無法自拔地愛上嚴格格之前，馬超越有過很多段不知道算不算愛情的情感經歷。有那麼一段時間，他走馬觀花地與女孩子們約會。他看上去就像個花花公子，穿梭於不同的女人之間。但是，馬超越的感情世界始終一片空白。那些女孩們，與馬超越交往的時間最長也僅僅兩個月時間而已。不是她們不喜歡馬超越，而是這個憨厚、老實的中年男人自己要放棄。每一段感情開始，馬超越都熱情高漲，可要不了多久，他就覺得索然無味，先前的興趣和激情全都煙消雲散，然後悄然地放棄掉原本輕易便可獲得的幸福人生。

馬超越感到非常沮喪，他為自己不能好好地愛一個女人陷入了無限的憂傷。在沮喪和憂傷中，他準備放棄了，儘管美好的愛情就像一盞若隱若現的燈在遠方散發著微弱的光芒。可就在這時候，嚴格格出現了，那盞若隱若現的燈頃刻間變得無比明亮起來。馬超越有些興奮和激動，甚至有點得意忘形。但是，後來事態的發展卻讓他陷入了另一個巨大的旋渦。在那段最懊惱的日子裡，馬超越一直在想，嚴格格的出現對自己到底是喜悅呢還是悲傷？

去年冬天，馬超越離開了醫院，那時候冬日的霧氣剛剛彌漫這個城市。整個冬天，馬超越像個需要冬眠的動物，縮著脖子躲在家裡，一邊準備寫小說一邊想著如何追求嚴格格。對他來說，這是兩件棘手的事情。時間就在冬日的潮濕中步履蹣跚地走了過去。幾個月過去了，漫長的冬季走到了盡頭，春天的氣息使這個城市鮮活起來。但是，馬超越的小說和感情依然處於嚴冬，它們都死死地躺在冰天雪地裡。

這個春天的夜晚，馬超越做了非常充足的準備，他想把在腦子裡活蹦亂跳的文字全部展現在電腦螢幕上。可是，當他再次坐在電腦前時，腦子混亂了，思路堵塞了，幾個小時後還是沒能寫出一個字來。那個冷漠無情的游標在藍色的螢幕上不斷地閃爍，它就像橫在馬超越前進道路上的一柄寒氣逼人的劍。在抽了好幾根悶菸之後，他想給嚴格格打個電話。馬超越想，小說寫不出來，追求愛情的腳步還是得想辦法邁出去。還在醫院上班時，馬超越就把嚴格格的電話號碼牢牢地記在腦海裡了，只是他從未打過。

為了使自己頭腦清醒，思維敏捷，馬超越喝了一杯濃茶。接著，他拍了拍還依稀殘留著青春痘的臉龐，清了清嗓子，儘量讓內心保持平靜。馬超越拿出手機，小心翼翼地撥著每一個數字。這串長期儲存在腦子裡的數位對馬超越來說具有無限的生命力，他對它們充滿了感情，彷彿每一個數字都關係到自己的未來。但是，撥完後他並沒有立即按接通鍵。

馬超越發現自己的心跳急促得快要承受不了了，沸騰的血液強勁地衝擊著他的心房。他刪除了那些數字，把手機放在桌子上，又抽起煙來。抽菸的同時，馬超越把剛才一直在練習的幻想中的對話又在心裡默默地了練習了好幾遍。嗨，你好。這是馬超越特別設計好的問候語，他想用親切的口吻拉近與對方的距離。抽完菸後，馬超越摸了摸胸口，心跳正常了。他又拿出手機，開始撥那串號碼。可是，大拇指僵持在接通鍵上了。馬超越又打起了退堂鼓。打不打這個電話？他的心裡做著激烈的思想鬥爭。

這個夜晚，馬超越最終還是沒有聽見嚴格格的聲音。他再一次放棄了。他已經記不清這是第多少次臨陣退縮了。自卑、怯懦，以及沉積在內心深處的頹敗，迫使馬超越有種難以承受的昏厥感。

失落、鬱悶與惆悵交織在一起，馬超越陷入了時間的泥潭，夜晚顯得特別漫長和傷感。他關掉電腦，關了手機，坐在漆黑的夜裡，讓冷漠的夜色浸滿全身，滲透整個身體。馬超越感覺自己就像是一具屍體，飄忽在藥水裡面，搖搖晃晃。

2

第二天醒來時，馬超越感到頭重腳輕，輕飄飄的腳步使他感覺整個世界軟綿綿的。他去廚房熱了杯牛奶，吃了幾個放了好多天的點心。漸漸地，他感覺舒服了些，便到門口取了當天的兩份報紙。從醫院辭職以後，馬超越努力地追求著另外一種生活，為了儘量地使自己輕鬆起來，他訂了兩份報紙。儘管這兩份報紙的內容粗俗不堪並且大同小異，但馬超越依然看得津津有味。他想利用那些無聊的新聞來化解內心的積鬱。接著，馬超越泡了一杯茶，半躺在沙發上看起報紙來。慢慢地，太陽升起來了。春天的氣息充斥著屋子裡的每一寸空間，疲乏被和煦的陽光融化了。

馬超越對現在並不愜意的生活感到十分滿意，因為在過去的幾十年裡，他的生活一直充滿了黴味。

馬超越是土生土長的成都人，父母是一家醫院的職工。爸爸是門衛，常年蹲在醫院門口那個促狹的空間裡。母親是清潔工，忙碌的身影常年穿梭於太平間。馬超越的童年生活非常單調、恐懼，大部分記憶集中在醫院的門口和陰森的太平間。他沒有多少選擇，要麼是陪父親在門口散漫地盯著來往的病人和家屬，要麼是陪母親在太平間裡走來躥去。更多的時候，馬超越選擇了太平間，因為他不喜歡脾氣暴戾、行為乖張的酒鬼父親。馬超越的父親身上常年彌漫著酒氣，他的口袋裡始終揣著一個小酒瓶，無論什麼地方，只要想喝了，他就掏出瓶子，暢快地喝起來。更讓馬超越和他母親無法容忍的是，他的父親總是容易喝醉。很多時候，他都懷疑父親是故意在裝醉，然後借著酒勁發瘋。那個猥瑣、卑微、自私的男人一旦喝醉了酒，馬超越和他母親的日子就會陷入痛苦的泥沼。

母親是個孤僻而不善言辭的女人，除了對馬超越始終保持著溫暖的微笑外，基本上都是板著一副面孔。多年以後，馬超越才發現母親竟然幾乎沒有對別的人笑過，壓抑的情緒似乎使她臉上的神經壞死了。馬超越總是跟在母親的屁股後面，看著人們把一具具屍體抬進來推出去。那些曾經散發著溫暖的身體，在太平間裡就成了垃圾。有時候，工作人員就像丟一捆柴禾一樣丟屍體。馬超越看著面無表情的叔叔阿姨們，內心的美好與純真就慢慢枯萎了。

對於馬超越來說，太平間並不太平，因為這裡還是父母之間戰爭的主要場所。每當他在太平間裡聞到酒味時，就知道父親來了。一場暴風雨即將到來。這時候，他會像只機警的老鼠，迅速匍匐在堆放屍體的床下。屍體散發的寒氣和地板的冰涼透過衣服，直往馬超越的心裡鑽。每次，馬超越的父親拖著醉熏熏的身體到太平間後，揪住母親就是一陣狂打，手腳並用。馬超越的母親並不還手，她也知道不是這個喪心病狂的男人的對手。她任由他漫罵、撕打。這個命運淒涼、悲愴的女人從不向粗暴的丈夫求饒，即便是她因為疼痛而聲嘶力竭地嚎叫。她彷彿在用倔強去維護自己的尊嚴。當馬超越的父親發洩完後，她踉蹌著從地上爬起來，把兒子從床底下拖出來。她輕撫著馬超越的腦袋，胡亂地在兒子身上撣幾下，想抖掉滿身的灰塵和晦氣。然後，她把兒子摟在懷裡，兩顆破碎而冰冷的心緊緊地依偎在一起。

馬超越的父母之間到底為什麼會有如此惡劣而持久的戰爭？沒有多少人能說得清楚。當馬超越漸漸懂事之後，從人們的竊竊私語中，他聽到了一種可怕的傳聞。在那些長舌婦和無聊男人們的嘴裡，那個在太平間裡忙碌的女人，與一個燒鍋爐的男人有著骯髒的關係。他們總是帶著詭異的神色說，別看她一副良家婦女的模樣，實際上卻是個齷齪的女人呢。

第一次聽到這些話時，馬超越氣得渾身發抖，他想拿著菜刀去割掉那些人的舌頭。但是，他卻將憤懣壓制在心裡了。馬超越知道自己無能為力，他明白那將使事態朝另一個不可挽回的軌跡發展。他默默地回到了家裡，看著沉默的母親，眼淚在心裡靜靜地流淌。無論人們的口舌如何毒辣，但馬超越始終不相信那些流言蜚語。他幾乎沒有看見母親與其他男人有任何過分的來往，更別提那些骯髒的行為了。可是，父親的憤怒如洶湧的傳聞一樣襲擊了這個平靜的家庭。他就像一隻發了瘋的狗，歇斯底里的吼叫讓年幼的馬超越毛骨悚然。這個原本幸福、平靜的小家庭，在以後的日子始終被一層無形的陰霾籠罩著。

在馬超越的記憶中，家庭給他的印象是男人與女人的戰場，而不是溫暖的港灣。父親的殘暴、乖戾與母親的隱忍、哭泣，就像一張密實的網，緊緊地罩住了他的心靈。漫無邊際的憂傷抹殺了天真，馬超越開始變得越來越孤獨、寂寞、麻木與冷漠。

馬超越在漫長、沉重的回憶裡跋涉了很久，當他回到現實時，春日的陽光有些害羞地躲進了雲層。他看了看遙遠而深邃的天空，又想起了他的小說和喜歡的嚴格格。這部小說就像興奮劑，馬超越一想起它就會血液奔騰，心跳加速。小說的內容化成一串串文字，在他的腦子裡波濤洶湧地翻滾，一次次地撞擊馬超越的頭顱。但是，讓他感到矛盾與失落的是，他依然無法真正地將小說寫出來。與此同時，美麗而性感的嚴格格掀開了馬超越封閉已久的心靈，點燃了他對女人和愛情的渴望，但他卻沒有勇氣去追求。春天來了，馬超越卻依然生活在寒冬。愛情和小說都是馬超越難以逾越的一道坎，焦慮的情緒在他的身體裡來回迂蕩。

這天上午的後半段，馬超越進行了徹底的反省與總結。他非常清楚這部小說和嚴格格對自己的重要性，所以他義正詞嚴地告訴自己，這兩樣一個都不能少。為了自我督促，馬超越還製作了詳細的計畫，用一些具體而刻薄的數字將他接下來的日子進行了安排。在馬超越的構思中，這部小說至少要寫十萬字。他想儘量在一百天寫完，那麼，一天必須寫一千字。按照他的打字速度，一千字最慢也只需要一個小時。馬超越摸了摸額頭仔細地想了一下，他認為這應該比較輕鬆。至於追求嚴格格，馬超越制定了最樸實也是最有效的戰略，約她出來吃飯，把之前的同事關係向情人關係推一步，然後找個合適的機會向她表白，一切就水到渠成了。

做了這樣的安排之後，馬超越感到全身輕鬆了許多。他到臥室裡去照了照鏡子，發現自己臉上的笑容竟然那樣明朗與燦爛。馬超越聳了聳肩，暗自握了握拳頭，渾身充滿了力量。接著，他點了根菸，愉快地抽了起來。吐煙圈的時候，馬超越想，抽完這根菸就去寫小說。昨天夜裡的失敗隨著煙霧消失了。

3

抽完菸，馬超越打開了電腦，又開始寫那部讓他既興奮又頭疼的小說了。

馬超越給這部小說賦予了太多的功能和重要的意義。在產生寫作衝動的那一瞬間，他就想利用這部小說來改變自己的生活，寄望於這部小說能讓他內心平靜和充滿希望。小說內容與馬超越的真實生活有關，但卻不是自傳小說。在他的構思裡，小說的內容與馬超越的經歷完全相反。儘管這部小說的寫作讓馬超越陷入了無法自拔的彷徨和痛苦，但他無時無刻不在為寫作感到衝動。馬超越認為寫作的過程就好像是女人懷孕，艱難而充滿了幸福感。每當他遇到困難時，耳朵裡就會迴響起嬰兒的哭聲，嘹亮而充滿生機的聲音給了他無限的動力。馬超越在小說中重新安排了自己的人生，他期待著自己能像呱呱墜地的嬰兒那般獲得重生。

小說中的馬超越不會有苦澀的童年和灰色的記憶，他生活在一個寧靜、和睦、幸福的家庭，爽朗而乾淨的笑聲是這個家庭的主旋律。小說中他的父親依然是醫院的一名門衛，但卻是一個性格樂觀的丈夫和父親。儘管生活舉步維艱，但卻笑對生活。這與真實生活中馬超越的父親簡直就是天壤之別。但是，這些美好的勾勒卻是海市蜃樓。馬超越父親的臉，就藏在海市蜃樓的背後。無論馬超越怎樣躲閃，他都會看見那張扭曲的臉。

真實生活中，馬超越的父親把粗暴、殘忍貫穿了他短暫的一生。那個難得與兒子說幾句話的男人，幾乎利用了所有的機會在兒子面前說妻子的壞話。過去的幾十年裡，父親的怨恨始終充斥著馬超越的耳朵。他的口氣哀怨、憤怒，唾沫星子和牙齒摩擦的聲音混合在一起。情緒激動的時候，這個眼神倔強的男人還會用揮舞手臂來表示心中的委屈和憤怒。但是，馬超越一直在父親面前保持著相同的表情。這個被父親心裡無中生有的沉重壓迫的小男孩，過早地失去了燦爛的笑容，面對父親的喋喋不休，他總是低垂著眼瞼，嘴唇緊緊地閉著，目不轉睛地看著灰色的地面。多年以後，馬超越依然沒有搞清楚，父親為什麼會在年幼的自己面前訴說一個成年人的苦惱。

馬超越還記得院子裡那條幽僻的小路，兩旁種植著他至今也叫不出名字的樹木。因為沒有人護理，樹木的枝椏肆無忌憚地伸向路中間，偶爾會擋住路人。一些素質比較低的人直接把垃圾從樓上丟下來，掛在交叉的枝椏上。所以，當人們走在路上時，偶爾會有一隻乾癟的安全套或者一棵白菜頭砸在腦袋上。

這條散發著潮濕與惡臭的小路，承載了一部分馬超越灰暗的童年記憶。無論春夏秋冬，只要馬超越有時間，他的父親就會抓住時機，像個怨婦一樣述說著他作為一個男人在尊嚴上所受到的屈辱。儘管時間已經過去好多年了，但是，父親嘴裡那些惡毒的話馬超越依然沒有忘記。他一直在努力將那些記憶丟進垃圾桶，或者拋在風中。可是，馬超越越是想忘記，記憶卻越是清晰。

馬超越的父親總是這樣開頭，他說，你知道，作為一個男人，怎麼能容忍這樣醜陋的事情呢？馬超越的父親說的是妻子和那個燒鍋爐的男人偷情的事。這個陷入迷途和羞辱的男人說，我真沒有想到她是這樣的人，看起來那麼樸素、誠實、賢慧，實際上卻在背地裡幹見不得人的勾當。你知道，一個男人最記恨這種事了，誰願意忍受自己的女人跟別的男人睡覺啊？

不諳世事的馬超越跟在父親的身後，父親嘴裡散發的酒氣讓他有點頭暈。他歎了一口氣，心裡在默默地為母親辯解。馬超越知道這個終日沉溺於酒精的男人肯定是哪根神經錯位了，不然懷疑與猜忌不會像原子彈爆炸一樣在他的身體裡產生巨大的威力。他知道父親是在誣陷母親，但他不知道父親為什麼會這樣做。馬超越心裡非常清楚，那個純真的女人用辛勞在為這個家庭做著不可磨滅的貢獻。但是，他沒有把這些話說出來。他知道一切都無濟於事。馬超越繼續跟在父親的身後，忍受著他帶刺的嘮叨。

酒氣越來越濃烈，馬超越知道父親的情緒越來越激動了。他聽見一個帶著鼻音的聲音傳了過來。那個聲音說，我不知道那個燒鍋爐的男人哪裡好，我不知道我哪裡不好。作為一個女人，應該檢點自己的行為，不要給她的男人丟臉，不要給她的兒子丟臉。馬超越心裡一驚，他知道父親很圓滑地就把他也拉了進去，讓自己參與了這場殘酷的戰爭。那個聲音繼續說，你想啊，這些事情如果傳到你老師和同學那裡去了，別人如何看你呀。別人會笑話你的，會瞧不起你的。馬超越的心跳越來越劇烈，呼吸也愈加急促。父親的話讓這個很在乎別人眼光的小男孩感到惶恐，渾身起滿了雞皮疙瘩，一連串惡臭從胃部直往喉嚨裡冒。

在馬超越所構思的小說中，情況卻截然相反。小說中的父親總是帶著他的寶貝兒子出現在某個遊樂場，那個看起來有些羞澀、笨拙的男人，會想方設法地與兒子一起遊戲。馬超越認為，作為一個父親，無論生活有多艱難，他的臉上都會綻放著淡定、從容的笑容。男人，必須用大海般的胸懷去容納一切，包括痛苦與幸福。可是，虛構的作品在真實的生活面前總是顯得那樣卑微與不切實際。每當馬超越正襟危坐地準備寫小說時，真實的生活就會爆發出無窮的力量，摧毀他原本縝密得天衣無縫、無懈可擊的構思。這令馬超越很懊惱。但是，他又不得不接受這個無情的現實。

還是沒有寫出一個字，馬超越比以前更加憤怒。離開電腦時，他狠狠地砸了一下滑鼠，把真皮椅子使勁地推倒在地。馬超越掀開窗簾，望著深遠的天空。天空寂寞得連一隻飛鳥都沒有。馬超越又想起了嚴格格，根據計畫，他今天要把她約出來。馬超越想跨出這艱難的一步。想到這裡，他頓時緊張起來，顫抖的手讓菸灰散落一地。

馬超越喝了一杯咖啡，他希望這樣可以使自己更加清醒。然後，他做了一個深呼吸，果敢地拿出了電話號碼，毅然地撥了出去。通了，對方立即接了。馬超越親切說，嗨，你好，我是馬超越。嚴格格的聲音從聽筒裡傳了出來，她也親切地說，嗨，你好。

嚴格格溫暖的語氣讓馬超越感到意外，他有種被幸福擊中的快感，臉紅了，頭暈了。接下來，他和嚴格格在電話裡說了很多話。馬超越是個木訥的人，平時話比金貴。但是，這天他卻口若懸河，沒完沒了地說了好幾個小時。當他掛掉電話之後，才發現已是午後了，太陽正懶洋洋地向西邊走去。馬超越想不起到底跟嚴格格說了些什麼，是否著急地向她表示自己的愛意。這使他心裡空落落的。馬超越感覺就彷彿是大醉了一場，醉酒狀態下發生的一切都恍然如夢。好半天，他才徹底清醒過來。這時，馬超越才想起剛才在電話裡約了嚴格格，今天晚上他們要去看電影。

馬超越開始為今天晚上的約會忙碌起來，他幾乎把家裡翻了個底朝天，把僅有的幾件衣服試了又試，總想尋找一件增添自己魅力的衣服。可是，就算平時最喜歡的衣服，現在也看不順眼。不是嫌顏色深了，就是嫌款式老了。三番五次地試穿之後，他選擇了一件紅色的衣服和一條白色褲子。馬超越覺得這樣的搭配讓人顯得年輕，他試圖通過服飾來增添一些朝氣。這套衣服是在曾經的一個女朋友的建議下買的，當時那個時尚的女孩說這樣的顏色可以驅逐馬超越心裡的憂鬱。聽到這樣的話，他心頭一熱，就買下了。可是，衣服買了沒多久，他們就分手了。現在，馬超越看著這套衣服時，心中有些懊悔，自責不該負了對方。這樣想著，他意味深長地歎息了一聲。接著，馬超越洗了澡，剃了鬍鬚，吹了髮型。

一陣收拾下來，時間已是下午四點了，差不多就該出發了。但是，就在馬超越興致勃勃地準備出門時，他的情緒卻波動了一下。突然，他有了臨陣退縮的念頭。

嚴格格住在醫院的宿舍裡，她在電話裡讓馬超越傍晚六點去接她。再次返回醫院是馬超越打退堂鼓的主要原因。當初辭職時，他暗自在心裡做了決定，絕不再返回這家醫院。出生在醫院，成長在醫院，又在醫院裡工作了幾十年，他對醫院裡的空氣感到極度厭惡。現在一想起來，還會有噁心的感覺。按照馬超越當初的想法，徹底擺脫原來沉重的生活，以一種更輕鬆、健康的心態去追求嚴格格。可是，生活如今卻跟他鬧起了彆扭。這是一個令人啼笑皆非的悖論，要想追求嚴格格，現在首先要做的就是違背當初辭職時的意願重新返回醫院。

算了，不去了。馬超越在一瞬間產生了這樣的想法。但是，他又立即做了自我否定。嚴格格的音容笑貌一下跳進了馬超越的腦海，她就彷彿是一個巨大的磁場，無窮大的吸引力牽引著他。經過無數次失敗，馬超越對愛情和女人保持著強烈的渴望。渴望化成了無限的動力，並打敗了潛藏在心底的怯懦。他決定衝破心靈的枷鎖，做一次靈魂的救贖。嗯，就這麼決定了。馬超越拿定了主意。頓時，他感覺輕鬆了許多，身體變得輕盈起來。

4

馬超越住在平安大街幸福巷66號，離他曾經工作的醫院有一個小時的車程。馬超越帶著複雜的心情踏上了返回醫院的路。坐在公車上，他木訥地望著窗外的景物從眼前滑過，記憶的碎片在腦子飄飛起來。這個時間不堵車，大半個小時後，馬超越就到了醫院。他看著大門上那幾個老態龍鍾的字，心情非常複雜。

在醫院門口佇立了幾分鐘，他小心翼翼地走進了醫院，走進了過往的歲月。馬超越曾在這家陳舊與蕭條的醫院工作、生活了幾十年，在一成不變的日子裡，他始終像一條遊魂一樣出現在人們的視野裡。人們看馬超越的眼神總是攙雜著各種雜質，好像他的臉上貼著格格不入的標籤。馬超越對自己封閉的心靈沒有半點疑惑，但他並沒有改變的衝動和願望。在屬於自己的世界裡，他覺得很平靜，一切就像結了冰的湖面。直到有一天，嚴格格的出現讓馬超越冰封的心產生了溫暖的漣漪。

離開醫院好幾個月了，馬超越希望找到物是人非的感覺，但是，這裡卻是一切如初。曾經居住的那幢樓依然哭喪著臉，斑駁的牆面讓人心生蒼涼。高大突兀的樹還沒有完全煥發出春天的氣息，空氣中依稀殘留著冬季的悲愴。路過以前的辦公室時，馬超越只是拘謹地抬頭望瞭望，然後作賊似地跑開了。他害怕被人認出來。

嚴格格早已等候在宿舍樓下，看來她對這場約會很期待。她穿著一套粉紅色的衣服，孤獨地站在那裡，神情落寞地盯著手上那個藍色的皮包。看得出來，嚴格格也特別地梳妝打扮了一番。儘管馬超越和嚴格格曾是一個辦公室裡的同事，但是，帶著某種目的的約會還是令馬超越惴惴不安。在離嚴格格還有5米左右的距離時，他停了下來，臉上淡淡的笑容有些變形。馬超越找不到合適的話說，於是他說了一句廢話。他說，你好，我沒有遲到。說完他就後悔了，這不是在說她不懂得矜持、太過主動而早到嗎？幸好嚴格格當時心裡也有點亂，沒有發現馬超越無心犯下的錯誤。她笑了笑說，走吧。

春日的餘暉下，飄蕩著各種藥水味道的醫院裡，一個男人和一個女人帶著尷尬的神色走在狹窄的路上。這段並不長的水泥路見證了馬超越第一次用心追求一個女人的心情。生疏和緊張讓他們保持著一定距離，除了偶爾的眼神接觸之外，並沒有太多交流。更多的時候，他們都盯著路邊被灰塵覆蓋的萬年青。馬超越想加快速度，儘快離開醫院。他嘗試著走了兩大步，卻發現嚴格格並沒有跟上來。於是，他又放慢了腳步。這一切進行得悄然無聲，但馬超越還是感到無比緊張和忐忑。他害怕嚴格格看出了自己的心思。

走出醫院後，馬超越像一條魚一樣張大嘴巴呼吸著外面的新鮮空氣。他暗自感到高興，覺得終於走完了這段艱難的路程。他抽了抽鼻樑上的眼鏡說，我們去看電影吧。嚴格格說，好啊。馬超越又說，是去太平洋影城呢，還是去紫荊電影廣場？嚴格格說，你決定吧。馬超越做了決定，那就去太平洋影城吧。嚴格格點了點頭。

交流突然中斷了，馬超越陷入了慌亂。他在腦子裡搜索著各種話題，企圖接上剛才中斷的交流。在眼神掠過天空時，馬超越發現暮色已經飄忽在頭頂上了。於是，他說，時間不早了，我們先吃飯吧。嚴格格又點了點頭。

在醫院附近，有一家名叫勾魂麵的麵館。馬超越和嚴格格一起吃了勾魂麵，然後坐計程車來到了太平洋影城。原本只是二十多分鐘的車程，馬超越卻感覺用了兩個小時一樣。他不知道該與嚴格格說些什麼，氣氛又尷尬起來。好在計程車司機是個活潑開朗的人，他主動與這對客人聊起了剛剛在成都發生的一起嚴重的車禍。話題結束時，汽車也就到了太平洋影城。

到底看什麼電影，一道難題擺在馬超越面前。這段時間，除了《色・戒》，他找不出什麼好的影片。但是，馬超越又不好意思主動提議看這部話題電影。他害怕嚴格格誤會自己有什麼不良企圖，或者是在暗示什麼。正在馬超越猶豫不決時，嚴格格說話了。她說，要不就看《色・戒》吧。也許是為了掩飾某種東西，她補充說，我是梁朝偉的影迷。這句話很大程度地緩解了馬超越的尷尬，他笑了起來。馬超越說，我不僅是梁朝偉的影迷，還是湯唯的影迷呢。他的情緒越來越高了，他說，我看過湯唯演的《警花燕子》呢。嚴格格附和著笑了起來。在他們談笑時，電影票已經買好了。

儘管《色・戒》是眼下的話題電影，又是大導演李安的作品，但是馬超越還是沒有靜下心來欣賞這部卓越的影片。後來，他能記下來的，竟然真的是那幾場激情戲。看電影的整個過程中，馬超越的心裡有一個想法始終搖擺不定。是否要急著向嚴格格表達自己約她出來的目的呢？這讓馬超越焦頭爛額。他害怕操之過急，又擔心錯失良機。在這種舉棋不定的焦躁中，電影就結束了。

馬超越和嚴格格幾乎是按照之前來的路返回到醫院裡。他又一次帶著矛盾和負罪的心情走進了醫院。在嚴格格的宿舍樓前，馬超越深情地向她揮了揮手，看著她搖曳著身體消失在夜色裡。樓道裡的聲控燈一路亮了起來，然後又一路暗了下去。最後，馬超越神情黯然地轉身離開了。

回家的路上，馬超越才將故意隱藏的興奮顯露出來。上樓的時候，他甚至像個剛剛得到老師獎勵的小孩子，歡快地跳了起來，腳步聲在夜裡顯得格外響亮。進屋後，幸福的感覺彌漫了整個房間。馬超越吹著口哨沖了杯咖啡，雙腳放在茶几上優閒地抽著菸。他開始回憶今天晚上與嚴格格相處的每一秒鐘，此刻，他才發現她的舉手投足都是那樣美麗動人，她臉上的酒窩格外靈動與溫暖。儘管相處的大部分時間都是夜色朦朧，但他還是從她的眼眸中看到了喜悅的光芒。馬超越掐滅了菸屁股，雙手托著腮幫想，成功就在前方。

無處不在的興奮與幸福讓馬超越有了寫小說的衝動，於是，他打開了電腦。不過，情況並沒有因為自己追求嚴格格初戰告捷而有所改善。馬超越坐在電腦前，依然無法將那些精妙、美好的構思寫出來。他神情呆滯地坐在電腦前，任由構思的片段在腦海裡自由飄蕩，它們一次次地衝擊著他的腦門。在構思裡，那個慈祥的父親會帶著兒子去某個地方旅遊一次，這將是馬超越要濃墨重彩書寫的內容。一家三口親密地出遊曾是馬超越夢寐以求的事情。記憶中，馬超越最羨慕同學甜蜜地講述外出旅遊的情景。他們總是繪聲繪色地描繪漂亮的風景、富麗堂皇的賓館，以及讓馬超越垂涎的各種遊戲。這些美好在馬超越的記憶中從未出現，取而代之的是父母之間的隔閡、仇視和無休止的戰爭。

無論時間怎樣流逝，馬超越也無法忘記那場在太平間裡激烈的爭吵和打鬥。那是個沉悶的夏日午後，偶爾有幾聲悶雷從遠處傳來。那天是星期六，馬超越孤獨地坐在太平間走廊的盡頭，等候著隨時降臨的瓢潑大雨。這個城市有些時日沒有下雨了，悶熱的天氣讓人受不了。在暴雨來臨之前，馬超越的父親就來了。馬超越看見父親搖晃著像是被酒精浸泡過的身體出現在走廊裡，他叼著一根快要燃燒到嘴皮的菸，粗聲大氣地吼道，李素芬，把錢給老子拿出來。

李素芬就是馬超越的母親。為了控制父親的酗酒和賭博，馬超越的母親早已把家裡的錢藏起來了。但是，這卻給她帶來了災難。馬超越看見父親甩手就給了母親一巴掌。母親後退了幾步，憤怒地說，要錢沒有，要命有一條。話音一落，馬超越的父親的拳腳就飛了過去。他一邊揮舞著拳頭一邊說，狗日的臭婆娘，是不是把錢給那個燒鍋爐的野男人了？或許是馬超越的母親承受不了這般猛烈的暴力，她用嘶啞的聲音說，給野男人用也不給你這個狼心狗肺的東西用。接著，在走廊盡頭等著暴雨的馬超越聽到了一陣更加慘烈的哭喊聲。

儘管馬超越聽見母親承認了她有見不得人秘密，但是，他不會相信那是真的。馬超越清楚那是母親迫不得已採取還擊父親的話，這或許是她能採取的惟一方式了。漸漸地，咆哮停歇了。那個發洩完畢的男人又踉蹌著走出了太平間。後來，母親蓬頭垢面地來到馬超越身邊，把他摟在懷裡，失聲痛哭。多年以後，在馬超越構思的小說裡，他費盡心思地改變了這種令人絕望的場景。他把地方挪到了三亞或者麗江，燦爛的陽光代替了太平間裡的陰森，一家人其樂融融地歡度美好時光代替了血雨腥風的戰爭。只是，馬超越想以此來改變自己陰鬱的性格和悲觀的情緒卻是一相情願的事情。美妙的構思沒有讓他獲得絲毫快樂，更為嚴重的是，他始終不能把這些構思寫出來。

關掉電腦，馬超越進了臥室。沒有開燈，他就坐在黑暗裡讓思緒隨意飄飛。馬超越想起了《色・戒》，想起了女主人公的身體與靈魂。電影的畫面像風一樣飄進了他的腦海裡，一股暖流在身體裡來回迂蕩。馬超越的喉嚨上下滑動了幾下，他輕輕地喊了一聲，嚴格格。伴隨著這聲輕輕的呼喚，樓下傳來了一陣貓叫聲。每年春天，總會有無數隻春心蕩漾的貓用纏綿悱惻的聲音表達著自己的內心。

馬超越對貓叫春的聲音有種莫名的親近和感動，他羨慕那些動物能夠肆無忌憚地表達對愛和情慾的渴望。在貓的叫聲裡，馬超越腦子裡浮現的是《色・戒》中那幾場酣暢淋漓的激情戲。漸漸地，激情戲中的兩個人換成了馬超越和嚴格格。血液開始在馬超越身體的每一個角落奔騰，他受不了了。他跳上床，蜷縮著身體。馬超越的手慢慢地伸向了下體，春天的夜色開始了劇烈地震盪。一股神秘的力量在他的身體裡掙扎。後來，那股力量衝破了肉體，釋放在孤寂的黑暗中。

5

馬超越的生活開始變得充實起來，如何寫那部充滿誘惑同時又令人傷感的小說，如何向嚴格格表達愛意並很好地呵護這段感情，這些就像空氣一樣填滿了他的生命空間。只是，接下來很長一段時間，這兩樣都沒有取得實質性進展。每當他坐在電腦前寫小說時，身體內總有一種東西罩住了靈感，無論如何也寫不出來。這令馬超越非常茫然和憂傷。

惟一值得高興的是，嚴格格並沒有拒絕馬超越。她彷彿每天都在等待著馬超越的邀約，每次都會提前站在宿舍樓下等他來接。但是，在他們交往的時間裡，嚴格格總是不厭其煩地談論她工作中所遇到的事情。作為一個產科麻醉師，她在醫院裡總能聽到一些令人啼笑皆非和潸然淚下的故事。這讓馬超越有種隱隱的牴觸。他當初辭職時，就是為了徹底告別過去。但是，現在嚴格格總是讓他們之間的交流充斥著過去的味道。馬超越不想再與醫院有任何瓜葛，可是，現在為了嚴格格，他卻不得不又與醫院糾纏在一起。馬超越感到極度矛盾與痛苦。

這是一個難得的週末，馬超越約了嚴格格去青城山玩。馬超越對這次遊玩抱著無限的希望，他希望這次相聚能讓他們的愛情有一個巨大的飛躍。但是，後來嚴格格的喋喋不休完全破壞了他的雅興。見面後，嚴格格就手舞足蹈地說了起來。她說，昨天醫院裡有個女孩，還不到十八歲，就從一幢高樓上跳了下來。「砰」的一聲巨響，大家一窩蜂地跑了過去，只見血肉橫飛，慘不忍睹。這個遭受感情厄運的女孩命大，居然沒有摔死。但是，她卻為此付了更為慘痛的代價。嚴格格停了停，接著歎息著說，她可能下半輩子都會在輪椅上度過了。

這樣的故事馬超越聽得太多了，但他又不好表露自己的牴觸情緒，只好附和著問，她為什麼要跳樓呀？嚴格格脫口而出，她說被人玩弄了感情唄。嚴格格把她從病人家屬那裡聽到的資訊告訴了馬超越。她說，那個可憐的女孩奮不顧身地喜歡上了一個年齡很大的老男人，對方信誓旦旦地要給她一個美好的未來。儘管女孩的父母堅決反對，但她還是義無反顧地投入了對方的懷抱。結果當然是殘酷的，女孩懷孕了，老男人也消失了。那個多情而負氣的女孩，在醫院做掉肚子裡的孩子後，就絕望地從樓上飛了下去。嚴格格說，我給她打麻醉時，她一直默默地流著眼淚。

嚴格格的話讓馬超越又陷入了沉重之中，在去青城山的路上他幾乎沒有說話。嚴格格見馬超越沉默著，她也沒有要改變這種沉默的意思，把臉扭向窗外，看著路邊的景物飛快地消失在身後。漸漸地，她竟然在這段並不遙遠的路程中睡著了。下車的時候，馬超越已經沒有了任何旅途的興奮和愉悅。

在青城山玩了一天，馬超越和嚴格格都感到異常疲倦，並不崎嶇的山路消耗掉了這對男女太多體力。為了更好地休息，傍晚時分，他們就下山去都江堰找賓館了。馬超越對都江堰並不陌生，之前有一個交往了一個星期的女朋友就住在這裡。下山後，他們很快就住進了一家看上去不錯的賓館。

在服務台登記的時候，馬超越的內心又進行了強烈的掙扎。他想開一個房間兩人同居一室，順理成章地融化他們之間的距離。但是，馬超越的心裡又充滿了矛盾。這種事情，他終究還是難以啟齒。不過，嚴格格也沒有準備給他機會。在馬超越腦子處理矛盾的時間裡，嚴格格已經把她的身份證遞到他面前來了。她說，我想開個好點的單間，因為我失眠，需要安靜的環境。馬超越面對嚴格格突如其來的要求，竟然有點無所適從。他認為嚴格格大概是看出了自己的心思，所以當她要求要住單間時，馬超越的臉上閃爍著尷尬的笑容。此刻，除了這種毫無意義的笑容，他找不到更好的方式來掩飾。登記完後，馬超越逃向了自己的房間。

疲倦並沒有消滅馬超越的睡意，失眠像洪水一樣氾濫起來，他的思緒顛簸、搖擺，找不到可以停泊的地方。嚴格格始終在馬超越的腦子裡徘徊，他想起了關於這個女人的一切。在相處的時間裡，嚴格格給馬超越留下了很多值得回味的瞬間和記憶。此刻，這個有些燥熱的初夏的夜晚，它們就彷彿是一群搗蛋鬼，在他的腦子裡翻來覆去地折騰。

馬超越感覺越來越躁動和興奮，他有些心猿意馬，好幾次衝動得想去敲隔壁嚴格格的房門。但是，每次都是走到門邊又折返回來。他點了根菸，深深地吸了幾口，濃烈的尼古丁嗆得他狠狠地咳嗽了好一陣。不過，馬超越是要控制，藏在身體裡的慾望就越強烈。他明顯感覺全身肌肉在猛烈地收縮，沸騰的血液受到了阻礙。在衝動與克制的搏鬥中，馬超越用行動證明了克制的失敗。頃刻後，他丟掉了菸頭，以一種複雜的情緒走向了嚴格格的房門。

「咚」，敲了一下，馬超越又把手縮了回來，拘束地垂在那裡。他不知道腦子裡在想什麼，各種情緒亂成一團。但是，這並沒有改變他繼續向前的衝動。馬超越的手又抬了起來，接著，響起了一連串急促的敲門聲。嚴格格沉悶的聲音從房間裡傳了出來，她問誰呀？馬超越說是我。簡單的一問一答，然後門開了。馬超越有些不相信自己的眼睛，嚴格格穿著一件透明的睡衣出現在面前。他的目光在最短的時間裡從她的頭髮移動到腳跟，又從腳跟移到胸部。馬超越的眼神跟隨著嚴格格胸部的起伏而跳躍起來。不知道過了多久，乾燥的喉嚨和熾熱的臉龐把馬超越從某種臆想中拉了回來。

馬超越有些語無倫次，他說，我想你……我過來看看你，我想過來看看你。嚴格格說了一句什麼，他沒有聽清楚。他向前跨了一步，隨手把門關上了。嚴格格沒來得及退步，於是，便與馬超越保持著近得無法測量的距離。如果她仔細傾聽的話，能夠數得出馬超越心跳的次數。

僅僅沉默了一瞬間，激情的碰撞就展開了。馬超越一把抱住嚴格格，顫抖地說，你就是我這輩子要愛的人，我一定要得到你。接著他把整個臉埋在嚴格格的脖頸和柔軟的頭髮裡，沉醉於她的體香。嚴格格面對馬超越突如其來的表白，先是渾身顫抖了一下，接著便急速後退，想要逃避。整個過程中，嚴格格沒有說一句話，只是一味地躲避著馬超越狂熱的進攻。但是，後退的餘地非常有限，她靠在牆壁上，冷眼看著對方步步為營地向自己襲來。

馬超越像一頭獅子，毫無隱藏地展示著自己的狂野。他一個箭步衝了上去，雙手摟著嚴格格，嘴唇向她那張白皙的臉傾斜。馬超越想吻嚴格格，在很長一段時間裡，他都為她那性感的嘴唇而消魂。可是，嚴格格的拒絕與馬超越的進攻一樣堅決而執著，她此刻變得潑辣、敏捷起來，腦袋左搖右晃，讓他的嘴唇找不到目標。與此同時，她還用模糊、堅硬的語言在幫助自己的行動。嚴格格說，不要這樣啊，你這是在幹什麼？到底在幹什麼？只是，她的聲音被馬超越的慾望和衝動淹沒了。

馬超越在繼續進攻和追逐。這股氣勢洶洶的力量點燃了嚴格格的怒火，她突然變得兇猛和剽悍起來。嚴格格一把推開馬超越，並憤怒地吼道，你這到底是什麼意思嘛？馬超越沒想到她會爆發，身心都沒有做好準備。所以，當嚴格格推了一把後，猝不及防的他竟然在後退中倒在地上了。他躺在地上，四肢攤開，狼狽的神情在昏黃的燈光裡格外使人心生憐憫。馬超越搖晃著腦袋，不斷地歎氣。

氣氛尷尬，場面僵持。馬超越和嚴格格在這個並不寬敞的房間裡保持著他們雙方都認可的距離。嚴格格有些後悔和尷尬；馬超越有些懊惱和歉疚。但是，除了呼吸在空氣中流淌以外，他們並沒有任何交流。馬超越和嚴格格都在等待一個合適的機會來化解尷尬與僵持。

半晌，馬超越說話了。他從地上爬起來，一邊拍屁股上的灰塵一邊說，對不起，我可能有些著急。他頓了頓，補充說道，但你知道，我是愛你的。嚴格格的態度也謙和起來，她似乎發現這是緩和氣氛的良好時機，於是向前走了兩步，縮短了與馬超越的距離。她說，沒事，我明白。接著又補充說，也許是我不好。然後，他們四目相對，眼神做著一種無聲的交流。幾分鐘後，馬超越心灰意冷地出去了。只是，剛才嚴格格的眼神讓他難以忘懷。馬超越發現，嚴格格剛才的眼神裡有他第一次看見她時的迷惘、不安、矛盾和憂傷。

6

從青城山回來，馬超越陷入了長久的失落與惆悵，他沒想到嚴格格會如此堅決地拒絕自己。經過一段時間的交往，從嚴格格對自己的態度中，馬超越認為時機已經成熟，所以才刻意安排去青城山遊玩，想借機示愛。當初馬超越信心十足，認為這是水到渠成的事情。可結果卻令他十分失望。馬超越對嚴格格產生了牴觸情緒，他開始懷疑這個女人是否真的值得追求。懷疑讓他有些擔心，他害怕與前幾次一樣，愛情還沒萌芽就胎死腹中。與此同時，馬超越也在自我檢討。這樣的表達方式是否太冒進和有失風度呢？他無數次這樣自我追問。但是，他卻一直沒有找到答案。在疑慮與彷徨中，馬超越度過了一段艱難的時間。

這段時間裡，馬超越不知道該不該打電話給嚴格格賠禮道歉，以及重新打通他們之間通往愛情的通道。在失魂落魄的時候，他又開始寫那部小說。可是，打開電腦，看著藍色螢幕，腦子裡比以前任何一個時候都亂。每當他要在小說裡扭轉自己人生裡某些局面時，那些過往的記憶就會以一種勢不可擋的力量衝進來干擾馬超越的思路。馬超越便使出渾身解數與它們搏鬥，但他卻從未戰勝過它們。越是要忘記，記憶卻越深刻；越是要改變，卻越陷越深。這令馬超越痛苦萬分。這天，馬超越沒有走進小說，卻又回到了過去。

記憶總是那樣苦澀和令人悲痛。馬超越父母之間的戰爭越來越激烈，最終是他母親以死相逼才得以短暫的停歇。死亡的氣息悄悄地逼進了那個破碎不堪的家庭。那是個寒冷的冬天，好多年沒有下雪的成都，天空偶爾飄舞起幾片雪花。那天傍晚，馬超越放學回家後，發現院子裡圍了許多人。他隱約聽到了母親沙啞的哭泣，一股不祥的預兆在腦子裡盤旋。馬超越忙不迭地衝了過去，只見母親癱倒在地上，奄奄一息。他立即撲到在母親的懷裡。母親的懷裡很冰冷，很僵硬，像一片冰雪地。悲痛迅速從馬超越的心裡竄了上來，他嚎啕大哭了起來。馬超越的哭聲混合著母親的哽咽，在這個空氣渾濁的冬日裡格外悲涼。

後來，馬超越知道了這起突發事件的原委。在那個寒冷的冬日的下午，馬超越的父親再一次發瘋，在家裡掀起了狂風暴雨。那個可憐的女人再也承受不了無休止的屈辱，她準備以一種極端的方式結束自己的生命，告別這個冰冷的世界。在那場最激烈的爭吵與打鬥中，馬超越的父親動用了皮帶、木棍、菜刀等工具。這個永遠保持著沉默的女人，沒想到丈夫會如此歹毒與殘暴。她繼續保持著沉默，但是卻在沉默中做出了驚人的決定。

暴風雨之後，馬超越的父親又抱著酒瓶子出去了，狼藉、破碎的家中陷入了死寂。馬超越的母親找到了繩子，她想了結自己的生命。她把繩子栓在陽臺上的那個鐵鉤上，把人生的希望撒在霧濛濛的空氣裡。馬超越的母親也遲疑過。她想起了兒子馬超越，那個還未成年的孩子，沒有了母親的日子他該如何度過呢？誰來保護他幼小的心靈呢？矛盾和悲傷交織在這個絕望的女人心裡。不過，悲傷此刻變得格外強大，它淹沒了她所有生存的希望，就連對兒子的牽掛也阻止不了她對死亡的嚮往。於是，她把自己的身軀交給了那根繩子。緊緊勒在脖子上的繩子正在把這個受盡磨難的女人帶向另外一個世界。

這時，院子裡一個過路的老人無意中抬頭看見了馬超越母親的身子在陽臺上搖晃。鄰居們救了馬超越母親的命，打破了她終結生命和苦難的願望。當馬超越放學回家看見母親坐在地上抽泣時，她脖子上的勒痕清晰可見。

這些記憶堵塞了馬超越通向快樂的通道，在他構思的小說裡，母親的臉上始終掛著快樂與慈祥的笑容。只是，這僅僅是他構思的小說。現實的殘酷消解了馬超越任何追尋快樂的動力，哪怕是想通過虛構的小說來實現。這讓馬超越感到萬分懊喪，當他看著那個打開的文檔始終一片空白時，全身一陣猛烈的抽搐。

馬超越愈加萎靡了，他消瘦的身影常常在小區裡搖晃。在那條不長的巷子裡，他不厭其煩地走來走去，似乎想在時光裡尋找生命中遺失的美好。不過，儘管馬超越日漸消沉，但卻依然在思考著他和嚴格格的未來。他仔細地算了算，他和嚴格格有十多天沒有聯繫了。他無數次提起過電話，但是，顫抖的雙手最終沒有撥通那串連通幸福和快樂的電話號碼。馬超越猶豫的原因，主要是覺得他在都江堰賓館裡的莽撞行為傷害了嚴格格。可是，他又不想把剛剛點燃的愛情之火撲滅。馬超越想亡羊補牢，他想重新努力抱得美人歸。

經過漫長的思考之後，馬超越還是決定給嚴格格打個電話，化解他們之間的誤會。電話是在一個陽光明媚的上午打的，或許，馬超越希望明媚的陽光能夠給他帶來好運。打電話之前，他跟以前一樣喝了一杯濃茶。這成了馬超越給嚴格格打電話之前必做的一件事。

電話響了，但對方沒接。等待在此刻變得格外漫長，馬超越希望嚴格格的聲音能夠打斷電流聲，讓等待充滿溫暖和情感。可是，他失望了，長長的「滴滴」聲塞滿了他的耳朵。馬超越沒有氣餒，略微思量了一會兒，他按了重撥鍵。他不想就這麼放棄。電話又通了，對方依然沒有接，任由電話就這麼懶洋洋地響著。這彷彿是對馬超越耐心的考驗。儘管馬超越經受住了考驗，但卻依然沒有聯繫到嚴格格。他把電話重重地砸在沙發上，就像被人掏空了心一樣難受。陽光把房間照耀得通體透明，塵埃在陽光下肆無忌憚地飛舞。馬超越面如菜色地斜躺在沙發上，摸了根菸抽起來。他長長地吐了一口菸霧，自言自語地說，不接電話也不掛斷電話，這到底是什麼意思？

接下來的幾天，馬超越每天都會不定時地給嚴格格打電話。她依然是不接也不掛斷，就那樣保持一種奇怪的狀態。馬超越也沒有停止思考，他在努力揣摩她現在的心思，只是一直沒有結果而已。一天傍晚，馬超越產生了一個奇特的想法，他想主動到醫院去找嚴格格。這是最直接而有效的方式。既然電話聯繫不到，就要當面問個清楚。

在一個漆黑的夜晚，馬超越悄然來到醫院。天空沒有月亮，星星也懶得出來鳥瞰人間，只有空氣中濃重的藥味道直往鼻孔裡鑽。馬超越走在醫院裡，就像一隻螞蟻在叢林裡爬行。帶著忐忑不安的心情，馬超越來到了嚴格格的宿舍樓前。他停下了腳步，怔怔地望著她住的房間。房裡還亮著燈，搖曳的身影在窗戶上隱約可見。馬超越盯著窗戶上嚴格格的身影，心裡亂糟糟的。這時候，他突然失去了勇氣，不想再上去了。馬超越害怕面對失望和失敗的結局，他希望這種不確定性再長久一點，至少暫時可以獲得心靈的寬慰。

馬超越幸怏怏地走出了醫院，默然地走在回家的路上。街邊燈火迷離，初夏的天氣讓人們既保持著春天的愜意又帶著夏日的灑脫。馬超越什麼也不想，簡單而安靜地走著。他希望就這樣一直走下去，直到永遠。

回家時已是夜裡十二點了，馬超越並沒有任何疲倦。他一個人坐在客廳裡抽著悶菸，思緒隨著煙霧恣意飄蕩。這個夜晚，他想了很多事情，包括以前交往的所有女朋友。她們一個接著一個地從馬超越的記憶中跳出來，做著各種各樣的表情。最後，嚴格格跳了出來。作為最後一個記憶符號，她長久地定格在馬超越的腦海裡。馬超越仔細地回味著嚴格格的每一個細節，他覺得自己交往的女朋友當中，最喜歡的就是她了。至於喜歡她什麼，他自己也說不清楚。只知道，她身上有某種特質吸引著自己。這時，馬超越產生了一種強烈的衝動，他要給她打電話。

衝動使馬超越沒有任何後顧之憂，他拿起電話，熟練地撥了電話號碼。讓馬超越意想不到的是，嚴格格竟然接了電話。他保持著一貫親切的口吻，他說你好，我很想你。嚴格格的聲音有些尖細和顫抖，她說，你好。她停頓了一下，很短暫。接著，她說，其實我也很想你，但是，我又不敢想你。

嚴格格的話讓電話這端的馬超越吃了一驚，他忙不迭地問，為什麼？長時間地沉默。氣氛讓馬超越憋悶得心慌。半晌，嚴格格才說，愛對於我來說是個悖論，渴望而又恐懼。馬超越沉重地吼了一聲，我不相信，你到底在胡說什麼。嚴格格說，等我休息一段時間平復一下心情，然後找個機會給你說好嗎？她的口氣綿裡藏針，看似商量實則咄咄逼人不給人後路。馬超越聽出了她的意思，便極不情願地同意了。

掛斷電話，馬超越陷入了極大的孤獨之中。夜色和憂傷同時夾擊著他，讓他感到窒息。馬超越想睡覺了，他希望用沉睡來忘記煩惱。他神情沮喪地來到臥室，走到窗前，準備拉上窗簾把自己完全封閉在一個填滿黑暗的促狹的空間裡。在窗簾即將完全合上的一瞬間，他發現對面那幢樓的一間臥室裡有身影在晃動。從影影綽綽的圖形看，馬超越知道那對男女正沉浸在魚水之歡中。他有些羨慕，有些嫉妒。在身體急速膨脹的同時，馬超越在想著一個奇怪的問題：此刻，全世界到底有多少人正在享受男歡女愛呢？

7

在馬超越清晰的記憶中，他的童年的後半段由悲傷變得索然無味。根據他幼稚的判斷，父母之間的戰爭必將曠日持久，這使他憂心忡忡。為了儘早結束這種苦澀的生活，馬超越想出了一個自以為精妙的招數，讓父母離婚。馬超越並不認為這不可能，他想這對艱難的夫妻應該到了分散的地步了。他們的關係那樣脆弱，一絲風都能把他們吹散。這個想法讓馬超越興奮不已，從此，他便開始了漫長的遊說。

馬超越向母親說出了他的想法。他覺得母親一直生活在屈辱之中，想必她早就想脫離苦海了。他第一次規勸母親離婚是在一個飛舞著雪花的早上，說話時嘴巴裡冒著濃濃的白霧。馬超越把母親拉到一邊，他說媽，我跟你商量件事，你千萬別生氣啊。馬超越神秘的口氣讓他母親感到好奇，她說，那你說吧。馬超越便對著母親的耳朵，用一種微弱得快要聽不見的語氣說，媽，你跟那個酒瘋子離婚吧。馬超越的母親楞在那裡半天都沒有動一下，她沒想到兒子會說出如此忤逆的話。半晌，她跳了起來，那雙長滿老繭的、冰涼的手重重地拍在兒子的腦袋上。她吼了起來，你這小崽子說什麼呢？快給老娘說清楚，到底是誰在使壞教你這些？

馬超越一邊躲著母親的追打一邊解釋，他說沒人教我，這是我自己的想法。馬超越東躲西閃，語氣有些顫抖與飄忽。他說，媽，你就離了吧，那個酒瘋子有什麼好的？這些年來，他除了打人還會什麼？你看我們家裡從來都是哭哭啼啼的，不像別人家裡到處都充滿了歡笑。

馬超越的母親還沒有停下來，半真半假地追趕著兒子。她說，他是你爸爸，又不是大街上的酒瘋子，你怎麼能讓這個家庭破碎呢？把這個家搞爛了對你有什麼好處？馬超越喘著粗氣說，這個家庭早就破碎了。與其現在這個樣子，我寧願要一個更破碎的家庭呢。

這句話如一顆炸彈，爆炸後的世界一片硝煙和狼藉。馬超越的母親停了下來，眼睛死死地盯著兒子。她沒想到年幼的兒子會有如此淒涼的想法。馬超越也不躲了，他靠在陳舊、斑駁的牆上，一邊喘氣一邊瞅著母親。這對母子就這樣簡單而複雜地對視著，空氣在兩人之間凝固了。

突然，馬超越的母親一屁股坐在地上，嗚嗚地哭了起來。馬超越對母親突兀的表現既感到驚訝又覺得欣慰，他負氣地認為這是母親幡然醒悟後的表現。既然這樣，讓父母離婚的目的就快要實現了。馬超越的臉上隱藏著得意的笑容，他彷彿看到了光明的未來。可是，母親接下來的表現卻讓馬超越不知所措。她說，離什麼婚啊？都這麼多年了，我都習慣了。他都壞成那樣了，再壞又能惡到什麼程度呢？馬超越臉上的笑容悄悄地消退了，他鼓著圓圓的眼睛，納悶地問母親，難道你就不想過快樂的生活嗎？馬超越的母親停止了哭泣，轉而用一種哀婉的口氣對兒子說，什麼是快樂的生活？快樂的生活與現在的生活有什麼本質區別嗎？快樂又能怎樣呢？馬超越的喉嚨被母親的話堵住了，他沒有回答她，眼神在水泥地上來回梭巡，彷彿在尋找什麼。

馬超越沒想到母親在離婚這個問題上表現得如此愚昧、無知和頑固，但是，他沒有準備放棄。他認為母親只是一時間沒有適應這個敏感的話題，要不了多久，她一定會明白離婚對這個家庭是一種徹底的解脫。在接下來相當長的時間裡，馬超越成了一個喋喋不休的說客，抓住一切機會規勸母親跟父親離婚。那個受盡磨難的女人，無法理解親生兒子為何會有如此荒唐的想法。她沒有把兒子的話放在心上，她認為那不過是小孩子一時頭腦糊塗說的風涼話而已。馬超越的母親依然艱難地在沉重的生活中匍匐前進，那個蠻橫而粗暴的丈夫依然在她的生命中扮演著魔鬼的角色。

多年以後，馬超越想起這些往事依然喟歎連連，父親的跋扈和母親妥協、忍讓在他的腦子裡久久不能散去。他做了一個無聊的猜想，假如母親當年和父親離了婚，自己的記憶又會是什麼樣子呢？人生的軌跡又會朝著哪個方向前進呢？這樣想著，馬超越苦笑了。除了這種無謂的苦笑，他還能做什麼呢？

已經進入六月了，天氣悶熱，空氣中飄忽著讓人心生厭煩的塵埃。無所事事的馬超越成天窩在家裡，在狹小的空間裡踱來踱去。他的情緒越來越焦躁，像隻發情期的蟑螂。這段時間，馬超越猛烈地抽菸，煙霧的不確定性暗合了他的心情，增添了他的焦急。馬超越依然在等待，他覺得生活中有些事情即將發生。

嚴格格還沒打來電話，他們失去聯繫已經二十多天了。她說過，會找個機會與馬超越好好聊聊。馬超越想，那應該是對他們之間感情的一次梳理或者了結。要麼是希望，要麼是失望。帶著某種期盼的等待是一種煎熬，馬超越在這種煎熬中度日如年。他就像一個臨盆的產婦，心裡交織著興奮、擔憂，以及絲絲懼怕。有一天，馬超越等不住了，迫不及待地給嚴格格打了一個電話。電話一響，嚴格格就沒有給馬超越機會，她用急切的語氣對他說，等段時間好嗎？等段時間我一定會給你一個交代的，好嗎？電話這端，馬超越默默地點了點頭。

時間又過了很多天。十多天，或者二十多天。馬超越終於等到了嚴格格的電話，但卻沒有收穫一次見面的機會。電話響了之後，馬超越一下就跳了起來。那串銘記在心的數位讓馬超越興奮不已。他用顫抖的手指按下了接聽鍵，手機裡傳來了期盼已久的聲音。嚴格格用極快的語速問，你住在平安大街幸福巷子66號，對吧？

馬超越沒想到嚴格格會問自己的家庭住址，他一時間竟然不知如何回答。遲疑了片刻，他才說，對，平安大街幸福巷子66號。本來他還想說得詳細點，比如外面有什麼標誌性建築物，或者有哪些公車。馬超越以為嚴格格要到他家裡來。但是，嚴格格把他的話堵在喉嚨裡了。她依然用極快的語速說，我給你寄了一封信，你看後一切就明白了。在虛無飄渺的聲音中，嚴格格沒有給馬超越繼續詢問的機會。匆匆幾句敷衍了事的祝福之後，她就掛斷了電話。

馬超越被嚴格格的舉動搞懵了，他不知道她到底在說什麼。他握著電話，呆呆地回味著嚴格格剛才說的話，才知道她用這種武斷的方式結束了他們之間的交往。馬超越聽著聽筒裡「滴滴」的聲音，感覺世界正以一種不可思議的速度在縮小。接著，他覺得自己的皮膚成了一張密不透風的塑膠，胸腔裡有股強大的氣流正在使勁往外竄，憋得人難受極了。

氣溫在這天突然變得悶熱起來。但是，馬超越看了一下天氣預報，那個穿著綠色衣服的女播音員說，這個城市的氣溫只有26度。他在想，到底是自己的感覺錯了呢，還是天氣預報不準確？放下電話，馬超越在屋子裡來回走動，像隻昏了頭的蒼蠅。有個問題一直在腦子裡震盪，嚴格格怎麼突然變了個人似的？馬超越越想越覺得其中有些蹊蹺，他想她是否遇到了困難？於是，便想打電話把她約出來詳細聊聊。

電話通了，嚴格格接了，但交流卻不太順暢。馬超越說，我還是想與你見一下面，有些問題需要與你當面交流。嚴格格說，所有問題都在信中給你說清楚了，你看後就知道了。或許是因為馬超越有些激動，竟然一時語塞，不知如何是好。情急之下，他只得像個不懂事的孩子一樣用橫蠻的口氣說，我還是想與你見面。本來，馬超越還想表達作為一個喜歡嚴格格的男人，自己有責任和義務分擔她的憂愁。這些話他在打電話之前就想好了。這既是他的肺腑之言，也是他討好嚴格格的乖巧話。但是，嚴格格沒有給馬超越表達的機會。她打斷了他的話，她說，我認為沒有那個必要了。接著，嚴格格又補充了一句，真的沒那個必要了。電話斷了，一成不變的「滴滴」聲使天氣更加悶熱起來。

天氣越來越熱，溫度每天都在繼續升高。馬超越在焦灼與忐忑中等來了嚴格格那封傷感的信。信封很薄，但他捏在手裡卻感覺沉甸甸的。馬超越神情嚴肅地看著信封，他在猜測信裡到底會說些什麼。好半天，他才撕開信封，看見了嚴格格的心聲。信是電腦列印稿，看得出嚴格格的態度很認真。馬超越迫不及待地看了起來，只是，這封信讓他的心情前所未有地沉重。

嚴格格在信中說，與你認識是一種極其微妙與充滿矛盾的事情。我第一次到辦公室報導時，就發現了你眼神裡所包含的內容。那一刻，我有種說不出的激動。也許你會感到驚訝，其實，我知道你會追求我，但沒想到你會如此急切。當我看到你那渴求而羞澀的目光時，內心感到溫暖極了。不過，短暫的溫暖被靈魂深處的悲傷和恐懼壓制住了。你熾熱的愛在我寒冷的心裡，掀起複雜的波浪。我的身心承受不了。對不起，我不得不拒絕。只是，我不知道拒絕的方式是否太殘酷了。

讀到這裡，馬超越覺得屋子裡頓時涼快了，似乎有股寒氣從視窗飄了進來。他點了根菸，叼在嘴巴上繼續讀著嚴格格的來信。嚴格格說，我是個被陰影籠罩的女人，沉重的夢魘始終縈繞在我的心頭。我始終無法忘記支離破碎的家庭和父母之間狼藉的感情生活，它們迫使我喪失了追尋快樂的動力。我渴望幸福，但又懷疑與懼怕幸福。從你閃爍的眼神裡我清楚你跟我有著相同的心境，所以，我們就像是磁鐵的同極，有著相同的磁性，但放在一起時卻是互相排斥，無法合在一起。請原諒我的擅自揣測，如果錯了，那對你或許是一件天大的好事。祝你幸福。

讀完最後一個字，馬超越的情緒開始暴躁起來，一種被戲耍的感覺在心裡湧動。他覺得這是一個騙局，嚴格格在用低級的謊言來欺騙自己。馬超越暗想，拒絕就拒絕吧，何必非得要編個謊言呢？他又反覆看了這封信的最後幾句話，覺得好笑極了。我們像磁鐵的同極嗎？馬超越對嚴格格的比喻有些惱怒了。馬超越腦子裡閃爍著他和嚴格格交往的片段，很多曾經認為非常美好的記憶現在都變得可疑起來。他認為她從頭到尾都把自己當成玩偶，只是自己太可笑，竟然癡心一片。

馬超越越來越感到憤怒，一瞬間，怒火就在他心裡燃燒起來。他憤怒地把嚴格格的信撕成了碎片，雙手憤怒地一拋，六月的天空裡立即便飛舞起了帶著仇恨的雪花。馬超越被紙屑包圍了，他猶如置身於冰窖裡，全身冰涼，瑟瑟發抖。突然，馬超越「砰」的一身倒在地上了。半晌，他才顫抖著說，祝我幸福？什麼叫幸福啊？馬超越挪了挪身子，惡狠狠地說了一句，狗娘養的幸福。

8

總有一根鋼繩把馬超越牢牢地栓在過去，時光又無情地回到了多年以前。在冗長的勸說中，馬超越獲得的只是母親的怒罵、譴責。在那個善良的女人眼裡，自己這個兒子算是白養了，他怎麼能拆散父母和這個家庭呢？後來，馬超越從母親對自己的眼神裡知道了自己的失敗。於是，他做好了逃跑的打算。除了逃跑，他看不到希望。

那樣的年紀，逃跑不是件容易的事。大概在馬超越十五六歲那幾年，他成天都在想著如何逃跑。儘管他挖空心思，但卻從未想到滿意的逃跑計畫。在度日如年中，這個孤獨的少年在讀書方面表現得非常優異，竟然考上了大學。那年秋天，馬超越帶著濃濃的愁腸離開了家。但是，命運再一次捉弄了馬超越。他報的中文專業，卻經過自由調配上了醫學院。畢業後，原本想成為一名作家的馬超越成了一名麻醉師，回到了令他感到憂傷的城市。

六月就快要走到尾聲了，天氣的悶熱似乎即將達到極限。馬超越把自己關在封閉的房間裡，蓬頭垢面的他一直在想著嚴格格。經過一段時間的思索，他看到了絕境中的轉機。馬超越認同了嚴格格的觀點，他覺得她和自己是如此相像。這使他看到了希望。馬超越天真地認為，既然我們都被過去束縛，那麼，只要解除了嚴格格心中的枷鎖，未來就是一片光明。馬超越想強迫地把嚴格格拉上一條追逐幸福的路。

馬超越在一個深夜做出了那個決定，只是稍微地遲疑了一下，他就自我認同了。接下來，他開始安排實施計畫的各個步驟。當了幾十年麻醉師的馬超越想給嚴格格實施一個全身麻醉，接下來的事情就輕而易舉了。做好這樣的安排後，馬超越狡黠地笑了笑。幾天之後，他通過以前的工作關係，準備好了實施麻醉的全套設備。馬超越心情複雜地盯著那些既熟悉又陌生的麻醉設備，他比任何一次為病人麻醉之前都緊張。

那是一個焦躁、衝動的夜晚，彷彿空氣中的每一粒塵埃都在摩拳擦掌、蠢蠢欲動。馬超越跨出了關鍵的一步，他坐車找嚴格格去了。一路上，他都惶惶不安，汗如雨下。路過合江亭時，他下了車。這裡燈火輝煌。儘管天氣躁熱，但依然有不少情侶以各種各樣的方式在這裡進行情感交流。

合江亭位於成都市府河與南河的交匯之處，這裡被男女們當作愛情聖地，結婚時都要到這裡舉行儀式，祈求婚姻幸福美滿。馬超越孤獨地走在合江橋上，映入眼簾的是一對對相擁相依的男女。

他們肆無忌憚地做著各種親暱動作。這使得馬超越有些異樣，他不知道該把眼神往哪裡放。不看他們，但眼神又總是不聽使喚；看著他們，自己又覺得不好意思。無奈之下，他只得低垂著腦袋，慌亂的眼神木訥地盯著腳下朦朧的地板磚。一塊，兩塊，三塊……百無聊賴的馬超越一邊走一邊數著地板磚。沒過多久，他就折身返回，攔了一輛計程車，直奔今晚的目的地。

馬超越帶著複雜的心情來到了嚴格格所在的醫院。走在醫院的水泥路上，他被一坨鳥糞砸中。馬超越摸著腦袋上的鳥糞，狠狠地罵了一句粗話。突如其來的鳥糞讓馬超越心裡惴惴不安，但他沒有停止前進的腳步。悶熱的天氣和慌亂的心情，使得他大汗淋漓，衣服褲子幾乎全濕透了。很快，他便來到了嚴格格宿舍的樓下。馬超越斜著眼睛望瞭望，燈是開著的，且有人影在晃動。上樓的時候，馬超越還在想，都快到夜裡十二點了，她怎麼還沒睡覺呢？她到底是個怎樣的女人？現在，他才覺得自己對嚴格格的瞭解太少了。一長串關於嚴格格的問題塞滿了他的腦袋，但是時間不允許他此刻去思考那些令人煩惱的問題。

幾分鐘後，馬超越的腳步就停在嚴格格的門前了。他佇立在昏暗的走廊裡，把心裡設計好的程式溫習了好幾遍。馬超越鄭重地叮囑自己，只能成功不能失敗。

「咚咚咚」，敲門聲在夜裡顯得格外詭譎。嚴格格沉悶地回應了一句，誰呀？馬超越沒出聲，他害怕她聽出自己的聲音。「咚咚咚」，馬超越又敲了三下。嚴格格緊張而急切地問，誰？馬超越含糊地說，是我。他故意模仿了嚴格格認識的一位同事的聲音。這時，馬超越從門下邊的縫隙處看到嚴格格房間裡的燈比之前更亮了。根據推斷，他斷定嚴格格會開門了。果然，房門小心翼翼地裂開了一條狹窄的縫隙。馬超越從未表現得如此身手敏捷，他一閃身就溜進了嚴格格的房間，順手把門死死地關上了。

嚴格格對馬超越的到來非常吃驚，並慌亂地推攘著他。嚴格格說，你怎麼來了？這麼晚了你找我幹什麼？馬超越結結巴巴地說，我想，我們應該溝通一下。嚴格格的情緒越來越緊張、恐慌，她說，我們之間有什麼溝通的？不是給你寫信說好了嗎？你幹嘛還來找我？嚴格格沒有容許馬超越解釋，她斬釘截鐵地說，出去，快給我出去。

馬超越雙手攤開，他在向她乞求一個說話的機會。不知道嚴格格是沒有明白他的意思呢，還是她根本就不想給他機會。總之，嚴格格使出了吃奶的勁頭，猛烈地把馬超越往門外推。馬超越靠在門上，雙手握住嚴格格的肩膀，與他做著激烈的糾纏。他沒有想到嚴格格會如此強而有力。馬超越用力地抵抗著嚴格格，短促的語言從他的嘴裡擠了出來。他說，我們是可以相愛的，我們一定會有美好的未來。

但是，這些充滿幸福的話被嚴格格的呵斥扼殺了。她說，快給我滾出去，再不出去我就要喊人了。

嚴格格這句話把局勢推向了一個非常嚴峻和危險的境地。馬超越見形勢不好，情急之下掄起他的拳頭朝嚴格格的腦袋砸去。砸了一下，見效果不好，接著他又補了兩拳頭，一拳比一拳的力量大。嚴格格翻了一個白眼，軟塌塌地倒在地上了。

與嚴格格的糾纏耗費了馬超越不少體力，看著她像隻貓一樣蜷縮在地上，他氣喘吁吁的同時又享受著難以言說的快感。其實，他不想採取如此暴力的手段制服嚴格格，以至於事先準備的麻醉設備失去了作用。他取出那些毫無用處的麻醉設備，丟進了垃圾桶。折身回來，馬超越看著躺在地上的嚴格格，身體裡的血液逐漸開始溫熱、沸騰起來。他彷彿能夠聽見血液奔騰的聲音。

馬超越抱起嚴格格，走向了那張並不寬大的床。馬超越神情肅穆地把嚴格格放在床上，小心翼翼地剝掉了她的衣服。在他的緊張與激動中，嚴格格一絲不掛地呈現在自己面前。他俯下身體，在她的額頭和嘴唇上輕輕地吻了吻。馬超越表現出了足夠的溫情，他認為每一對夫妻在做愛時都應該這樣。他希望與嚴格格一起推動情感的流淌，但遺憾的是，她卻一動不動地躺在那裡，冷漠的表情使她看上去更像一具屍體。凝視良久，馬超越迅速脫光了衣服，用沉重的身體死死地壓住了嚴格格。

悶熱的天氣和激動的心情讓馬超越大汗淋漓，就像是洗了一次桑拿。馬超越機械地從嚴格格的身體上滑了下來，他用僵硬的手為她穿好衣服。那些令人產生無限遐想的女人的內衣在馬超越的手裡格外調皮，以至於他費了好大的勁才將它們完好地穿在嚴格格受傷的身體上。穿好衣服後，馬超越長長地籲了一口氣，看著她臉上凌亂的頭髮，情不自禁地幫她理了理。當手指滑過眼角時，他隱約發現嚴格格的眼睛裡噙滿了淚花。這個發現令馬超越惆悵不已。

突然間，馬超越感到疲憊不堪，他便摸出一根菸在嚴格格這間狹窄的房間裡抽起來。一根菸抽完後，他莫名其妙地感到失落、空洞。但是，短暫的空虛之後，心底的希望又如熊熊烈火燃燒起來。在決定破釜沉舟地做今晚這件事情之前，馬超越信誓旦旦地認為，只要他和嚴格格之間的關係木已成舟，幸福就會水到渠成。那麼，接下來等待自己的會是什麼呢？帶著失落與希望並存的情緒，馬超越離開了嚴格格的家。回家的路上，馬超越的心一直在「嘭嘭嘭」地亂跳。

回家之後，馬超越洗了個澡。他希望這樣可以緩解激動、緊張和忐忑。但是，情況卻完全相反，溫熱的水並沒有沖走一切。馬超越原本想洗澡之後就安適地睡一覺，迎接明天清晨的太陽。可是，此刻他腦子裡的神經根根緊繃，它們擠走了睡眠。無奈，馬超越來到客廳抽起菸來，一根接著一根。沒有開燈，煙霧與夜色神秘地融合在一起，充斥著整個空間。嚴格格蘇醒之後會有什麼反應？他們之間的未來會沿著什麼軌跡發展下去？這些問題一直在馬超越的腦子裡旋轉。他做了無數個猜想，有的美好，有的殘酷。越想腦子越亂，這使馬超越感到煩躁不已。

帶著空虛和寂寥，馬超越打開了電腦。這個特別的不眠之夜，他特別地想寫他那部始終還沒有開頭的小說。在構思中，馬超越最終徹底地忘記了童年的陰影，衝開了心靈的枷鎖，與心愛的女人一起徜徉在幸福中。在春光爛漫的季節裡，他們走進了婚姻的殿堂，走進了新的人生。馬超越曾為這個構思興奮不已。但是，經過這麼多事情之後，他依然寫不出一個字來。小說中的幸福和快樂，依然模糊地存在於馬超越的腦子裡。

夜色漸漸稀薄了，黎明的曙光若隱若現。馬超越耷拉著腦袋，木然地盯著電腦螢幕。他的思維近乎凝固了。這時，突如其來的電話鈴聲讓馬超越顫抖起來。他迅疾抓起電話，借著手機螢幕上閃爍的燈光，馬超越知道電話是嚴格格打的。先前所有的猜測都會在通話的一瞬間得到驗證，這使得他萬分緊張。電話鈴聲停了，接著又響了起來。他想接，但又擔心自己控制不了局面。響聲在凌晨時分顯得格倔強，馬超越的心漸漸開始軟弱起來。在軟弱中，他按下了接聽鍵。

馬超越一接通電話就聽到了嚴格格咬牙切齒的咒罵，那些憤怒的語言猶如毒蛇的信子，穿過漆黑的夜色傳到他的耳朵裡，直往心窩裡鑽。他穩了穩情緒，耐心地說，你聽我解釋，我的意思是……嚴格格咆哮起來，她一字一句地說，我要告你，我一定要告你這個混蛋、畜生。說完，她決然地掛斷了電話。

雖然電話已斷，但嚴格格的聲音依然在空氣中恣意飄蕩，彌漫了整個房間。馬超越呆呆地坐在那裡，恍惚間，他覺得整個世界都在搖晃。

魚在心底游

1

每年春天，我的情緒都會變得紛擾，今年尤其如此。煩亂、徘徊與焦灼佔據著我的內心。在這樣的狀態裡，我和她難免不會發生摩擦和爭執，偶爾也會爆發意想不到卻又合乎情理的戰爭。每次，我的心情都格外複雜，不知道自己為何會說出那些話，做出那樣的行為。我清楚這些言語和行為，會給她帶來傷害，但依然一次次地戳穿那個傷疤。她總是一臉茫然地問我，你為什麼要這樣做？接著，便低下頭，聲音也慢慢地降了下來。她說，既然如此，當初又何必執意選擇我呢？我無言以對，矛盾如驚雷，在心裡不停地翻滾。

今天天氣很好，春天的氣息彌漫了整個房間。但是，我還是能夠感覺到去年冬天殘留的冷意。我們依然樂此不疲地重覆上演著曾經熟悉的生活。我第一次看見她冒火了，開始猛烈地反擊。當時，她正在喝水，乾枯而沒有血色的手指緊緊地握住玻璃杯子。我剛說兩句，她便側身用閃爍而堅定的眼神看著我。繼而她問，你又在說什麼？是不是每年不折騰一次就不過癮不死心？我沒有與她針鋒相對，臉上掛滿無辜和散漫的表情，雙手插在褲兜裡，在她身邊轉來轉去。

沉默、寂靜。空氣彷彿停止了流動。

突然，一陣碎響攪擾得陽光顫抖，飛舞的塵埃越發狂亂。我還沒來得及循著聲響查看究竟，就聽到她劈裡啪啦地朝我咆哮道，你為什麼要這樣折磨人？你這個道貌岸然的傢伙，你是個超級大騙子。說完，她用高跟鞋狠狠地踩著地板上的玻璃渣子，那些細碎的物體向四周飛奔而去。

就在我不知所措時，手機響了。我神情恍惚地看著手機螢幕，對這個陌生的電話號碼厭惡透了。我把吵鬧的手機放在茶几上，轉眼看著陽光裡的塵埃。響聲停了，我立即回頭看著它，等待接踵而來的響聲。我知道對方還會打來的。於是，我看了她一眼，踱步回來，抓起手機朝陽臺上走去。還沒走到陽臺時，手機又響了。我怒氣衝衝地接了電話。

望著金光燦燦的天空，我小心翼翼地「喂」了一聲。對方的聲音很急切，充滿了海椒味。他問，是羅兄嗎？我一頭霧水，這個聲音似曾相識，但卻分辨不出對方到底是誰。我呆楞著，眼睛看著腳邊的一粒玻璃碎片。難道是電話詐騙案？但對方又怎麼知道我姓羅呢？我這樣懷疑著、否定著，思緒在腦子裡迅速翻騰起來。對方不失時機地問，羅兄你知道我是誰嗎？我錯愕、慌亂地「啊」了一聲，並未直接回答對方。我確實想不起來了。於是我說，你有什麼事嗎？對方也答非所問，他說我是江寧啊，羅兄不記得我了嗎？

一個混沌的形象在我的腦子裡慢慢浮現，又慢慢隱沒。我完全沉溺於記憶之中，尋找那個叫江寧的人，以及關於他的所有印記。但我越想越糊塗，沒有半點頭緒。對方接著說，羅兄，我們去釣魚吧？我吃驚地問，釣魚？他說是的。停了一下，他又嘮叨起來，現在食品污染那麼嚴重，我們去釣點生態、環保一點的魚回來吃吧。我撲哧了一聲，我說，城市裡哪有地方釣魚？現在什麼污染都嚴重，只要吃了不死人，就無所謂啦。那個自稱叫江寧的人急不可奈地打斷了我的話，他說，吃飯是個重要事，怎麼能馬虎呢？這樣吧，我有個朋友在三聖鄉那邊養魚，我們去那裡釣魚吧。

我竟然答應了江寧。放下電話的那一瞬間，有種恍然的錯覺。現在，我還是沒有想起江寧到底是誰，但我決定跟他一起到三聖鄉去釣魚。我簡單收拾了一下，放好手機和錢包，就急匆匆地朝樓下跑去。剛走出門，我就聽到她把門關得山響，彷彿地震來襲。一陣獅吼在背後傳來，他媽的，每次都這樣，吵完後就悶聲悶氣地走了。這過的什麼日子呀，還不如早點離了呢。

後來她還說了些什麼，我並不知道，我幾乎是一大步直接飛到了樓下，以最快的速度逃離了我居住的平安大街幸福巷66號。然後，我徑直朝九眼橋走去。我和江寧約好在這裡會面。

2

走了大概三十米，我覺得脫離了她的視野之後，便停了下來。對於即將面臨的遭遇，我有些忐忑了。我並非後悔了這次奇特的約定，但總得為自己的決定找個理由吧。腦子裡思緒頓時就翻飛起來。我邊走邊想，走過了一條長街，路過兩個如火如荼的建築工地，但依然沒有想出個頭緒來。於是，我只得悄然地苦笑了一聲。

半個小時後，我在九眼橋見到了江寧。當時，他目不斜視地看著府南河裡湍急的河水。事實上，在相距二十米時，我就看到了這個身影。我覺得它太熟悉了，肯定在哪裡見過。我慢慢地接近他，接近我記憶中的真實。在他抬頭看我的那一瞬間，我便想起了他，童年時最好的夥伴江寧。江寧的眼神裡有一種永恆的東西叫我難以忘懷。

面對這張熟悉而又陌生的臉龐，我有些詫異。我問怎麼是你啊？江寧說，我們有十多年沒見了吧？我乾癟地笑著，臉皮繃得很緊，然後陷入了沉默。面對我的沉默，江寧無動於衷。他說，我知道你在成都生活十多年了，其實，這些年我也在這個城市。但是，我從未找過你。因為，我的內心抗拒你，不願意見到你。

我閃爍不定地看著河面，一個塑膠口袋彎彎曲曲地飄了過去。我轉眼看了看江寧，他已經老了，跟我一樣臉上堆滿了皺紋。接著，他又說，這個春天我特別地想見你，積淤在心底的很多複雜的情緒，在春日的陽光下瘋狂地湧動著，促使我不得不找到你。我第一次正面看著江寧，納悶地問道，你從哪裡找到了我的聯繫方式？一直以來，我特意拒絕了外界，把自己悄然地藏於這個大都市裡，沒有與任何熟識的人交往過。江寧慢騰騰地說，只要用心找，總是能找到的。我繼續追問，到底從哪裡找到的？他笑而不答。這天，我接連問了好幾次，江寧始終沒有給我答案。

時間已是十點過了，溫暖的太陽中藏著毒辣，曬得人頭皮發麻。片刻後，江寧說，走吧，我們去釣魚吧。我沒有說話，但卻跟在他身後，朝三聖鄉奔去。我們上了一輛破舊的公車，車裡很擁擠，大家似乎都黏在一起了。我和江寧並排站著，距離近到可以聽見對方的心跳。江寧的身上散發出一股奇怪的味道，在我模糊的印象中，他以前沒有。十多年沒見了，這個童年夥伴的身上隱約發生了太多變化。

車子走走停停，人們的情緒並未因為明媚的陽光而溫和，相反都有些煩躁。我的眼神大部分時間都集中在窗外，車窗髒兮兮的，上面有塊不知名的穢物。偶爾，我也把眼神收回來，看一看身旁的江寧，算是對他的嘮叨做著回應。自從上車後，江寧就在我的耳朵邊不停地念叨。我斷斷續續地聽著，倒也隨著他的話想起了很多往事。

江寧說得最多就是釣魚。很多年以前，當我們都還是快樂無憂的少年時，釣魚是我們最樂此不疲的事情。我們同住在一個村莊，兩家人相距不過三百米。村子東頭有一條彎曲的小河，從南到北緩緩地流淌。這條小河是我和江寧記憶的載體，我們在這裡度過了很多美好的時光。週末或者寒暑假，我與江寧都會扛著魚竿挎著魚簍，到小河邊釣魚。每次，江寧都會扯著嗓子喊道，羅默，快走了哩。他的聲音穿過三百米的距離傳到我的耳朵裡，然後，我心領神會地拿起工具，歡快地朝小河邊跑去。

車子的速度不知不覺地快了起來。越是遠離市區，交通就越順暢。窗外是一片城鄉結合處，這裡既有城市繁榮的輪廓，又保持著原始的跡象，依稀殘留著未開墾的綠地。但是，工業的氣息正在慢慢侵蝕這片土地。轟鳴的機械聲和漫天飛舞的塵土，攪擾了本屬於這裡的寧靜。

江寧還在說童年時釣魚的陳年舊事，但他變得吞吞吐吐起來，好幾次都是欲言又止。當我回頭看他時，他的臉立即就紅了，尷尬的神色難以掩藏。我問，怎麼啦？半晌，他答非所問，自嘲地笑道，你這個傢伙，釣魚太厲害了。你這輩子，就該做個專業捕魚手。我「哼」了一聲，沒有接他的話。的確，如江寧所言，我是個釣魚高手。我掌握了魚兒試探魚鉤的特徵，在與它們的較量中，幾乎是百戰百勝。而江寧則不然，他總是被魚兒戲耍，常常是餵光了誘餌，卻釣不到一條魚。江寧夢想著像我一樣，擁有高超的釣魚技巧。但是，他的願望卻一直沒有實現。不知多年以後的今天，他的釣魚技巧是否有所進步。

3

一個多小時後，顛簸的公車終於停了下來。但是，這並不意味著我們達到了目的地。江寧告訴我，還要走一段路才能到他朋友的魚塘。我點了點頭，跟他並排朝魚塘走去。這是一條寬闊的水泥馬路，時不時有電動三輪車或者摩托車從身旁呼嘯而去。這又讓人想起了童年時的光景。我的家鄉地處丘陵地帶，並不多見的公路總是盤旋而起伏，而電動三輪車和摩托車也是路上的主角。小時候，一群沒有見過汽車的小孩子，跟在三輪車或者摩托車後面，呼喊著狂奔。跑出幾十米後，才幸快快地看著被揚起的塵埃，直到什麼也看不見。

江寧緊挨著我，我們的胳膊時不時地會碰在一起。我下意識地遠離他，腳步輕微地往外移。但是，他似乎知道我在躲避，繼續緊跟著我。江寧一腳踢飛路邊的一粒石子，順手從口袋裡摸出菸來。他遞給我，但我沒接。我告訴他自己戒菸很多年了，可他不相信。他噓了一聲，說你把菸戒了？我說真是戒了。江寧差點笑出聲來，他說，別裝了，你在我面前裝什麼呀？抽吧。我還是沒接，目不斜視地朝前走。江寧索性一把抓住我，揪得我胳膊生疼。他說抽吧。說著，就把菸塞到我嘴巴裡了。

多年以後，我又抽起菸來了。煙霧拘謹地在我的唇邊纏繞。江寧說，我們倆很多年沒有一起抽過菸了。他的菸和他的話把我帶回到了十多年前。

那時候，我們都還在家鄉那所中學讀書。當時，學校裡有同學悄然地抽起菸來。我和江寧也瞞著父母開始學抽菸。我們各自拿出不多的零花錢，到村子東頭的雜貨店裡買了一包大杉牌過濾嘴香菸。回家之後，我們鬼鬼祟祟地來到江寧家的柴房，劃著火柴抽起菸來。因為都是第一次抽菸，我們嗆得就快要斷氣了，猛烈的咳嗽聲就像幼小的狼發出的嚎叫。我們的舉動引來了江寧的奶奶，那個精神抖擻的老人站在柴房門口定定地瞅著，想知道這兩個小鬼到底在搞什麼。好在我們聽到老人的腳步聲後，立即掐滅了菸頭。我們第一次抽菸就這樣狼狽地結束了，但是，這並未阻止菸癮的膨脹。沒過多久，我和江寧就與菸分不開了。只是，多年以後，當我在異鄉的城市與童年夥伴重逢時，我已成功戒菸多年了。

沒抽幾口，我就受不了了。頭有些暈，甚至有隱隱的痛。我甩手丟掉菸頭，菸火隱秘地在地上綻放。我們依然不緊不慢地走著，陽光明亮得有些刺眼。江寧說，你還記得那年春天嗎？他語氣微弱，欲言又止。我問，哪年春天？他頓了頓，含混地說，就是那一年，你釣魚最順手的那一年，每個週末你都能釣滿滿一籃子。我不屑地說，我釣魚就沒有不順手的時候。江寧又停頓了片刻，他說，但是，那一年……

江寧並未說下去。沒有人阻止他，他的聲音融化在爛漫的春光裡了。我知道他想說什麼，但我不願意就這個話題說下去。我故意裝出茫然的表情，彷彿刪除了所有的記憶。其實，那些記憶早已在心底扎了根，用鐵鏟也鏟不掉。那粒飽滿的記憶之種，死死地沉在心底，只要時機成熟，它定會瞬間發芽，然後蓬勃地生長。現在，它遇到了適合生根發芽的條件，有了生長的勢頭。好在我努力地將局勢控制住了。

我們繼續走著，自由散漫，似乎忘了釣雨的事。溫度越來越高，天氣彷彿跳過了春天而直接進入了夏季。我的額頭滲出細密的汗水，就像一群溫柔的螞蟻。我抬起手，想擦掉那些匍匐在額頭的汗水，但手到空中時又遲疑了。江寧問，你很熱嗎？我搖頭說，沒有啊。接著，我把停留在空中的手伸到腦袋後面，理了理簡短的頭髮，以此來掩飾自己的尷尬。然後，我仰頭看了看天空，陽光刺得眼睛流出了淚花。

4

不知道走了多久，當我們達到江寧朋友的魚塘時，我有些累了，腿腳酸軟。江寧的朋友是一個戴眼鏡的瘦高男人，看上去並不像個養魚的人，倒像成天待在辦公室裡的都市白領。對方伸出一隻腥味隆重的手，向我遞了根菸。我沒有接。我說不會抽。江寧拍著我的肩膀說，這是我的童年夥伴羅默，十幾年沒見了。他笑了笑，煙霧急不可待地噴了出來。

寒暄了幾句，江寧便說了我們此行的目的。他抖了抖菸灰說，這段時間，我特別想釣魚，夜裡睡覺做的夢全都是童年時釣魚的場景。於是，我便尋思著找個機會釣魚。今天早上，我打電話給羅兄，一起到你這裡來釣魚了。江寧的朋友不斷地點頭，然後他說，好。江寧接著又說，你不知道吧？羅兄可是釣魚高手，沒有哪條魚能逃得了他的魚鉤。對方露出了驚訝的表情。我討厭那種誇張、虛無的樣子。我皺著眉頭，沒有理會他們。

江寧拿著漁具，朝魚塘走去。他對這裡非常熟悉。我跟在他身後，雙腳前後踩著他的倒影。我說你常來這裡嗎？他搖頭說，不是。接著他又說，我已經很多年沒有釣魚了。我想，你應該也是吧。我「嗯」了一聲。江寧驀然回頭看著我，他說，那年春天之後，我就再也沒有釣過魚了。我木木地盯他，他的眼神裡寫滿了複雜的內容。

我突然有些後悔跟江寧來釣魚了，因為他總是不厭其煩地提記憶中的那個春天。我覺得他是故意的，存心要使我們的記憶翻江倒海，然後不可救藥地回到多年以前的那個午候。但是，我也不好立即轉身而去。我上前一步，繞開江寧向前走去。五十米外，就是我們來釣魚的魚塘。

與其說這是魚塘，倒不如說是一潭養著魚的死水。水面被一層綠色覆蓋，其中漂浮著各種垃圾。牛奶盒子、糖果紙、即將腐爛的菜葉，以及其他很多叫不上名的廢物。正當我表示出無限失望時，江寧跟了上來，站在我旁邊。他放下凳子，拿起漁具準備開始釣魚了。我沒有心情釣魚，事實上，我今天跟他來到這個陌生的郊區，也不是為了釣魚。我不過是在家裡煩了，想要逃離，於是到這裡呼吸幾口新鮮空氣。我木訥地站在魚塘邊，半天沒有行動。

江寧已經放好誘餌拋下魚鉤了，他轉身問我，還站著幹嘛？我看了他一眼，沒有回答。接著他又說，難道你不喜歡釣魚了嗎？我說不喜歡了。他問，為什麼？我說不為什麼，就是不喜歡了。江寧苦笑了一聲，他說哥們快行動吧，我從未贏過你，今天想與你比試一下，看是否將你擊敗。我並非是受到了江寧挑戰的影響，但是，我卻違背了自己的心願，拿起了魚竿。

現在已是中午了，太陽興致勃勃地在高空掛著，放射出火熱的陽光。我和江寧並排站著，目不轉睛地瞅著浮標的動靜。這樣的場面已經消失很多年了。自從在家鄉的小河邊經歷了那場遭遇之後，我和江寧就沒有一起釣過魚。事實上，從那以後，我也就再也沒有釣魚了。我突然之間十分厭惡釣魚，並發誓過永遠不再釣魚。但是，這個太陽猛烈的春日，我又握起了魚竿。

不知道是我們的技術都倒退了，還是這裡養殖的魚與家鄉河裡野生的魚不一樣，以及其他什麼不知名的原因，我和江寧這天一條魚都沒釣到。整個下午，我就沒有看見兩個魚竿的浮標動過，它安靜地躺在水面的綠色之中。

我們都沉默著，眼神死死地盯著水面，看也不看對方一眼。就在我難以忍受這沉默時，江寧說話了。他說，羅默，你還記得那天下午嗎？就是我們最後一次釣魚的那個下午。他看了我一眼，接著又說，我從未忘記過。我一直在努力忘記它，但是，被污染了的記憶散發出令人噁心的氣息，無論如何也抹不去。我說，別說了，我不想聽這些。在我的腦子裡，那些東西早已抹去了，不留一絲痕跡。江寧不聽我的勸告，依然語氣微弱地說著。他說，我還記得她的名字叫小魚兒，圓圓的臉蛋上有兩個迷人的酒窩，一笑起來像兩隻飛舞的蝴蝶。江寧歎了一口氣，他接著說，但是，自從發生了那件事情之後，就再也沒有看見她笑過了。

我想阻止江寧的話，可他卻執拗著沒完沒了地說。他的話就像一陣強烈的颱風，把我徹底地捲入記憶。我的思緒瞬間滾到了多年以前，以至於沒有聽清楚江寧又囉嗦了些什麼。我依稀記得他說到了當年如果我們救了小魚兒，一切都將改變，決然不是今天這個樣子。

多年以前的那個春天的午後，我與江寧安靜地守候在河邊，等待魚兒上鉤。突然，一陣淒厲的求救之聲傳來。我與江寧不由自主地回頭，看見在河邊洗衣服的小魚兒被幾個粗野的男人拖進了蘆葦中。我和江寧對視了半晌，但都沒有做出任何解救小魚兒的行為。儘管那時我們都還年幼，但我們都清楚，只需要我們大聲地呼喊，就可以嚇退那些施惡者。可是，我們什麼也沒做，懦弱地蜷縮在原地，心神慌亂地看著河面的浮標。不過，我們都沒有心思釣魚了。那天下午的後半段，我和江寧一條魚也沒有釣到。傍晚時分，我們聽到了一個噩耗，小魚兒在河邊被人強姦了。

江寧繼續說，我們完全可以避免這樁強姦案的發生，可為什麼都眼睜睜地看著小魚兒被人糟蹋了呢？他摔掉魚竿咆哮道，我們都是懦弱的人，我們都有一顆冷漠的心。這麼多年來，我一直在為曾經的過失感到悔恨，也始終在尋找心靈安穩的方式。但是，一切都無濟於事。我陷入了巨大的痛苦之中，覺得自己會永遠生活在夢魘裡。說完，江寧哭了起來，聲音驚動了紋絲不動的水面。

我說，你哭什麼呀？別哭了。江寧不聽，哭的聲音越來越大。我的情緒壞透了，怒氣在心底猛烈地躥動。突然，我把魚竿拋向魚塘。兩根魚竿在魚塘裡死板地躺著。我對著江寧怒吼道，你他媽的哭什麼？給老子閉嘴。說完，我離開了魚塘，朝不遠處的公路走去。

太陽悄然地隱到了雲層，空氣中穿梭著絲絲冷意。我瑟瑟地抖了幾下，空虛的腳步踢飛了鄉間小路邊的石子。十分鐘後，我來到了公路。公路上安靜得沒有一輛車。這時候，我的手機響了。電話是小魚兒打來的，我沒接。我不想再跟她吵了，也不會談論離婚之事。我把電話放進褲兜，一個人獨自走在回家的路上。

催眠師

1

羅馬不知道雪是什麼時候闖進了自己的生活，也許是懶洋洋的午後，也許是憔悴的黃昏。他依稀記得她進來時沒有敲門，驀然出現的她把他嚇了一跳。羅馬始終沒有意識到一個女人會如此突兀地溜了進來。當時，他神情木然地盯著斑駁的牆壁，心裡在詛咒著一個叫蕭恩的落魄男人。那個離婚後一無所有的流浪漢每天都會到羅馬的辦公室報導，為他帶回來自美國休斯頓的消息。羅馬雖然人在成都，但心卻一直牽掛著大洋彼岸的休斯頓。不知道為什麼，蕭恩今天遲遲不見人影。正在羅馬心裡感到失落與空洞時，雪進來了。

雪穿著一身綠色的連衣裙，所以當時羅馬的意識裡只覺得一陣綠色的風飄了進來。風中帶著絲絲清香。這陣風和清香讓羅馬感到手忙腳亂，他渾身情不自禁地顫抖起來，血管開始慢慢膨脹並有種即將爆裂的感覺。羅馬衝動地迎了上去，語無倫次地說，你回來啦，終於回來啦。

這些言語就像夏天的螞蚱那樣興奮。羅馬的舉動讓雪目瞪口呆、無所適從，她收住了腳步，局促、警惕地看著羅馬。她不知道這個男人到底想幹什麼。羅馬似乎看出了雪的驚詫，條件反射地停了下來，怔怔地看著眼前這個既陌生又熟悉的女人。頓了頓，羅馬說，雨，你總算回來了，回來就好。說著他又向雪靠近，並伸出手想要抓住她的胳膊。雪立即後退了幾步，她鎮定地說，羅馬，你認錯人了，我不是雨。雪的話如一場強烈的地震，把羅馬從夢幻中徹底地震醒了。

失望與尷尬通過羅馬的瞳孔裡散發開來，彌漫了並不寬敞的辦公室。他屏住呼吸，儘量不使自己的失態表現得更為明顯與嚴重。接著，他調動一切經驗穩了穩情緒，並點了一根菸來掩飾自己的慌亂。幾分鐘後，羅馬耷拉著腦袋重新坐到那把散發著濃烈的油漆味道的椅子上，吐了個搖搖晃晃的煙圈後，用顫巍巍的口氣問，你找誰？

雪說，當然是找你。

找我？羅馬乾癟的聲音從喉嚨裡擠了出來。

是的。雪說，專程來找你的。

專程？

沒錯。

你剛才叫我羅馬？你怎麼知道我的名字？

我不僅僅知道你叫羅馬，我還知道你很多東西。

哦？羅馬的雙眼慢慢地凸了起來。

突如其來的雪把羅馬弄糊塗了，但她接下來的話使他徹底地掉進了疑慮與恐懼的泥潭，錯愕的表情讓這個身體有些發福的男人看上去像一尊老朽的雕像。儘管羅馬沒有顯示出絲毫熱情，但雪還是主動坐在了他的對面。她眼瞼低垂，散亂的目光落在棕色桌子上那本佈滿灰塵的檯曆上。羅馬的眼神不停地在雪的臉上和檯曆之間來回遊盪，他在等待這個女人接下來的舉動。大概五分鐘之後，雪說話了。

雪說我知道你曾經是位教師，現在是名催眠師。她說，在學校裡你是教數學的，思維縝密，邏輯能力超強。因為你出色的教學能力和迷人的外表，很多女生非常喜歡聽你的課。但是，沒有人知道你癡迷於心理學，並深深地陷入了對催眠的研究。不過，研究歸研究，你並沒有為人催眠過，也不想把催眠當作終身職業。但是，那年秋天，你卻突然離開了學校，開辦了這家心理診所。

聽完雪的話後，羅馬表情呆滯，眼神懸在半空中。不知是不是為了緩解氣氛，雪唐突地補充了一句，我的名字叫雪。

雪簡潔流暢的述說讓羅馬的心裡感到恐懾，他彷彿覺得眼前這個女人是個偵探，受雇於某人來調查自己。這樣想著，羅馬的記憶迅速翻騰起來，他想給自己這種無趣的懷疑找一個準確的答案。但是，他最終又覺得不會有人這麼做。羅馬一貫低調，作為一個對心理學保持著高度興趣並有所研究的人，他懂得如何與形形色色的人打交道。為此，他常常為自己感到自豪。他相信自己從未樹敵，所以不會有人給他找麻煩。可是，這個酷似雨、對自己瞭解頗多的女人確實讓羅馬心裡亂糟糟的。羅馬覺得雪來者不善，而且一定帶著某種不可告人的目的。這使得他急於要讓事情水落石出，用真相換取內心的安穩，所以他迫不及待地說出了心中的疑問。

羅馬說，你找我有什麼事？

你是個催眠師，你覺得我找你還會有其他什麼事呢？雪的語氣很平靜。

雪的話讓羅馬想起了什麼，他抽了抽架在鼻樑上的眼鏡說，你怎麼知道我的辦公地址，我從未在任何地方刊登過廣告，也還沒接收過任何病人，我相信成都市沒有人知道這裡。雪笑了笑，她說既然有這個地方，我就能找到。接著，她又說道，難道你不想讓別人找到這裡？這句值得玩味的話讓羅馬感到憂傷和迷惘，他只得給她一個沒有實際意義的無奈的微笑。

就這樣，羅馬在這個美妙的春天與之前素未謀面的雪以一種奇特的方式認識了，在以後的很長一段時間裡，他們之間保持著非常複雜與微妙的關係。這場相遇彷彿把羅馬拋到了一個空曠的原野，讓他感到前所未有的愁悶、孤獨與無助。這些愁悶、孤獨與無助所衍生的對生活與生命的思考，滲透到羅馬的血管裡，將永遠伴隨著他。

那天，雪沒有在羅馬的辦公室待很久。隨後她起身離開了，臨走時她對羅馬說，我明天再來，我們之間就算從明天正式開始吧。羅馬心中納悶，他暗自想道，我們之間？從明天開始？但他沒有將疑問告訴對方，只是機械地點了點頭，沒有任何語言上的表示。他的思維有點混亂，所以他又抽起菸來。

羅馬原本不會抽菸，但雨離開之後，他就迅速成了一名菸鬼。羅馬很喜歡被煙霧包裹的感覺，安全而又沒有憂愁。

抽了兩口之後，蕭恩就嬉皮笑臉地進來了。他坐在雪剛才坐的椅子上，順手從桌子上的菸盒裡拿了一根菸抽起來。羅馬看著他瘦削的腮幫不停地蠕動，沒有理會他，眼神在那本檯曆上盤旋。咳了幾聲嗽後，蕭恩說，羅兄你真不夠意思，雨都回來了，幹嘛不告訴我一聲，還讓我在電視機前苦苦守候。

羅馬狠狠地吸了口菸，又長長地吐了出來。他用這種沉默的方式回答了蕭恩。愚笨的蕭恩沒有明白羅馬的意思，他無趣地補充說，我剛才在門外都看見她了。羅馬使勁地掐滅了菸屁股，蠟黃的手指在菸灰缸裡摁了又摁。他說，那不是雨，是與雨長得一模一樣的女人。想了想又無奈地說，我也以為她就是雨呢。

蕭恩看見了羅馬的失落與失望，所以他默不作聲地陪著他抽菸，一直到夜幕籠罩著這個鮮活的城市。羅馬決定拉著蕭恩出去吃火鍋，他想犒賞一下這位老鄉。蕭恩與羅馬的老家相隔不遠，大概也就幾公里路吧。幾年前，羅馬有一次要急著外出，在找車的時候認識了開著一輛奧托車拉客的蕭恩。蕭恩雖然有些笨拙與滑稽，但羅馬覺得他是個善良而忠誠的人，而且與自己是老鄉，所以他們的關係一直不錯。羅馬將這次隱秘的行動託付給蕭恩，就足以看出他對蕭恩的信任。

出了辦公室，羅馬開車順著人民南路直接往南走，朦朧的街燈平添了羅馬心中的煩憂。一路上，他沒有與蕭恩說一句話。羅馬希望用這種方式調節情緒，以及醞釀接下來要做的決定。羅馬不是個感性的人，但他每次都是很迅速地對某個決定做出最後的判定。穿過一環路口，過了體育館不久，羅馬的車右拐進了國榮街。這是一條神秘而悠長的巷子，羅馬特別喜歡從這裡穿過的那種無法用語言描述的韻味。幾分鐘後，他們來到了玉林的一家火鍋店。玉林是羅馬非常流連的地方，他彷彿覺得自己每次與蕭恩吃飯都是在這裡。

這天晚上羅馬喝了很多酒，一杯接一杯地往肚子裡灌。後來，他有點醉了，感覺腦袋有些麻木，眼神也越來越模糊。在羅馬的記憶裡，他從未喝醉過。他總是懂得保持最後一絲清醒。但是，今天晚上他的酒量和自製力都打了折扣。

羅馬放下酒杯，摸出了兩根菸。一根給蕭恩，一根塞進了自己的嘴巴。抽了幾口後，羅馬用商量的口吻對蕭恩說，兄弟啊，你以後就別在電視機前守候了，我想提前結束這次任務，你看行嗎？蕭恩的眼睛瞬間亮了一下，他說我就知道雨回來了。羅馬打斷了他的話，他說，雨沒有回來。疑問在蕭恩的臉上氾濫起來，他說，那個女人真的不是雨？羅馬一邊點頭一邊吐著煙霧。蕭恩的臉色立刻凝固了，他說，既然雨沒有回來，我的工作就應該繼續。見羅馬沒吱聲，蕭恩又補充說，難道你不想找到雨了嗎？羅馬搖晃著腦袋，他說，你錯了，我當然想找到雨，但我不想再以這樣的方式找下去了。

蕭恩在等待羅馬繼續解釋，但羅馬的語言彷彿成了乾涸的河流，在這裡突然中斷了，留給蕭恩的只是荒涼的河床。然後，羅馬頻頻舉杯向蕭恩敬酒，酒杯之間的碰撞彷彿在傳達著什麼。

兩年前蕭恩接受了羅馬的委託，專門坐在電視機前看ＮＢＡ休士頓火箭隊的比賽，因為羅馬有一天晃眼看見雨與一個男人相擁出現在休士頓火箭隊的主場豐田中心。但是鏡頭一晃而過，他看得不是很清楚。這時雨去休士頓學習已經三年了，三年中她完全從羅馬的視野和生命中消失了。羅馬一直在等待雨的消息，一個電話，一封信，或者是電子郵箱裡冰冷的幾行字。可是，他一直處在失望的狀態中。當羅馬在電視機前看見雨與一個男人一起看球賽時，他覺得這是一條難得的線索。儘管羅馬知道這條線索最終的效果也近乎於零，但他不想放棄，畢竟這些年來他還沒有找到任何一點與雨有關的蛛絲馬跡。羅馬不喜歡籃球，但他遇到了對ＮＢＡ和休士頓火箭隊都感興趣的蕭恩。於是，一場漫長而遙遠的監視與守候就開始了。

可是，今天晚上羅馬想終止這一切了。這個想法有些唐突和莫名其妙，羅馬不僅不能給蕭恩一個理由，也無法說服自己。但他想就這麼決定了。

羅馬開著車穿越了成都的心臟，回到了東郊的住處。他住在平安大街幸福巷66號，一個寧靜而安詳的小區裡。在迷離的燈火中，羅馬的思緒回到了從前，鑽進了久遠的記憶裡。那些與雨相濡以沫的日子如一絲絲夜色，順著蒙朧的燈光灑滿全身。曾經的幸福與現在的落寞形成的巨大落差，讓整個回家之路都顯得寂寞和可怕。羅馬感覺身心都被掏空了，自己就像一隻飄蕩的風箏。

回家之後，羅馬在寂靜的客廳裡坐了半個小時，然後他走進書房，拿出與雨的所有照片。他細數著與她共同度過的所有日子，也細數著她離開之後的傷痛。回憶帶來的疲憊使羅馬沉沉地睡了一覺，醒來後發現雨的照片散落一地。

2

羅馬的心理診所開在天府廣場附近，從他家出發，如果不堵車，大半個小時就能到達。遺憾的是，這個城市老是堵車。如果某天不堵車了，你會有種恍然如夢的錯覺。出門後，順著府南河一直走，穿過合江亭來到人民南路路口，然後右轉向天府廣場方向行駛。在離天府廣場還有幾百米時，拐進一條名叫染坊街的小巷子，再朝右邊走一段路就能看見一座名叫十三月大廈的大樓，羅馬的辦公室就在六樓。

早晨涼爽的空氣中撒滿了微涼的風和油菜花一般的陽光，這也許是在暗示今天將是一個充滿了無數變化的日子。羅馬甚至想起了那句著名的廣告詞，一切皆有可能。這樣想著的時候，他就到了辦公室樓下。羅馬把車子停在那堆垃圾旁邊。這個簡陋的停車場裡總是擺滿了垃圾桶。即便是寒冷的冬天，這裡也是蒼蠅的樂園。羅馬從車子裡鑽出來時，一群蒼蠅就在他的腦袋周圍群魔亂舞，他感到有點噁心。羅馬幾乎每天都是這樣在厭惡的情緒中開始一天的生活。

辦公室簡單而陳舊，屋內沒有盆栽，窗外沒有風景。心理診所開業已經大半年了，卻沒有一個病人前來就診。羅馬並沒有想出任何辦法改變這種門庭冷落的局面，甚至在主觀上他也沒想著要改變。當初開辦這家診所，似乎也只是為了開始一種與以前不一樣的生活。他彷彿已經習慣並愛上了這種百無聊賴的日子，每天在辦公室裡抽菸，看報紙和雜誌，間或想些亂七八糟的事情。但是，今天不一樣，他知道有個病人要來，心裡到底還是有點期待和忐忑。充滿神秘色彩的雪讓羅馬覺得自己的生活隨時都會發生改變。

在等待的時間裡，雪的樣子始終在羅馬的腦海裡跳躍。羅馬覺得這太不可思議了，雪怎麼跟雨長得如此相似呢？清臒的臉龐上鑲嵌著彷彿通過特殊工藝加工過的眼睛、眉毛和鼻子，小而性感的嘴唇配上這張臉簡直無可挑剔。但是，自從看見雪的第一眼，羅馬就知道她的眼神裡暗藏著無法言說的憂傷與悵惘。羅馬向自己坦白，自從見到雪之後，她的影子就一直縈繞在腦海裡，就像空氣一樣包圍著自己，哪怕在昨天晚上的夢裡。昨天晚上羅馬做了一個夢，他不知道夢裡是雪還是雨。在夢裡，羅馬緊緊地抱著一個女人。她柔軟而溫暖的身體讓羅馬心曠神怡。他依稀記得自己在夢中就那樣一直抱著那個女人，直到絲絲陽光飄進房間。

雪是在上午十點或者十一點過來的，那天羅馬忘記了時間概念。她換上了一套白色的衣服，並戴了副墨鏡，看上去更加神秘莫測和充滿了距離感。羅馬對她說了聲你好，雪的嘴唇輕微地翕動了一下，半天才說出了那句對不起。接著她說，整個晚上都沒有睡覺，精神狀態很糟糕。羅馬的反應讓自己都覺得驚訝，他緊張的口氣中帶著無限關切。他說，你失眠這麼嚴重？雪輕輕地說，是呀。他們的談話就從失眠這裡展開了，隨後進入了一片廣闊的空間。那天，雪找到了一個千載難逢的機會和對象，把她內心的秘密全部抖了出來。羅馬成了一個認真的傾聽者，整個過程除了間歇性地提幾個關鍵問題，他幾乎沒有說什麼。雪一本正經地說，這是我的秘密，之前從未對任何人說起過，也確實找不到人說。

雪說我出生在東郊的一個大型企業家屬院裡，並在那裡度過了最美好、純真的歲月。羅馬沒有聽清楚她說的那個企業的名字，但他沒有詢問她。他不想影響她的思路。雪說，我的父母都是企業的職工，過著普通而幸福的生活。在雪十八歲那年，她在小區裡遇見了一個男孩，並深深地迷戀上了他。後來，在經過無數次人為製造的邂逅之後，雪與那個名叫傅永恆的男人走在了一起。他是一名教師，在一所中專教數學。結婚五年後，雪提出要去美國休士頓留學，傅永恆沒有任何異議，全力支持她。但是，去休士頓的路也成了她的背叛之路，成了雪與丈夫的決裂之路。

休士頓？羅馬輕輕地問。

是的。雪說。她皺了一下眉頭，補充說道，在休士頓，我成了一個靈魂的罪人。

雪說她在休士頓一所大學讀書，主修美國當代文學，業餘時間在一家速食店裡打工，日子過得緊湊而豐富。後來，她因為一段莫名其妙的感情而墜入了痛苦的深淵。寂寞而多情的雪在遙遠的休士頓喜歡上了一個美國男人，並很快與他同居了。在那段激情燃燒的日子裡，雪完全忘記了自己是個有夫之婦，盡情地享受著情感帶給她的歡愉。但是，靈魂的拷問總有一天會到來的。當她遭受到遺棄而冷靜下來時，雪才知道自己行為的骯髒與可恥。反省與煎熬並駕齊驅，狠狠地折磨著雪，並最終將她擊垮。

後來，雪將自己在休士頓這段戀情定性為靈魂的背叛，她覺得自己的感情世界被污染了。所以，懺悔才充斥著她的心房，靈魂救贖感才那樣強烈。傷心欲絕地度過了半年，雪傷痕累累地回到了成都。但是，她固有的生活被打亂了，曾經擁有的幸福成了泡影。雪的丈夫不知道從哪裡知道了她在美國的事，這個脾氣暴躁的男人對她進行狂風暴雨的肉體摧殘後就失蹤了。在差不多大半年時間裡，雪都在尋找丈夫。她聽說他開了一家心理診所，成了一名催眠師。雪長長地歎了一口氣，她說我忘了告訴你，我那早已沒有蹤影的丈夫對心理學非常感興趣。我覺得他從未認真教過書，或者說他以教心理學的方式在給學生們教數學。

他對心理學很熱中？羅馬問。

雪點了點頭。她說，但我從未想過他會成為一名催眠師。

羅馬陷入了焦灼的沉思。他的思緒就像天上變幻無窮的雲朵，翻滾的感覺讓人心慌。過了好一陣子，羅馬才從恍惚中醒來，他問，你剛才說你丈夫失蹤了？

雪沉默了。半晌，她才含著眼淚說道，他早就離開我了。雪說，事情發生後，我的內心彷彿是被砸進了一塊巨大石頭的湖，儘管湖面隨著時間的流逝慢慢平靜下來，可石頭卻永遠地沉到了湖底，死死地壓住每一根血管。在每個沉寂的夜晚，良心的譴責和心靈的懺悔如一柄鋒利的刀，一次次割裂我的心臟。我開始反思自己過去的行為，那在情慾的支配下做出的莽撞而愚蠢的事成了我永遠無法卸掉的包袱。失眠與噩夢成了我生活的主題。我要麼整夜失眠，要麼整夜做噩夢。它們就像一對商量好的魔鬼，交替糾纏著我，從不給我輕鬆與快樂的機會。後來，死亡的氣息就像毒蛇的信子一樣在我的眼前晃來晃去。我在冥冥中感覺有一股邪惡的力量把我往死亡的懸崖推。

你有自殺的傾向？羅馬問了一句他自己都認為很無聊與愚昧的話。

雪用遲疑中帶著妥協的表情給了羅馬準確的答案。

接下來整個辦公室的空氣都凝滯了，雪好像也一口氣把話說完了。她的眼神又落在那本檯曆上。為了不讓雪發現自己的緊張與拘謹，羅馬抽起菸來。剛點燃，雪就把手伸了過來，示意她也要抽。羅馬看著她修長的手指，再一次想起了雨。雨那雙天生就是為彈鋼琴而生的手曾讓羅馬無比迷戀，只是她不會抽菸。雪抽菸的姿勢很生硬，看得出來她不常抽。雪好像知道羅馬看穿了她的心思，忙不迭地解釋說，原本不會抽菸，但經歷過一場浩劫之後，在一夜之間就上了癮。接著她又自我解嘲道，只是動作沒有你那麼瀟灑。這是羅馬認識雪以來第一次看見她那樣輕鬆與詼諧。

濃濃的煙霧從兩個人的嘴巴和鼻孔裡噴出來，把辦公室裡的空氣弄得渾濁與朦朧。羅馬看不清雪的臉，他在苦苦思索著如何治療雪的心理疾病。羅馬開始盤算著如何為雪催眠，這讓他心裡很緊張。如果雪的眼神能穿透層層煙霧，她一定能發現羅馬的手在微微地顫抖。儘管羅馬一直對催眠感興趣並一頭扎了進去，但他卻從未將催眠理論付諸實踐，還沒有真正為人實施過催眠。現在突然要給一個與失蹤的妻子一模一樣的女人催眠，他真的不知道如何應付。

在接著抽第二根菸的時候，羅馬做出了決定。按照羅馬的性格，他不打算臨陣退縮，所以他對雪說，這樣吧，從明天開始，我開始為你催眠。頓了頓，他又補充說，我保證不會讓你失望。羅馬想利用一個晚上做並不算充分的準備。但是，雪的回答卻讓羅馬啼笑皆非。

雪用淡淡的口氣說，我不需要你催眠。

羅馬啞然。在半信半疑中他只得把手中的菸送到嘴邊，並亡命地吸了一口。沉思了片刻，羅馬帶著惶惑的眼神問，既然不用催眠，你又何必來找我呢？

雪笑而不答。羅馬記得這是她第一次露出笑容，嘴角輕輕地翹了翹。

羅馬顯得很急躁，他迫不及待地問，你這麼費盡心思地找到我卻不需要催眠，難道有什麼其他企圖？

也許會有比催眠更好的方式和辦法。雪的話如風一樣飄進了羅馬的耳朵裡。

羅馬沒有說話了，但他的任何一絲表情和明亮的煙火都是在向雪傳達心中的納悶。雪沒有讓羅馬等待太長時間，很快她就向他表露自己的真實想法。她說我的事情不是催眠能解決的，但你能幫助我。雪深深地吸了一口氣，接著她說，我也就不兜圈子了，我想通過你幫我找到我那失蹤的丈夫。只有找到他，繫在心中的死結才能打開，刻在心裡的傷痕也才有可能被撫平。

我能幫助你找到他？羅馬問。

雪說，你能。

憑什麼？

因為你們都是催眠師。雪說。

你覺得我一定會幫助你？

雪說，我相信。

羅馬覺得這一切真是太荒唐了，他認為雪的話實在是邏輯混亂，不合情理。但是，他沒有厭惡和否定雪提出的建議和要求。羅馬在心底告訴自己，堅決地拒絕這個來歷複雜的女人。但是，另外一股神秘的力量卻壓住了這個念頭。羅馬用安靜的表情接受了雪的提議。後來，他平靜地看著雪走出了辦公室。臨走時，雪說，那我們就從明天開始吧。

從明天開始？羅馬差點笑了出來，但剛剛啟動的嘴唇卻又拘謹地閉上了。他用還捏著半截香菸的手向雪的背影揮了揮。

3

羅馬這個夜晚是在煎熬、期待與迷糊中度過的。他知道過了今晚，自己就即將開始一趟奇特的旅行。陪一個前來就診的病人尋找丈夫，這難道不是滑稽可笑的事嗎？這個年輕的催眠師失眠了，他開始懷疑自己能否陪雪找到她的丈夫。但是，羅馬卻不後悔自己的決定。或許是自己這些年來太寂寞與落魄了，所以總是期待生活中的任何一絲奇蹟。羅馬這樣自我解嘲地想到。可很快他又否定了自己。他拍了拍腦袋，雨的音容笑貌浮上了心頭。是的，羅馬承認了，他願意幫助雪，是因為她與雨長得太相像了。有那麼一瞬間，羅馬懷疑雪就是雨。

第二天天氣陰霾，陰冷潮濕的空氣似乎在暗示著什麼。失眠讓羅馬的身體非常疲倦，眼睛裡佈滿了血絲。如果不是要幫雪完成那個莫名其妙的任務，他會蒙著頭睡到天黑。羅馬有過從頭天晚上睡到第二天晚上的經歷，那是在他已經預感到雨在休斯頓已經把自己拋棄後的那一段時間。當時，萬念俱灰的羅馬彷彿被人抽走了脊髓，成天無精打采，昏昏沉沉。但今非昔比，羅馬現在必須在約定的時間趕到辦公室。

這天真的有些不順，因為發現合江亭有堵車的跡象，於是羅馬在九眼橋拐彎上了一環路。他平時從不走這條路線，今天的交通狀況暗合了羅馬的心情，意外和新奇彷彿是羅馬今天必須面對的主題。

剛剛走過磨子橋，車就堵住了。在離數碼廣場不到一百米的地方發生了一起車禍，長長的車流讓人有種窒息的感覺。煩躁的羅馬開了收音機，但是他卻沒有以往的好心情，所以無論聽什麼都覺得是噪音。把所有波段都換了一遍後，羅馬怒氣衝衝地關了收音機。他神情沮喪地蜷縮在車裡，眼睛像兩個攝影頭一樣在尋找某種東西。儘管受角度的限制，所涉及的範圍十分狹小，但他卻收穫了意外的驚喜。

羅馬恍惚中覺得旁邊那幢居民樓的陽臺很熟悉，似乎是自己夢中的景物，而且與雨有關。他閉上眼睛，仔細搜尋自己曾經做過的夢。那些夢中的事物就像過江之鯽，「撲騰撲騰」地湧了過來。可是，羅馬卻沒有找到與此相對應的記憶。正在他冥思苦想時，手機的響聲讓他不由自主地哆嗦了一下。

雪來電話了，她早已到了羅馬的辦公室樓下。聽說路上塞車時，雪也在電話裡表示了她的無奈，輕輕的歎息清晰地傳到了羅馬的耳朵裡。結束通話後，羅馬的眼神又遊到了陽臺上。羅馬的腦子裡出現了奇特的幻覺，他覺得自己在與雪通電話的間歇做了一個夢，夢見自己與雨在陽臺上緊緊地擁抱。羅馬感覺這個夢很美妙。一直到車禍處理完畢，交通恢復通暢，他都在回味那個美夢。

雪今天又換了一套衣服，粉紅色的，充滿了活力，陽光的感覺讓灰濛濛的天空也改變了顏色，滲透著絲絲明亮。他看不見她臉上有任何憂愁與傷感，不像是一個靈魂負累並失去丈夫的女人。這讓羅馬感到詫異。一天換一套衣服使雪給人的感覺是更加神秘和遙遠，她的變化讓羅馬難以應付。他原本想通過她的穿著打扮和言行舉止來猜度其內心，很明顯羅馬的計畫落空了。難道她看穿了我的用心，故意用頻繁更換衣服和閃爍其詞來與我周旋？羅馬這樣猜想到。這個乏味的想法讓他心裡充滿了惆悵。

今天，首當其衝的事情就是商討尋找雪的丈夫的具體方案。昨天夜裡，這事沒有少折磨羅馬。羅馬對這個城市裡關於心理醫院和診所的瞭解近乎為零，至於催眠師，他也只認識自己一個。事實上，很多時候羅馬都在懷疑自己是不是催眠師，懷疑當初為什麼要開辦這個心理診所。他在這種自我懷疑中度過了大半年，每天就一個人坐在辦公室裡孤獨地面對斑駁的牆壁和木訥的電腦。惟一能讓羅馬打起精神的就是聽取蕭恩的報告，儘管他從未帶來過任何好消息。所以，當羅馬答應雪為她尋找丈夫時，他的心裡是空洞而荒蕪的。他彷彿來到了一個漫無邊際的荒原，或者杳渺的沙漠，不知道自己的腳該往哪個方向邁。於是，羅馬只有將希望寄託在雪身上。很顯然，他的想法是那樣簡單而幼稚。雪比羅馬更茫然。這天上午，羅馬和雪坐在辦公室裡一籌莫展。他們都沒有想到，第一步竟然如此艱難。

不過，羅馬和雪都不是愚蠢、無知的人，他們繳盡腦汁後，還是想出了兩個他們認為比較合適的方案。第一個方案是羅馬想出來的，他準備在報紙上刊登一則廣告，把雪描繪成一個急需要催眠而找不到合格催眠師的人。他想用這種發英雄帖的方式把雪的丈夫引出來。羅馬認為這種引蛇出洞與守株待兔的方式不錯。但雪不這麼認為，她說這種方式太過高調以及充滿了荒謬感。雪認為應該搜遍全成都的心理診所，採取廣撒網然後逐漸收縮的策略，揪出一個人應該不是什麼難題。儘管羅馬不贊同這個方法，但他也沒有反對。後來，雪用戲謔的口吻說，那我們就看一看，誰的方式奏效。

在《成都都市報》上刊登了一則廣告後，羅馬帶著雪就馬不停蹄地開始在全成都查找心理診所。對於羅馬來說，這真是一個天大的難題，他對這個行當真的不熟悉。但是，他從沒有一絲懈怠，心中有一股莫名的力量在支持著他向難題挑戰。儘管如此，十多天過後，羅馬還是一無所獲。

讓羅馬驚奇的是，雪不知從哪裡獲得了不少豐富的線索。那天早上，雪把記錄在一個藍色筆記本上的資料擺在羅馬面前時，他驚得目瞪口呆。數十家心理診所的名字、位址和聯繫電話都詳盡地羅列在上面。密密麻麻的字如藍色海洋裡盤根錯節的植物，讓羅馬頭暈目眩，有種迷失方向的感覺。羅馬用怯懦與尷尬的語氣問，你怎麼弄來的？雪說這很容易。這個回答讓羅馬無地自容。他不再想說什麼了，頹喪地倚在椅子上，不知道接下來該如何是好。

雪似乎在炫耀她的智慧，接下來她為尋找之路做了周詳的安排，並形成了非常正式的文案。這份詳細的計畫書精確到雪和羅馬什麼時候出現在什麼地方，拜訪哪一所心理診所。羅馬感覺自己掉進了某個陷阱。雪說，根據她的直覺，首先應該從西邊著手，然後分別是南邊、東邊和北邊。羅馬沒有問她為什麼，他沒有勇氣跟雪交流了。他在心裡做了決定，跟著雪走就是了。

計畫開始實施了，他們之間的關係也悄然地發生了變化。每天，雪興致勃勃地帶著羅馬穿梭在成都的大街小巷，從一幢大廈裡出來接著又走進另一幢大廈，結束一次詢問之後又開始下一次詢問。但是，羅馬覺得雪在做事的時候總是心不在焉，活像是走過場。這真是單調、枯燥極了。羅馬感覺自己不是在幫助雪，而是她帶著自己在瞭解成都這個他已經很熟悉的城市。在極度煩悶的時候，羅馬甚至用惡劣的方式嘲笑自己，他認為自己就是雪手中牽著的一條哈巴狗，在雪與人談話的時候偶爾說幾句，就像是搖搖尾巴撒個嬌迎合一下主人而已。

更讓羅馬吃驚的是，他發現雪的重點不在尋找丈夫上，通過某些細節，他發現她把重點轉移到自己身上了。儘管很多時候她有點遮遮掩掩，欲說還休。這個發現讓羅馬惶惶不安，他覺得不儘快解開這個秘團，他的生活就會立即轉入另外一個自己無法掌控的軌跡。於是，在一個無聊的夜晚，羅馬和雪坐在玉林一家火鍋店裡吃飯時，他決定要詳細地與她談談。可是，還沒有等到羅馬開口時，雪卻先下手為強，主動給他丟了一杯重磅炸彈。

雪喝了一口啤酒後問羅馬，你現在還是單身？

羅馬的情緒立即搖搖欲墜起來，他該如何回答她呢？單身嗎？可自己在名義上是有婦之夫，只是結婚證上的女主人公雨如今了無音信。不是單身？可自己明明已經孤獨地生活好多年了。萬般無奈之下，羅馬只能耍了耍嘴皮子，他說，你覺得我是不是單身呢？

你既是單身又不是單身。雪不假思索地說。

正在抽菸的羅馬差點被嗆得咳嗽起來，這個回答真是無比精確與天衣無縫。但羅馬沒有去挖掘這個答案背後傳達的資訊，他為這個答案感到悲涼與哀傷。是的，羅馬這些年來為自己搖擺不定的身份和處境感到惶恐。在那些心煩意亂的時刻，他覺得自己等待雨的目的就是她能幫助自己確認現在的身份，消除他的模糊與飄蕩的感覺。不過，羅馬並沒有承認雪的說法，他用虛偽的表情和閃爍的言語與她保持著一定距離。

你怎麼有這種想法？羅馬問。

關鍵是我說的對不對？雪說。

羅馬突然失去了語言表達能力，雪步步為營的氣勢使得他只能龜縮在一個自我營造的氛圍裡。他把腦袋深深地垂下，以為這樣容易把接下來的時間消磨掉。但雪並不領情，她開始像擺弄自己的化妝品那樣抖摟著羅馬的隱私和秘密。更為關鍵的是，她說得那樣直白、魯莽和精確，沒有給羅馬留任何迴旋的餘地和辯解的必要。

雪說，你和一個叫雨的女人結婚已經十年了。十年不短了。你們的婚姻可以以五年為界限分成兩個階段，且前後兩個階段有著本質上的區別。前五年，你們一直生活在一所中專學校裡。作為一個教師家庭，夫妻兩人過著平靜而幸福的生活。如果說這階段還有遺憾的話，應該是你們沒有孩子。但你們倆內心裡達成了驚人的一致，從未去任何醫院做過檢查。或者說，你們好像都沒有養育孩子的要求和打算。走到第五年年末時，雨提出去美國留學，你沒有任何異議。事實上，你是個上進並有著夢想的男人，你支持所有為夢想而拚搏的人。隨後，雨去了休斯頓。只是，她的夢想等於你的創傷。五年裡，她就彷彿從地球上消失了一樣，沒有給你任何消息。所以，你們婚姻的最後五年實際上是你一個人在生活。而且，雨的背叛改變了你，使你告別了學校，開辦了心理診所，成了一名催眠師。

雪斜著眼睛瞟了瞟羅馬，接著她說，有一樣東西貫穿了這十年，永遠沒有改變的是你對催眠的癡迷。

羅馬感到羞憤與惱怒，但他始終沒有發作，盡力把一切不快壓抑在內心，保持著一個男人的尊嚴和風度。這種彷彿被人用X光穿透肉體與心靈的感覺，使他感到血脈在急速倒流。羅馬想儘快鎮定下來，所以他不停地喝酒、抽菸。

這天晚上雪和羅馬都喝得有點多，後來她想陪他回家，但被拒絕了。羅馬說我是有婦之夫。雪說可你現在是單身啊。羅馬說，我有結婚證的束縛。雪說，除此之外，你卻是自由與健康的，不應該拒絕一個女人。兩人就這樣用醉醺醺的口氣半真半假地調侃著，可羅馬最終沒有讓雪陪他回家。羅馬順著一環路把車開到了牛市口，他看著雪踉蹌著下了車，然後坐上計程車走了。羅馬不知道雪住在哪裡，雪也不知道羅馬家在何處。在夜色中呆了片刻，羅馬醉眼朦朧地駕著車朝平安大街幸福巷66號奔去。

4

沒有任何人主動與羅馬和雪聯繫，說明報紙上發的英雄帖沒有起到絲毫作用。這讓羅馬的心裡孳生出了一種挫敗感。與此同時，他們的實地尋找也沒有實質性收穫。不過，這卻讓羅馬對催眠這個行當有了更多的瞭解。至少，他每天都會陪著雪去兩三家心理診所，與形形色色的自稱催眠師的人有一句沒一句地聊天。這或許是羅馬惟一聊以自慰的了。但是，時間永遠是抹殺激情的最好武器。沒過多久，新鮮感沒了，羅馬就如同行屍走肉，執行著一種莫名其妙的、機械的程式。

這天，羅馬陪著雪去了東門。在二環路上的一家心理診所與一個更年期女人聊了半個小時後，他們都有點餓了，便到旁邊的奧斯特生活廣場吃飯。這個剛剛誕生的廣場在相對沉寂的東門得到了人們的熱捧，這裡總是人流如織。只要你的眼睛不那麼偷懶，稍微睜得大一點，一定會讓你眼花繚亂。羅馬點了夫妻肺片，因為雪說她好多年沒有吃這道四川名菜了。她說，吃不到家鄉菜時的感覺彷彿總是在提醒自己處於漂泊的狀態。現在，她想從味覺上感知自己生活的狀態。羅馬並沒有被雪這種新奇的觀點所吸引，他的腦袋機械地轉來轉去，就像在執行某種特殊任務。生活總是讓人哭笑不得。這個風和日麗的上午，羅馬看見了令他感到荒唐、無奈與憤懣的一幕。

就是那麼一剎那間，大概也就五六秒鐘時間吧，羅馬看見蕭恩與一個熟悉的身影親密無間地從門口走了出去。他們好像是手牽手，又好像是相互摟著腰且旁若無人地一路扭了過去。羅馬看了看身邊的雪，便確認那個身影是雨。

怒氣就快要衝開他的腦門了，羅馬風一樣衝了出去。可是，他沒有在川流不息的人流中看見蕭恩。更別提雨了，空氣中一絲她的氣息都沒有。羅馬在心裡默默地發誓，一定要揪出蕭恩和雨。這個想法剛剛冒出來，他就感覺身邊全是蕭恩和雨的身影。這些重疊的身影如同強大的旋渦，把羅馬包圍住。羅馬呆呆地站在那裡，氣急敗壞的他感到胸腔快要爆炸了。他咬牙切齒地罵了一句，狗日的蕭恩。

返回餐廳時，雪平靜地坐在那裡，悠閒地喝著可樂。她並沒有問羅馬到底發生了什麼，彷彿一切都在她的掌握之中。甚至，她笑著要以可樂代酒敬羅馬一杯，感謝他這些天的努力尋找。雖然羅馬接受了她的敬意，但他明顯感覺這是一種嘲笑和挑釁。直到他們分開，這天羅馬始終黑著臉。他似乎忘記了身邊的雪。

回家的路上，羅馬一直在給蕭恩打電話。蕭恩的電話竟然停機了，這是羅馬萬萬沒有想到的。自從羅馬不需要蕭恩以一種另類的視角關注著休斯頓火箭隊的比賽後，他們之間再也沒有通過電話。這兩個來自同一個地方的男人，在同一個城市保持著最遙遠的距離。聯繫不到蕭恩，急躁的羅馬用最快的速度把車開回了家。他想找一個寧靜的地方，讓自己的憤怒充分地燃燒。

回家後，羅馬找遍了他知道的髒話，把蕭恩的家族全部咒罵了很多遍。這僅僅是憤怒燃燒的開始。接著，羅馬以一種自虐的方式開始了他的發洩。他把家裡所有東西都砸了，玻璃的碎片和飛舞的塵埃很好地配合著羅馬的情緒。這些年裡，他一直保持著家的完整性，依然是雨離開之前的樣貌。可現在羅馬覺得沒有必要再這樣傻了，他想用破壞來換取內心的快感和平衡。報復是痛快的，但痛快之後卻是更加巨大的痛苦。這個夜晚，羅馬通宵未眠。他把自己浸泡在酒精與尼古丁裡，他想這樣或許好過點。實際上，酒精和尼古丁都無濟於事。痛苦依然如毒蛇一樣纏繞著他，折磨著他。

接下來的幾天，羅馬看似在陪雪找她丈夫，實際上卻是在苦苦尋找蕭恩。他有時候像個便衣，在擁擠的人潮中東張西望；有時候像個臥底，在雪的身後悄悄地撥打蕭恩的電話號碼，好像要向他報告雪的情況。無論怎樣，羅馬都處於虛無縹緲的失望與失重的狀態中。這樣的狀態一直持續了很久，好像是一個月，也好像是兩三個月。

時間很快就到了五月，空氣中似乎已經潛藏著令人躁動的因數，火熱的太陽偶爾會跳出來展示一下它的威力。羅馬跟在看似從容的雪身後拜訪完了藍色筆記本上記錄的所有心理診所，然後灰溜溜地回到了辦公室。

幾個月下來，無論是雪的策略還是羅馬的方案，都是竹籃打水一場空，等待他們的結果都是令人畏懼的空白。羅馬和雪在一個黃昏承認和接受了這樣的結果。雖然他們都沒有太多失望，但淡淡的憂愁還是盤桓在他們的心裡，久久不能散去。所以，羅馬和雪一直沉默地待在辦公室裡。在煙霧朦朧中，羅馬發現雪在偷偷地觀察著自己。為了顯示自己的鎮靜，羅馬一直保持著木訥、呆板的神情。

在夜幕完全遮蓋了大地，城市變得嫵媚與曖昧時，雪提出了去南門一家火鍋店吃飯。雪說，我想請你吃飯，認識你這麼久了，才發現一直都是你請我。說這話時，雪緊繃著臉，並沒有開玩笑的意思。然後，他們走進了黑夜裡。

羅馬小心翼翼地駕駛著他那輛快要報廢的汽車，這個二十四小時都堵車的城市此刻依然喧鬧與嘈雜不已。上了人民南路之後，汽車就慢得像只蝸牛，到一環路路口時，就用了大半個小時。但羅馬和雪都沒有任何抱怨，他們都默默地盯著前方，儘量避免目光的正面接觸。過了一環路路口，道路比先前暢通了一點。在美領館那裡，雪接了一個電話。通話時間很短，羅馬沒有聽清楚她是否說是打錯了，或者是以其他方式結束了這次通話。從表情上看，雪有些不耐煩，合手機蓋時用力很大。突然，羅馬加快了速度，一溜煙就拐進了另一條黑黢黢的巷子。穿過人南立交橋後，用了二十分鐘就到了雪說的那家火鍋店。

這頓飯吃得很緩慢與冗長，他們就像兩個無賴，在細細地觀察每一道菜以發現其中的問題並以此抵賴用餐的費用。從人聲鼎沸到顧客稀疏，火鍋店到最後只剩下羅馬和雪了。雪喝醉了，儘管她念叨著自己沒醉。在稀稀拉拉的胡言亂語裡，她還在一杯接一杯地喝。這個夜晚，她沒說太多話，酒成了她與羅馬交流的惟一道具。

羅馬從雪酒氣衝天的話語中知道了她的具體住址。他懷疑她是主動說給自己的，她都醉成那樣了，怎麼還能口齒清晰地把一長串文字完整無誤地說出來呢？或者，她根本就是假裝醉了。羅馬又這樣想。不論怎樣，羅馬今天晚上要送雪回家了。羅馬不會把雪帶回自己家，他不想讓她闖進自己和雨的生活空間。看著雪輕飄飄的醉態，羅馬有種莫名的悸動。

五月的夜晚不是想像的那樣沉靜與溫柔，總有一些人還沒有睡覺的意思，儘管現在已是凌晨兩點了。當車子滑過一條條大街時，窗外總會出現晃動的身影。那些或依偎或擁抱的身影，使這個夜晚充滿了濃濃的情愫。羅馬心裡忐忑不安。他不是個自欺欺人的人，所以他向自己坦白，自己對去雪的家充滿了期待和幻想。一路上，他都在想像一個寂寞少婦的客廳和臥室到底是什麼樣。時間在羅馬思想開小差的時候，很快就過了半個小時。羅馬載著雪來到了她的住處，海椒市的一幢灰色大樓。在朦朧的夜色裡，灰色的牆面就像一張掛滿淚痕的臉。

跌跌撞撞地走過一條幽深的巷子後，羅馬找到了雪住的那幢樓。

雪住在六樓，這使得羅馬把她扶上樓後累得氣喘吁吁、大汗淋漓。開門後，羅馬先前的想像全部化為了泡影。他很難將這裡的一切與情趣高雅、風情萬種的雪聯繫在一起。凌亂而骯髒的客廳裡擺著亂七八糟的衣服、啤酒瓶、菸灰缸，地面上還散落了十幾張碟片，全是另類電影。最上面的是一部驚心動魄的日本影片，名叫《催眠》。顯然，雪最近才看過這部電影。羅馬也看過，是一個關於催眠與犯罪的影片。羅馬本想把雪放在沙發上就離開，但他沒有在堆滿東西的沙發找出一塊足以容納這具柔軟身體的地方。同時，他也不願意放棄去雪的臥室的機會。於是，在好奇與責任的共同作用下，他把她扶進了臥室。

讓羅馬目瞪口呆的是，雪的臥室對他來說簡直就是個奇幻的天堂。他在梳粧檯和床頭櫃上發現了很多雨的東西。當然，這也許不是雨的，它們只能說明雪與雨有著共同的愛好。從那些照片和書來看，羅馬再一次模糊了雪與雨之間的界線。他十分篤定地認為，雪就是雨。羅馬在剎那間做出了這樣的認識和判斷，他不相信世界上會有這麼多巧合。

雪的臥室裡擺著許多在九寨溝拍攝的照片。在羅馬的記憶裡，雨也有著相同的照片。羅馬和雨都喜歡九寨溝，每年至少去一次。在雨離開羅馬之前的那一年，他們去了四次。他們約定春節時去第五次，但這次旅行成了泡影。在年末時，雨就遠走他鄉了。旁邊的書更是引起了羅馬的極大興趣，特別是那本日本著名作家渡邊純一的《失樂園》。仔細的羅馬發現，雪的這本書與雨的那本版次都是一樣的。「這是一種畸戀之美，給死者以祭悼，給生者以鑒戒。」封面上的字跡在灰塵的覆蓋下顯得疲憊不堪。雨最喜歡這本書了，自從買回來之後，就一直放在床頭櫃裡，時不時拿出來翻一翻。羅馬曾要雨解釋一下喜歡這本書的理由，但被她拒絕了。她說，有些東西用簡單的言語是無法表達的。

羅馬看著醉得如一團稀泥的雪，他實在找不出她與雨的區別。他坐在屋子裡抽了一會兒悶菸，不知道這是幻境還是現實。抽完菸後，羅馬獨自回去了。他想，明天一定要想方設法把這個女人的身份徹底搞清楚。她到底是雪還是雨，這對羅馬來說至關重要。

第二天，羅馬在辦公室裡等到十點也不見雪的身影。他給她打了電話，關機。過了十分鐘，他繼續打，依然是關機。羅馬有點煩躁不安了，一次次不停地打電話，但他一次次地聽到關機的提示。手機裡的聲音冷漠而殘酷，羅馬差點憤怒地摔了那部才買不久的手機。快到中午了，羅馬依然沒有找到雪。他等不急了，便開車去海椒市找她。到了海椒市時，羅馬又迷了路。他想不起昨天晚上行走的路線了，記憶裡全是令人沮喪的灰色。不過，在轉悠了幾圈後，羅馬還是找到雪住的那個小院子。只是，他沒有找到雪。後來那位看門的大爺說，那個姑娘走了，她說她不會回來了。不會回來了？羅馬這樣重覆了一句。那位大爺也機械地重覆了一句，她說她不會回來了。這時，他才恍然大悟，這是雪租的房子。

羅馬像只落魄的狗一樣，灰溜溜地走開了。回家的路上，羅馬彷彿覺得汽車浮在空氣裡，飄飄蕩蕩的感覺讓人感到頭暈和噁心。他幾乎是用最快的速度回到了家，然後一頭倒在沙發上睡了。羅馬有很長一段時間沒有這樣勞累了，疲憊透支了他的精力，現在終於該償還了。

5

從雪離開的第二天開始，羅馬就一直在尋找她。他想徹底弄清楚她到底是不是雨，或者與雨有著什麼樣的神秘關聯。至少，羅馬固執地認為，雪和雨絕對不是兩個完全沒有任何關係的人。但尋找之路不太平坦。

羅馬現在才想起來，他對雪的瞭解太少了，幾乎是一片空白。一旦雪從自己的辦公室消失，或者搬離了那套租來的房子，就割斷了與羅馬所有的牽連。羅馬想起了雪曾經說她出生並生長在東郊的某個企業家屬院裡，但他不知道具體是哪個企業。儘管如此，他還是想去碰碰運氣。羅馬不想放棄任何一絲線索。

差不多在一個月時間裡，人們可以看見一個面容枯槁、精神恍惚的男人在東郊那幾個大型企業的家屬院門口轉悠。這個人就是羅馬，他總是希望在這裡碰見雪，或者發現任何一點與尋找雪有關的蛛絲馬跡。但遺憾的是，羅馬最終抱著失望回去了。他甚至絕望地想，這輩子再也見不到雪了。

失魂落魄的羅馬在一天下午找到了蕭恩，確切地說是他們倆通上電話了。他差點放棄了能再次與這個老鄉通上電話和見面的希望，但當天非常鬱悶與無聊的羅馬在把玩手機時，無意中就撥打了蕭恩的電話，卻收到了意想不到的結果。

羅馬說，你到我辦公室來吧。

蕭恩問又有任務了？

羅馬說，是的。

蕭恩問是繼續尋找雨？

羅馬說，是的。不過，剛說完他又改口說，尋找雪。

蕭恩問到底是尋找雨還是尋找雪？

羅馬一片茫然，「啪」的一聲把電話掛斷了。沒有弄清楚雪的身份以及她與雨的關係，這是一塊沉在羅馬心底的大石頭，堵得他難受。蕭恩剛才橫衝直撞的詢問使他更加惆悵與茫然。

蕭恩沒有立即趕到羅馬的辦公室，而是在第二天上午才姍姍來遲，看來他對上次的事還耿耿於懷。讓蕭恩沒有想到的是，見面後羅馬首當其衝的是質問他上次在奧斯特生活廣場的事情。羅馬清楚地記得那天，所以他問，四月一日那天你在成都？

在。蕭恩說。

那天你去奧斯特生活廣場了？

是的。蕭恩說。

你與一個女人在一起？

沒錯。蕭恩說。

那個女人是誰？

是我女朋友。蕭恩說。

她叫什麼名字？

蕭恩沒有立即回答羅馬，他隱約感覺到了其中的貓膩，對羅馬的話產生了牴觸情緒。他不像以前那樣一見面就抽羅馬桌子上的菸，而是從口袋裡摸出了自己的劣質香菸。接連抽了好幾口後，他才懶洋洋地說，你問這個幹嘛？

這句話如一隻臭襪子一樣堵住了羅馬的喉嚨，他本來想饒幾個圈子，徹底弄清楚那天的所見是幻想呢還是現實。但是，蕭恩這句簡單而直接的話，把羅馬的思緒攪亂了。想了半天，羅馬才想起一句笨拙而愚蠢的話來應對。他說，隨便問問，老鄉嘛，我是關心你。接著，羅馬為了增強說服力，他還搬出了蕭恩之前那段傷心的婚姻。他補充說，我知道你之前的婚姻狀況，所以希望你這次在交女朋友時，能夠擦亮眼睛，找到適合自己的對象。

蕭恩沒有就這個話題再談下去，他主動問起了到底是尋找雪還是雨。這是個漂亮的轉移，亦攻亦守。羅馬被蕭恩糊弄過去了，他想了想說，尋找雪。蕭恩說，雨才是你的妻子，你應該尋找她而不是雪。羅馬沒想到蕭恩會說出這樣的話來，遲疑了一陣他才說，我現在懷疑雪就是雨。蕭恩哈哈大笑起來，他說，兩個女人你都見過，難道你分辨不出誰是你的妻子嗎？羅馬面如菜色。半晌，他說，找雪比找雨現實得多。雪是真實存在的，而電視裡休斯頓豐田中心的雨是虛幻的。接著，他用最快的語速說，給你一百塊錢一天，等找到雪之後，一次性再給你一萬。對於缺錢的蕭恩來說，他沒有理由拒絕這個任務。蕭恩愉快地點了點頭。羅馬問，你記得雪的樣子嗎？蕭恩遲疑地搖了搖頭。羅馬問，記得雨的樣子嗎？蕭恩堅決地點了點頭。羅馬說，那也一樣。

羅馬似乎又回到了之前某個階段的生活，他鬱鬱寡歡地坐在辦公室裡，面對蒼白的牆壁，用菸頭的數量來記錄時間的流逝。痛苦的童年記憶在這時候就像一個小丑，跳出來幸災樂禍地嘲笑羅馬的生活。他想起那年冬天以及每一年的冬天，刺骨的冷和傷痛生生地在他的身上劃開一條傷口，灌進了他的血管，永遠與流動的血液混合在一起，構成了羅馬生命的一部分。事情最終演變成家破人亡，歸根結柢與羅馬的身份有關。那個名義上是羅馬父親的人不知道羅馬是自己的兒子呢還是羅馬母親前夫的兒子。

在羅馬的母親懷上他之前的半年裡，她捲入了一場奇特的三角戀，而在她確認自己懷孕後的十多天，丈夫就死於車禍。羅馬的母親順理成章地與情人組建了新的家庭。但是，她的第二任丈夫始終不能確定羅馬是否是自己的親生兒子。這個疑問與猜測在後來漫長的日子裡，成了家裡任何一次戰爭的惟一理由。羅馬也很想把這一切弄清楚，這樣不僅可以平息戰爭，也可以解決誰是親生父親之困。可遺憾的是，直到母親在那年冬天自縊而死，他也沒有明白誰是自己的親生父親。母親死後，羅馬不想再糾纏這件事情了，他認為已經失去了意義。也就是在那年冬天，羅馬頂著風雪離開了家。除了在蒼茫大地上那深情而絕望的一回頭，羅馬再也沒回過那個令他恐懼的家。

記憶的列車把羅馬載回到了遙遠的、苦澀的從前，當他重新返回到現實時，被更多的茫然包圍和襲擊。這使得羅馬在接下來的很長一段時間都生活在昏昏沉沉裡。

轉眼就來到了七月，蕭恩沒有給羅馬帶回任何雪的消息，卻在某一天帶回來一個浪漫得有些神經質的男人。羅馬對蕭恩的行為感到憤懣，他認為這簡直就是再混帳不過了。但出於禮貌，他還是給這個不速之客遞了一根菸，然後跟他聊了幾句。

怎麼稱呼你呀，先生？羅馬問。

你叫我蔣林好了。

蔣林？羅馬覺得這個名字很熟悉，輕輕地重覆了一遍。

怎麼？這個名字不好？

當然不是。羅馬擺了擺手，他問，到成都來有重要的事情嗎？

專程來找一個叫薛濤的女孩。

薛濤？羅馬問。

是的，她是一個美麗的成都女孩。

羅馬笑了起來，他覺得這真是太有趣了。在接下來的交流中，羅馬把事情徹底弄清楚了。原來這個名叫蔣林的人在網路上認識了一個名叫薛濤的美女，半年後，他要到成都來看她，並把約會地點定在了九眼橋。她說她一定會在九眼橋等他。可是，等蔣林到了九眼橋後，卻沒有等到薛濤。無論是網路還是手機，薛濤沒有給蔣林任何獲得希望的線索。她就這麼消失了，徹底地消失了。在落魄的時候，蔣林遇上了蕭恩。這個善良的男人把蔣林帶到了羅馬的辦公室，他想這樣好歹也有個安頓之處。

蔣林的驀然出現讓羅馬陷入了長久的沉思。沉思就像一個牢固的樊籠，死死地把羅馬捂得喘不過氣來。

6

七月是悶熱的，七月是漫長的。這個季節的人們總是煩躁不安。羅馬的生活在七月的末尾發生了一百八十度大轉彎，一個女人的出現讓他既驚喜又惘然。這個女人就是雨。

羅馬清晰地記得，雨是在一個上午回來的。她事先沒有以任何方式告知羅馬，也不是直接回家。雨驀然地出現在羅馬的辦公室裡，這讓他感到無比驚訝、緊張、激動和納悶。羅馬第一時間沒有想到眼前這個女人就是雨，他手足無措地迎了上去，語無倫次地說，雪，你回來啦，回來就好。

雪？雨臉上呈現的是羅馬從未看見過的帶著憤懣的驚訝。

你不記得我了嗎？雪。羅馬再一次強調這個女人就是雪。他確實認為她就是雪而不是雨。於是，他沒有等到雨接下來的反應，匆忙地補充說，才離開不過一個多月，怎麼就不認識我了呢？羅馬還準備繼續表白下去，他想把雪失蹤後這段時間的心跡與疑問全部說出來。但是，雨制止了他。她說，你睜開眼睛看清楚，我是雨，是你愛人。

羅馬如夢初醒，情緒頓時緊繃起來。他小心翼翼地向前走了一步，試探著問，雨，這些年你到哪裡去了？怎麼連一點音信都沒有？

雨斜著眼睛問，什麼？你到底在說什麼？

羅馬看著雨的疑慮，用最直白的方式把剛才的話重新表達了一次。他問，這麼多年了，你怎麼沒有一個電話，沒有一封信？

雨後來的話把羅馬弄得暈頭轉向。雨說，我沒有給你打電話？我給你打了無數次電話，但無論是座機還是手機都不通。無奈之下，我給你寫信。我每個月都給你寫一封，你也都回信了。現在怎麼成了一點音信都沒有了呢？

羅馬怎麼可能相信這一切呢？於是，雨從一個袋子裡拿出了厚厚的一疊信件，全部都是電腦列印稿。羅馬認真地看了，信件的口吻和內容確實像自己寫給雨的。有一封信的開頭是這樣寫的：我親愛的雨，你在美國還好嗎？我在成都倍受相思的煎熬，夜夜失眠……看到這裡，羅馬的腦子嗡嗡地響成一團，他覺得這真是太荒唐與怪誕了。羅馬從未收到過一封雨的來信，而且他之前教學的中專早已搬遷，雨信件上的地址也早已不存在了。那麼，這些擺在羅馬和雨面前的信又怎麼解釋呢？此刻，他猛然發現，生活遠比任何小說和電影更加離奇。

為了讓雨也感受一下這讓人毛骨悚然的荒誕，羅馬第二天帶著雨回到了原來工作學校的舊址。學校位於二環路以外，有兩個小時的車程。羅馬心裡很清楚，學校幾年之前就被推土機鏟平了。他不知道現在的新校址，他也不想知道。在開辦心理診所時，羅馬就沒有想過再回到學校。他甚至想與學校斷絕一切關係。在那段時間裡，斷裂一直主導著羅馬的一切思想，他想徹底把原來的生活砍斷，從毀滅中獲得新生。這麼多年過去了，當羅馬再回到曾經工作與生活的地方時，這裡已經面目全非了。拔地而起的高樓完全遮蓋了曾經美好的記憶，他看著建築工人就像鳥兒一樣攀附在架子上有條不紊地勞動著。羅馬沒有怨恨他們摧毀了他的記憶。

事實上，這天羅馬懂得了記憶是無法毀滅的，是永遠無法抹去的。當他與雨漫步在已經有些陌生的小路上時，過往的片段調皮地跳出來干擾他的正常思路。很多年前，羅馬和雨的身影是這條小路的常客，差不多每一個夕陽西下的傍晚，他們都在這條路上細數著生活的美好，用溫柔的腳步向大地炫耀他們的愛情。這條路承載著羅馬那個階段的寧靜與幸福。但是，此一時彼一時，虛幻的過去與殘酷的現實構成了鮮明的對比，美好的回憶在此刻只是無謂地增添了羅馬的煩惱。今天，這塊土地的上空蓋著一層厚厚的烏雲。

羅馬一邊走一邊偷偷地觀察雨，他想從她任何一絲細微的變化去捕捉她真實的內心。但雨的表情顯示出她對這個地方的陌生，看上去她就像是第一次來成都，第一次到他們曾經生活的地方。羅馬沒有把她的變化放在心上，他今天來的目的，是想告訴雨一些事情的真相，以及向她表示自己的疑問。

我沒有騙你吧？羅馬問。

我也沒有騙你。真的，你一定要相信我。雨說。

雨的話像一張碩大的抹布，帶著令人噁心的味道死死地蓋在羅馬的嘴巴上。他本來還想說什麼，但最終一言不發地待在那裡。後來，羅馬把頭高高抬起，望著深邃的蒼穹。他想起了曾經在天空高高飛翔的白鴿，它們發出的嘹亮的聲音讓羅馬無比迷戀。如今，那些鴿子到哪裡去了呢？傷感在羅馬的心裡緩緩地流淌。旁邊的雨沒有發現羅馬的情緒波動，從旁人的角度看，大部分人認為他們是互不相識的陌生人。

半個小時後，羅馬悶悶不樂地回去了。

雨回來後，羅馬對她在美國的這些年總是糾纏不放，他想要她給自己一個合理的解釋。他相信，雨應該給她的丈夫一個解釋。但是，雨對以前的事隻字不提，彷彿她根本就沒有去過美國。她就像一個剛剛來到世界的嬰兒，試圖重新找一個生活的起點。可是，羅馬不想讓事情就這樣不了了之。他像個笨拙的偵探，挖空心思地希望從雨的生活細節上獲得自己想要的答案。但是，他最終還是失望了。雨本能地抗拒回答羅馬的每一個提問，每次她都是神情淡漠地說，我要從此忘了那一切。不能從雨的口中獲得事情的真相，這讓羅馬的心裡空落落的。他覺得自己成了一個稻草人，渾身軟塌塌的感覺就像寒冬裡一場漫長的細雨那樣折磨人。

忘記一切？她到底要忘記什麼？羅馬對雨的回答進行了豐富的聯想。當然，雪的遭遇是他聯想的參照。是的，羅馬把雨與雪扯到一起了。羅馬結合自己在電視機前看到的休斯頓火箭隊主場豐田中心的那一幕，給雨安排了一段難以啟齒的戀情。雨在這段感情中傷痕累累，等到她心靈的創傷無法癒合時，才想到了自己的丈夫，於是她選擇回到他身邊。只是，羅馬不知道雨的內心是否也會像雪那樣需要懺悔。她的靈魂需要救贖嗎？羅馬一遍又一遍地問自己。

羅馬陷入了猜測與幻想的漩渦中。逐漸地，他有些累了，想停止這種自我摧殘。不過，羅馬無法控制自己的思維，它們就像一群魔鬼那樣在他面前張牙舞爪。很多時候，羅馬不經意間就會去揣度雨在美國的生活。後來，他不得不在心裡狠狠發誓，一定要擺脫這個陰影。但一切都無濟於事。

雨的處境和心態與羅馬截然相反，在接下來的日子裡，她試圖把他帶回到以前的生活。這當然也是羅馬想要的。在沒有雨的這幾年裡，他無時無刻不在想念以前的生活。那是平淡而幸福的生活。雨總是不遺餘力地讓羅馬想起以前美好的記憶，同時又帶著他去這個城市的每一個浪漫的地方。她就像一個沉醉在愛情中的女人，精力充沛，感情熾熱。每天早上醒來，她就能提出一大堆新鮮的想法。這天，雨光溜溜地躺在床上，懶洋洋地對羅馬說，我們去奧斯特生活廣場吧。

羅馬感到驚訝，奧斯特生活廣場才建好沒多久，他還以為剛剛回到成都的雨還不知道這裡呢。儘管雨有五年時間不在成都，但這個城市的每一個細節和變化，彷彿都刻在她的腦海裡。就連現在剛剛規劃的地鐵她都瞭若指掌，好像每一條線路都是她設計的一樣。

這是個涼爽的夏季之日，奧斯特生活廣場的人們都來享受這難得的清涼了，整個廣場人潮湧動。羅馬想起了幾個月前的場景，蕭恩和雨的身影迅速躍入眼簾。他看著眼前的雨，又把蕭恩的影子迅速從記憶中提出來，用清晰的思維把他們兩人放在一起。羅馬用這種笨拙、抽象的方法，想重現與恢復當時的場景。記憶與現實糾纏在一起，它們拚命地要將對方擊倒。儘管如此，一場激烈、漫長的搏鬥之後，羅馬依然沒有看到誰是勝利者。他不能確定蕭恩那天是否就是和眼前的雨在一起，但又不能制止心中的懷疑。這個難題讓羅馬的心情糟糕得如同吞了隻蒼蠅那般難受。

就在此時，雨突如其來的問題，給羅馬的心狠狠地扎了一針。雨問，幾個月前，你是否和一個女人坐在這裡，喝著可樂，開心地聊天？

羅馬心裡迅速咯噔了一下，但他立即穩定了情緒，儘量掩飾著內心的驚惶。他裝模做樣地說，幾個月前？一個女人？他以為這種模糊的話語能使自己順利度過難關，但雨不是想像的那樣好對付。

雨沉默不語，她就等著羅馬自己不打自招。她想他幾分鐘就會崩潰，然後乖乖地把事情的前前後後說得清清楚楚。當時，雨真的就這樣自信。氣氛顯得有些尷尬和緊張。羅馬這時才發現，他和雨現在坐的位置，竟然就是幾個月前與雪一起坐的位置。這個驚人的巧合讓他冷汗陣陣，好在他努力地控制住了。羅馬拉了拉衣服，他想抽根菸，但手伸進口袋時又退了出來。半晌，他用怯懦的口氣說，沒有。接著又自我解嘲地笑了笑說，哪有這樣的事。

我不相信你是個健忘的人。雨說。她喝著檸檬水，眼神從遠處收回來，側頭看了羅馬一眼後又落在杯子上。她說，四月一日，你不會不記得了吧？羅馬無言以對，他就彷彿是個被審問的犯人，耷拉著腦袋。雨沒有照顧他的情緒，接下來以相當長時間來描述她對雪的瞭解以及羅馬在這段時間的糟糕生活。雨多次用了糟糕這個詞語。

雪是個美麗的女人，但也是個風騷、骯髒的女人。雨說。羅馬沒想到雨會如此惡毒地評價雪。她用餘光看了羅馬一眼，機警地觀察著羅馬的第一反應。然後，她接著說，在離開丈夫的日子，雪的精神和肉體都進行了徹底的背叛。當激情結束後，她才想起了那個被遺忘的男人。於是，她逃了回來。雪以為裝成若無其事，隨著時間的流逝將一切淡忘就萬事大吉了。然而，這只是她的一廂情願。當她回家之後，才發現丈夫對她的行為瞭若指掌，清楚到了對任何細節都沒有差訛。雪以為丈夫會跟她一刀兩斷，但是他卻選擇了悄然離開，隱藏到世界的某一個角落。如果是離婚，雪或許會在短時間得到徹底的解脫。可雪的丈夫是個聰明而狡黠的人，他想用這種軟綿綿的方式來懲罰她。倍受心靈折磨的雪，由於靈魂需要救贖，她開始失眠並在自殺的邊緣徘徊。無奈之下，她找到了一個名叫羅馬的催眠師。

雨故意用講故事的方式，使自己置身於現場之外。而且，在提到自己丈夫的名字時，口氣中明顯帶著嘲諷。

雨繼續說，那個失魂落魄的催眠師並沒有迎來他催眠生涯中的第一個病人。雪並不是一個愚笨的女人，她並不需要催眠。她很瞭解自己，她需要的是找到丈夫，而非用催眠這種治標不治本的方法。雪讓這個名叫羅馬的催眠師過上了糟糕的生活。他像丟了魂似的，跟在一個陌生的女人身後，開始沒日沒夜地在這個簡單而複雜的城市裡穿梭。這是一次一開始就知道沒有結果的尋找，但催眠師還是跟在她的身後，甘願將糟糕的生活進行到底。

雨在椅子上移動了一下身體，她說雪讓催眠師越陷越深，他似乎掉進了感情的泥潭。雨在這裡將思路拐了個彎兒，她彷彿想將這件事情最終解釋為一個情感事件。羅馬心裡在猜想，她下一步應該說催眠師陷入了對雪的愛戀，並無法自拔。這是他想要的結果，他不擔心雨會因此而與自己糾纏，他心裡有反駁甚至攻擊她的理由和證據。但令羅馬大跌眼鏡的是，雨的故事並沒有按照自己的猜想那樣發展下去。她說，某一天，那個叫雪的女人失蹤了，丟下可憐巴巴的催眠師在這個偌大的城市茫然地尋找。

基本上沒有錯漏吧？雨用得意與挑釁的表情看著羅馬。

沒錯。羅馬如實說。

到如今，羅馬不想再隱瞞什麼，他知道雨是個聰明而機警的女人。她能把事情徹頭徹尾地講述出來，就證明她不是在編故事。讓羅馬納悶的是，雨是如何知道雪的呢？難道雪和雨真是同一個人嗎？懷疑再一次在羅馬的心裡波濤洶湧地翻滾。羅馬又把雪和雨的形象重疊起來，但他還是不能區分她們倆。

事情攤開後，羅馬心裡有種無法言說的解脫。但是，他又有了新的擔憂。羅馬在盤算著如何應對今後的生活。羅馬認為，既然雨把話說得如此透徹，那麼，她一定會採取手段在往後的生活中就雪這個問題進行報復。這成了雨回家後，羅馬面對的最大的難題。

7

時間的腳步是無聲的，它總是悄然地縮短了歲月的長度。轉眼間，三個月就過去了。秋天來了，一切都是那樣爽朗與明淨。羅馬的生活如秋日的天空一樣平靜。他擔心的事情沒有發生，生活進入了他沒有想到的局面。雨努力地使他們的婚姻走上了十年婚姻的前半段，那五年的和睦與和諧有了再現的徵兆。在沒有徵得羅馬同意的情況下，雨在西門上找了份工作，在一家文化公司當翻譯。從家到辦公室，雨每天都要穿越這個城市的中心。她喜歡這份穿越的從容。雨這份工作相當自由，寬鬆的工作條件讓她有了更多陪伴羅馬的時間。在秋意濃濃的日子裡，雨總是出現在羅馬的辦公室裡，她的眼神時而散漫時而敏銳。

經過相當長時間的考慮，羅馬最終還是沒有結束自己催眠師的生涯，他好像喜歡上了這個身份。這家簡陋到令人心酸的辦公室依然以一種垂頭喪氣的姿態出現在十三月大廈裡，也許只有羅馬和雨兩人才知道這裡還隱藏著一家心理診所。雨曾數次規勸羅馬關掉心理診所，她想這也是恢復以前生活的一種有效的方式。她希望羅馬繼續做一名教師，甚至都為他聯繫好了學校。在雙流有一家民辦高校不錯，而且急缺數學和心理學老師。雨語重心長地對羅馬說，你願意教數學就教數學，願意教心理學就教心理學。羅馬拒絕了雨的好意，他說自己天生就應該是個催眠師。

雨真的恢復了以前的生活，她不但對自己在休斯頓的事情隻字不提，就連羅馬最擔心的雪也拋在了九霄雲外。但是，羅馬卻恰好與她相反。他始終沒有忘記這一切。那些過往的事情看似隨著時間流走了，但它們卻在心裡扎了根，無論飄到哪裡，只要一觸摸心裡的根，它們就一窩蜂似的跑了回來。更讓羅馬感到恐懼和不可思議的是，他覺得雨是雪的替代品，是某人找來戲弄自己的。羅馬懷疑是蕭恩或者雪在背後搞鬼。

慢慢地，雪和雨在羅馬的心裡都越來越模糊了。雪的身影總是在心頭纏繞，並時不時地浮現在眼前。事情發展到最嚴重的時候，羅馬每天看見的不再是雨了，雪在精神上完全代替了雨。就算是在夜裡溫柔纏綿時，羅馬覺得自己摟著的也是雪。那個夜晚，羅馬看著身邊熟睡的雨，自言自語地喊道，雪？雨？

這樣的日子不知重覆了多久，後來恐懼在羅馬的心裡逐漸放大，越來越大，他承受不了了。那天夜裡，在雨沉沉地睡下去之後，羅馬就像逃命一樣跑了出去。他開著汽車，瘋狂地在這個城市奔跑。馬達的聲音在夜裡格外暴躁，這是羅馬瘋狂的發洩。憤懣與迷惘隨著尾氣一起飄散在迷茫的夜空中，加濃了夜晚的漆黑與蒼茫。

羅馬在這個神秘而詭異的夜晚迷路了。他不知道自己怎麼就上了二環路，夜晚的成都讓羅馬如此陌生。他駕駛著汽車在二環路上瘋狂地飛奔，卻始終找不到出口。羅馬覺得每一個路口都是如此雷同，以至於他分辨不清方向。這個白天像鮮花一樣明亮的城市，在夜裡徹底改變了模樣。俊朗的面容變得如此猙獰恐怖。白天裡花樣繁多的廣告牌，此刻變成了令人感到毛骨悚然的恐怖符號。羅馬覺得自己鑽進一片陰森的樹林裡，而他知道這是片沒有出口的森林。

在迷迷糊糊中，羅馬發現路邊的場景周而復始地從眼前滑過。東湖公園、永豐立交橋、火車北站、府青立交橋、萬年場……後來，羅馬心力憔悴地把車停在一個漆黑的路口，他蜷縮在車裡，瑟瑟發抖。孤獨與恐懼如一張碩大的網，緊緊地把羅馬罩住。他頓時覺得天地即將崩裂，世界的一切頃刻將徹底毀滅。甚至，焦土與瓦礫開始在羅馬的腦海裡不停地閃現。

這時，羅馬驀然想起了曾經親眼目睹過的一個場景。那是兩年前的一個飄雪的冬天，羅馬在磨子橋看見滾滾車流中躺著一隻瀕臨死亡的貓。當時羅馬坐在27路公車上，在汽車短暫停留的幾分鐘裡，他清晰地看見那隻貓不停地伸展四肢，垂死掙扎。沒有人理會這個在死亡邊緣徘徊的動物，高貴的生命此刻變得輕如塵埃。羅馬看見無數輛高級轎車從那裡肆無忌憚地開了過去，那隻貓一次次被車身覆蓋，又一次次出現在人們冷漠的視野裡。後來，27路公車開走了，那隻貓慢慢離開了羅馬的視野，最終消失了。

在某個沉悶的午後，羅馬重溫了那部他看了很多遍的電影，《東邪西毒》。這部英文名叫《時間的灰燼》的電影讓羅馬十分著迷，關於到底是慕容嫣還是慕容燕的問題也一直纏繞著他。羅馬每次看這部電影都會有不同的感受，而這天下午，他特別感同身受。羅馬覺得自己就是身處茫茫大漠中的歐陽鋒。電影中孤獨的歐陽鋒最終明白了慕容嫣和慕容燕的關係，她們不過是一個人的兩種身份吧了。讓羅馬萬分苦惱的是，他還沒有搞清楚雪和雨之間的關係。

經過短暫而周密地思考之後，羅馬決定要去尋找雪。他開始沉浸在與雪有關的記憶裡，回味她曾經說過的話，以此來推斷這個女人到底在身在何方。羅馬得到了多種答案，但他最終覺得雪依然會留在成都。她不會離開，她屬於這座城市。只是，他不知道她到底藏在哪個具體的角落裡。此刻，羅馬又想起了蕭恩。自從雨回來之後，羅馬還從未見到過蕭恩的身影。羅馬原本不想再見到蕭恩了，但他又覺得這個人總是與自己保持著令人琢磨不透的關係，他的名字一直與雪和雨聯繫在一起。羅馬覺得蕭恩就像是一隻隱藏在背後的手，操縱著他的生活。為了能夠找到雪，羅馬給蕭恩打了電話。

蕭恩對於羅馬的決定感到異常吃驚，他覺得眼前這個催眠師瘋了，苦苦尋覓的妻子已經回到了身邊，幹嘛還要尋找一個萍水相逢的女人呢。他覺得羅馬在現實與虛幻中迷失了。蕭恩並沒有把他的想法說給羅馬，經過這麼多事情以後，他不再想干涉別人的生活，何況羅馬還是個出得起錢的人呢。蕭恩不否認自己對金錢的迷戀與渴望，在被妻子拋棄之後，他一直被貧窮包圍著。於是，他又重新回到了以前那種尋找的狀態。但蕭恩很清楚，自己不可能幫羅馬找到雪。

羅馬不會只把希望寄託在蕭恩身上，他自己也開始了辛苦而漫長的尋找之旅。他就像一隻無頭蒼蠅，在成都的各個角落裡轉悠。按照羅馬的計畫，他想循著雪之前的思路，先找到雪的丈夫。他認為這或許是一條尋找雪的捷徑。而且，做一個最壞的打算，即便找不到雪，也可以通過她丈夫多瞭解一點她，獲得一些寬慰。羅馬拿出了雪遺留的那個藍色筆記本，按照上面的記載，把所有的心理診所重新拜訪了一次。讓羅馬感到遺憾和沮喪的是，他依然一無所獲。

時間慢慢地流逝了，秋高氣爽的日子漸漸地成了城市的背影。冬天不聲不響地來了。早上出門時，偶爾可以看見空氣中飄蕩著薄薄的霧氣。這有些反常，成都每年只會在隆冬季節才會出現霧。

提前到來的霧沒有影響到羅馬的尋找，儘管失敗無時無刻不在消磨著他繼續尋找的勇氣。就在羅馬快要放棄時，他居然聯繫到了那個名叫傅永恆的催眠師。通過一個不起眼的線索，羅馬竟然找到了他。只是，傅永恆卻給羅馬帶來無盡的空虛和惆悵。

羅馬和傅永恆相約在一個星期六的下午，在玉林的一家檔次不錯的酒吧裡見面。天氣真的有點冷了，空氣吹在臉上讓人生疼。羅馬對這次不同尋常的約會既充滿期待又有些抗拒，最後竟然有了放棄的念頭。他不知道與雪的丈夫見面會是什麼感受，以及他們之間到底會發生什麼。忐忑不安的羅馬在離目的地還有很長一段距離時找地方停了車，他想走路過去，利用這段時間調節一下自己的情緒。

下車後，羅馬點了根菸，濃濃的煙霧在冬日的空氣裡格外傷感。他低垂著腦袋，看著兩隻腳機械地交替前行著。羅馬看著佈滿渣滓的地面從眼底緩緩滑走，彷彿看見了人生的某些片斷。這讓他在這個冬日的週末裡顯得特別頹廢，心情與羅馬第一次來這個城市時如出一轍。他第一次踏上這片土地時，就是一個人茫然無措地大街上遊盪。當年他初來乍到，在這個陌生的城市裡沒有方向感。現在，他熟悉了這個城市的每一條街道，但依然沒有方向感。

大約抽了五根菸或者十來根菸後，羅馬見到了傅永恆。傅永恆給羅馬的第一感覺是他不像個催眠師，他缺少那種神秘的感覺，心思縝密和感情細膩也與這個滿臉鬍鬚的男人不沾邊。傅永恆甚至是個不善於觀察的人，他們見面後，他很少用正眼看過羅馬。他的眼睛總上盯著遠方，透過寬大的玻璃牆，落在外面一棵光禿禿的大樹上。相反，從見面開始，羅馬就在觀察傅永恆，心裡在盤算著如何與他談論雪。畢竟，突然去談論和打聽別人妻子的事有失禮貌。在見面後的很長一段時間裡，羅馬和傅永恆之間都保持著對對方的警惕。時間很快就過了二十多分鐘，羅馬不想再繼續沉默下去，他擔心這樣會耗費掉整個生命。羅馬給傅永恆遞了一根菸，說出了約他出來的目的。

羅馬說，我向你打聽一個女人，她的名字叫雪。

雪？傅永恆很吃驚。他說，幹嘛向我打聽呢？

她說她是你妻子。羅馬說。

什麼？傅永恆張大了嘴巴，露出一排被煙熏得黃黃的牙齒。

雪曾說她有一個丈夫叫傅永恆，是個催眠師。羅馬用鎮定的目光看著傅永恆，他懷疑對方在故意掩飾什麼。

笑話。傅永恆吐了一個大煙圈說，我不認識這個叫雪的女人，我還沒有結婚呢，怎麼可能有一個從不認識的妻子呢？

你不認識她？這次輪到羅馬張大嘴巴了。他吸了一口菸後說，不可能吧？她明確地告訴我，她的丈夫名叫傅永恆，是個催眠師。

傅永恆又把剛才的回答重覆了一遍。為了表示自己的真誠，他強調說，我真的不認識一個叫雪的女人，我真的還沒有結婚。而且，我也不是催眠師，我沒有騙你。

氣氛又恢復了他們剛剛見面時的感覺，警惕中帶著試探。但是，這次是羅馬的目光落在了窗外那棵光禿禿的大樹上。羅馬腦子裡一片空白，他死死地盯著令人心酸的樹幹，時間就在他發呆的時候悄悄地流走了。等他回過神來時，傅永恆已經不見了。羅馬不知道傅永恆是什麼時候離開的，他沒有因為對方不辭而別而失落。甚至，他懷疑傅永恆沒有來過，或者，這個世界根本就沒有傅永恆這個人。一切都只是幻覺？羅馬想。

羅馬軟綿綿地走出了酒吧，在寒風凜冽的街頭踽步而行。生活跟羅馬開了一個天大的玩笑，而他在這個玩笑中被傷害得遍體鱗傷，體無完膚。

8

天氣越來越冷了，空氣中彷彿藏了刀子，吹在臉上有種割裂的痛。羅馬想結束這段傷心與迷茫的生活，他希望所有的憂傷都在這個冬季結束。羅馬想從明年春天開始新的生活，所以他想離開這個城市。這個想法如酵母一樣，在他心裡產生了無窮大的膨脹，從而促使他時刻都是在期盼著新生活的到來。

十二月初的時候，羅馬就關閉了自己的心理診所。接下來，無所事事的他就在平安大街幸福巷裡機械地轉來轉去。所有認識他的人都無法相信，眼前這個蓬頭垢面，萎靡不振的邋遢男人就是住在平安大街幸福巷66號的羅馬。沒過多久，人們就沒有看見羅馬了。他彷彿在一夜之間就從這裡消失了，一夜時間就被這條巷子遺忘了。沒有任何人詢問關於羅馬的事，即便他們很多時候都看著雨孤零零地出現在小區裡。雨也沒有尋找羅馬，她似乎早已知道了今天的結局。

羅馬去了一個他從未去過的城市，他相信這裡的空氣都是陌生的。後來，他選擇了一個全新的職業，做了一名快遞公司的快遞員。

每天接觸很多人和事的日子讓羅馬感到充實，他就像是抽了一種能忘記過去的菸，記憶隨著煙霧完全消散在空氣裡了。但是，他卻染上一個壞毛病，開始無休止地失眠。每天醒來，眼睛裡清晰可見的血絲充分地表明瞭失眠帶給羅馬的痛苦。很多夜晚，羅馬都是通宿未眠，疲憊的雙眼與天花板做著劍拔弩張的對峙。他忘記了自己曾經是個催眠師，沒有用催眠來解決自己的痛苦。無奈之下，羅馬將希望寄託在藥物上。他喜歡把安眠藥摁成粉末，撒在一杯水中，粉末在水中逐漸融化了。水依然清澈，看不出安眠藥的痕跡。每一個夜晚，羅馬喝下這樣一杯水後倒頭便睡，連個夢都不會做。

流放者

1

六月的天氣，傍晚溽熱的風還藏著太陽的毒辣，炙烤了一天的城市依然熱氣騰騰。我和曉曉並排走在沉悶的大街上，汗水如注，頭髮和衣服中都能擰出水來。一路上，我不斷地撂起體恤抖動，期望衣服的震動能帶來一絲涼風。這時候，街燈還未開，淡淡的暮色如罩在城市上空的面紗。一輛輛汽車狂噪地呼嘯而去，熱浪一次次向四周擴散。

暑假的頭一天，我與曉曉就這樣散漫地走著，在熟悉而陌生的大街上、小巷裡。我一言，她一語，交談如涓涓細流，不激烈也未中斷。記憶之中，我們的交流一直如此。這個酷暑的傍晚，曉曉喋喋不休地說著學校裡的趣事與學習的感想，或者一些小麻煩。她的語氣始終很輕鬆，交織著天真與調侃的味道。我仔細地聽著，間或報以微笑和點頭。不過，在我們目光偶爾的接觸中，她的眼神有些躲閃。這是以前從未有過的。

我和曉曉一邊走著、聊著，同時也在思考著如何安排曉曉的假期。我們平時見面的時間不多，她住校，週末才回家一次，而我又總是被沒完沒了的工作糾纏，並非每個週末都在家。所以，每一年的暑假和寒假，我都特別看重。特別是假期的第一天，無論我有何等重要之事，都要抽時間陪曉曉，哪怕是一個小時，一刻鐘，或者一分鐘。這當然不是時間長短的問題，而是說明我在意她，關愛她。曉曉在我心中是任何人都無法替代的。

天氣真是太熱了。來這個城市二十年了，彷彿這是最熱的一年。我用手抖了抖體恤說，這鬼天氣，實在是太熱了。曉曉看了看我，眨巴著眼睛問，電視上說這是三十年來最熱的一年，是這樣嗎？我滿臉茫然，陷入了沉默，不知該如何回答她。

對於這座城市，我覺得三十年實在太長了。那麼久遠的歷史，與我沒有半點關係。三十年前，我生活在另外一個遙遠的地方。但是，我曾經又告訴過曉曉，自己在這個城市生活整整四十一年了。我對她說，我從來到這個世界那天起就生活在這裡，我屬於這座城市。過去的幾年裡，我一直就這樣用謊言對曉曉講述自己與這座城市的故事和情感。可是，這個六月的夜晚，她的問題讓我啞口無言。

我依然沉默著。我們的腳步在沉悶的夜空下顯得遲疑、搖晃，影子跳躍、閃爍，恍惚不定。突然，曉曉快步移到我前面，說了一句讓我驚惑的話。她說，我想回鄉下過暑假，城市裡太熱了。我怔怔地看著她，還是沉默。接著，曉曉又說，媽媽說鄉下空氣好，清新自然，很涼快，不像城市裡，人們每天呼吸的都是毒氣。

我的心下意識地往下一沉，隱約覺得妻子對女兒說了什麼。但是，我依然心存僥倖。畢竟，我與妻子有過約定，她不會輕易違背諾言。我小心翼翼地問，回鄉下？我看見曉曉腦袋的影子晃動了幾下，她點著頭說，特別想回鄉下，討厭這個熱烘烘的城市。

頓時，我緊張起來，喉嚨好像被石頭堵住了。我心跳加快，汗水「啪嗒啪嗒」地往下掉。半晌，我才囁嚅道，鄉下又沒有家，你去鄉下住哪裡呀？曉曉停頓了一下，然後鎮定地說，住爺爺奶奶家呀。我苦笑著說，爺爺奶奶都還寄居在姑姑家呢，你還不嫌擁擠，跑去湊熱鬧嗎？

曉曉長長地歎了一口氣，失望在昏幽的燈光中如野草般瘋長。她望著我，嘴角蠕動了幾下，但卻什麼也沒說出來。我木然地看著她，不知所措。片刻後，曉曉慢慢轉身，獨自默默朝前走去。她一邊走一邊用腳踢著路邊的石子，鞋子與地面煩躁的磨擦聲在夜裡格外清晰。這個十歲的孩子，背影中透出了一種難以言說的憂鬱和彷徨。

呆楞片刻，我小跑幾步跟了上去，與曉曉的影子靠在一起。直覺告訴我，妻子當了叛徒，向曉曉說了我的秘密。這讓我感到惱火，憤怒在心裡翻滾、震盪。我邊走邊問，媽媽對你說什麼了？曉曉彷彿沒有聽見我的話。我悄然加快步伐，緊追了兩步。我提高了嗓門，生硬地問道，你媽怎麼對你說的？曉曉驀地停下腳步，回頭望著我。她說，爸爸，你不應該騙自己的女兒，這樣做太讓人失望了。曉曉的口氣像一個老成持重的成年人。說完，她轉身繼續朝前走去。不過，她的步伐比先前快了許多。

我住在平安大街幸福巷66號，穿過這條悠長的巷子，再左行三十米就到家了。這個晚上，我覺得巷子突然變長了，彷彿我用一生也走不完。夜越來越深，也越來越悶。我緊跟著女兒曉曉的背影，走在回家的路上。不過，幾分鐘後，她一溜煙就跑出了我的視線。我看著空蕩、昏暗的巷子，心中莫名地悵惘。

2

我多年來刻意的隱藏傷害了女兒；我的形象在她的腦子裡已經支離破碎了。這讓我沮喪。我愛曉曉，她寄託了我所有的希望。孩子是父母生命與夢想的延續，可以這樣說，我把曉曉看成了另一個自己。我實現不了的願望，她將替我實現；我的生命終結了，她將代我繼續活在世間，繼續著生命的接力。這是個自私但卻真實的想法。當然，這也是我隱藏那個秘密的主要原因。這個秘密是壓在我心底的巨石，二十年來，我從未將它卸下。所以，我不想曉曉再為此受累。我想將它埋葬，就像處理一堆屍骨一樣。不過，這個悶熱的夏夜，我知道妻子已經讓自己的努力前功盡棄了。

不知道過了多久，當我從遐思中掙脫出來時，才發現自己依然站在幽暗、狹長的巷子裡，竟然忘了回家。我摸出手機看了看，八點十六分。然後，我重新邁開了回家的步伐。在巷子的盡頭，一個摟著小狗的女人與我擦肩而過，留下一串劣質香水味與狗的騷味。我立刻跑了起來。如果再不逃走，我想自己隨時都會暈倒。

上樓的時候，我的心裡很複雜、矛盾，不知道該如何面對妻子和女兒。我告誡自己要冷靜，理智地面對一切。但是，當我推開房門時，怒氣還是一股腦兒地往外竄，壓都壓不住。曉曉坐在沙發上，心不在焉地瞅著電視。這是一檔魔術揭秘節目，那個戴眼鏡的主持人一臉陰笑。康薇坐在空調正對面，風吹得她頭髮全都飛了起來。她不胖，但卻怕熱。每年夏天，她都恨不得把空調抱在懷裡。進屋後，我徑直朝書房走去。路過康薇身邊時，我拍了拍她的肩膀。我說你進來，我有話要問你。康薇二話沒說就跟了進來，看來，她早就料到與我有一場不可避免的交鋒。

康薇隨手掩好房門，踱步來到書櫃邊的椅子上，順手把空調打開了。她平靜地坐下來，眼神飄忽不定，東張西望。我感覺自己的憤怒已經沸騰了，即將與康薇展開一場激烈的戰爭。我返身走到門邊，確認門是否關好了。我不想讓女兒聽見自己與妻子的爭吵。其實，這是掩耳盜鈴。一扇門就能關得住所有的秘密？

我折身回來，站在康薇前俯視著她。我怒火中燒，但又要憋著喉嚨儘量壓低音量，所以發出來的聲音很乾癟、扭曲。我居高臨下地詰問康薇，你到底想搞什麼？怎麼將生死約定捅出來了呢？我視我們之間的約定為生死約定，我曾對康薇說，今生今世，我們都不將真相說出來。她信誓旦旦地答應了。可是，十年之後，她卻將誓言拋到九霄雲外了。

我以為康薇會跟我一樣，憋著喉嚨不讓曉曉聽見。但是，結果卻截然相反。康薇似乎一直在等待這個爆發的時刻，她猛地站起來，腦袋差點撞著我的下巴了。我對她的反應很詫異，但是，她接下來的表現更是讓我瞠目結舌。

康薇搖身一變，成了一頭發情的犀牛，指著我的鼻子就是一通怒吼。她憤怒地說，我不想再信守什麼鬼諾言了，我願意做一個毫無信用的人。告訴你吧，這些年來，我受夠了。難道你不覺得累嗎？每當我看著你在曉曉面前編織謊言時，我的心就憋悶得慌。說實話，我真希望你哪天說漏了嘴。遺憾的是，你總能自圓其說。不過，我卻背負不起了。我們不能欺騙孩子，這對她不公平。在學校裡，老師讓學生寫關於故鄉的作文，惟獨曉曉的腦子裡一片空白。當她一次又一次地纏著我追問自己的故鄉到底在哪裡時，我不想再欺騙她，我不能像你那樣敷衍了事地隨便指一條街。

康薇劈頭蓋臉地發洩完之後，我凝視著她的臉，半天說不出一句話來。她的怒火澆滅了我的怒火。我打門房門，頹喪地穿過客廳走到臥室，然後沉重地倒在床上。身體很軟，彷彿精力全部隨著汗水流失了。路過客廳時，我看見曉曉若無其事地斜躺在沙發上看電視。可我明白，她的心裡一定不平靜。

這個夜晚，我做了一個長長的夢，從閉上眼睛開始，一直持續到天亮起床。

我夢見自己默默地走在一條寬闊、空寂的大街上，兩邊高樓林立但卻不見人影，整個城市空空如也。突然間，天空飄起了蒲公英。一朵接一朵，整個天空都被蒲公英填滿了。我伸出雙手，想要抓住那些飄飛的白色冠狀花朵。但是，它們就漂浮在我的頭頂，但卻始終都抓不住。轉眼間，蒲公英的種子在風中緩緩飄落，如一場不期而至的夢幻雨。我攤開手，看著它們落在手裡，但卻瞬間又化為烏有，始終兩手空空。我感到無限地悵惘、失落，繼續心思散漫地朝前走去。我穿過一條又一條大街和小巷，最終在城市的一個角落裡，發現了故鄉的小鎮。然後，我走進了故鄉，走在狹窄、乾淨的青石板路上，走在雜草叢生、百花齊放的田野。高樓大廈不見了，寬闊大街不見了，只有蒲公英依然纏綿在天地之間。

3

第二天是個接近燃燒狀態的星期六。太陽似乎整晚都沒有休息，天還未亮就爬到了天空。早上七點，強烈的陽光穿透窗簾射到了我的床上。我猛然驚醒，用手摸了摸額頭，並沒有找到蒲公英。接著，我伸了一個長長的懶腰，打了一個長長的哈欠，酸軟的身體像堆爛泥，彷彿昨夜自己真的回了一次故鄉。

康薇和曉曉在客廳裡忙活，母女倆一直在輕聲細語地說話。我靠在床頭，豎起耳朵偷聽她們到底在說什麼。我一夜之間變得警覺起來，特別在意康薇和曉曉的言行。從她們的談話中，我知道康薇和曉曉要到東郊去。康薇的父母住在東郊的一個鎮上，距市區有一個小時的車程。以前，康薇半年回一次。曉曉出生以後，回去的次數就多了。我發現曉曉很喜歡在外婆家的生活，每次回來都要給我眉飛色舞地講她在外婆家的快樂。

沒過多久，康薇走了進來。她說，你要跟我們一起去嗎？我揉了揉眼睛，又伸了一個懶腰。我說不去。康薇點了點頭，表示明白了。她轉身就往外走，剛走幾步又折身回來。她對我說，要不我們一起去吧，你很長時間沒去看望他們了。而且，哥哥打電話來說，爸爸的身體又出毛病了。我想了想說，這個星期比較累，我想在家好好休息一下，下個週末去。康薇很失望，她的神色充分地說明了這一點。她無奈地說，那好吧。

十多年來，我一直都不太願意到岳父母家。當然不是因為他們曾經阻攔過我和康薇的婚姻，而是我覺得那個家與自己毫無關係。每次去的時候，我都感到很生疏、空落，沒有一點家的感覺。

康薇和曉曉離開之後，我又有些後悔沒與她們一道前往。首先，康薇剛學會開車，駕駛技術不好，我對她們的安全有些擔憂；其次，我認為自己應該與孩子度過一個愉快的週末。回首這些年，我給曉曉的其實不多。或者說，我只在物質上儘量滿足她，可精神上呢？自己一直在逃避。特別是現在謊言已被戳穿，我們之間勢必會產生隔閡，那麼，這個週末就是消除隔閡的最佳時機。這麼想著，心中悵然不已。

妻子女兒不在家，我才發現這套並不寬敞的房子太空寂了，彷彿能夠聽見陽光中塵埃飛舞、摩擦的聲響。我從未如此感到寂寥，抽著菸在屋子裡走來躥去。從臥室到客廳，從客廳到書房，然後周而復始，不知疲倦。我渴望有人給我打個電話，即便是陌生人的邀約，我也會毫不猶豫地出去消遣。喝酒或者唱歌都可以，儘管這些我都不擅長。可是，我的電話卻始終奄奄一息地躺在那裡，像隻瀕臨死亡的老鼠。後來，我終於覺得腿酸了，腰痛了，才把身體交給了那張有些陳舊的沙發。

人在寂寞時，最害怕陷入回憶。這個六月的週末，我就遭遇了這樣的痛苦。我不知道自己在沙發上躺了多長時間，牆上時鐘的指針規矩而躁動地向前走著，而我的思緒卻順著回憶的通道朝著故鄉艱難地跋涉。

想不清從什麼時候起，故鄉成了我心中的一個忌諱和禁區。我不想提起它，進入它。它就像一顆釘子，一碰就痛。我把自己放逐在遙遠而陌生的城市裡，就像飄蕩的蒲公英那樣。不僅如此，我也不願意康薇和曉曉闖進這個禁區。剛結婚的時候，在康薇的再三要求之下，我帶著她回去過。但是，也僅僅只有這一次。而後的日子裡，她再也沒有提起過那個小鎮。我想，她大概看出了我的心跡，所以也就不再勉為其難。曉曉出生之後，我與康薇約定，不要告訴她我來自異鄉。起初，康薇並不理解，甚至覺得這是荒唐、無聊之舉。經過我一番苦口婆心的解釋之後，她勉強答應了。

我之所以這樣做，完全是出於自己的心理體驗。雖然我擺脫了窮鄉僻壤，在這個繁華的都市生存下來，而且如果用物質標準來衡量的話，我算得上成功人士，但是，我卻未感到安穩、踏實。我覺得自己的心靈是一塊飄忽在海上的浮冰，不僅找不到一個停靠的地方，而且時刻都會融化並消失掉、蒸發掉。因為我的根不在城市，無論外部世界如何改變，我的內心依然駐守在遙遠的故鄉。不過，對於故鄉，我的心裡又充滿了矛盾。我討厭那個貧瘠、封閉的小鎮，但是，自己又時刻牽念著它；我牽念著它，卻又不願意回到它的懷抱。這個問題一直困擾著我，使我深深地陷入痛苦之中。

只有真正地遺忘了根，才不會有任何牽絆，才不會處於漂泊之中。我不希望女兒重覆著我的人生狀態，於是想把故鄉那個小鎮徹底在她的心裡抹除。我覺得這樣合情合理，從表面上看，那個遙遠的小鎮確實與她沒有半點關係。

可是，現實卻充滿了無奈和殘酷。

這個城市中的大部分人，都是來自異鄉的漂泊者，即便他們像我一樣在城市中安家落戶，過上了富足的生活，但是，他們依然念念不忘心底溫暖的故鄉。每逢節假日，人們都帶著家人，回到生養他們的地方。特別是春節，這個城市儼然成了一座空城，寂寞的大街上沒有行人和車輛，偶爾會出現一條夾著尾巴的狗懶洋洋地走著。每次收假之後，學校裡的孩子們都會滔滔不絕地談論他們父母或者祖輩生活的地方，都會談論著與自己生命有著複雜關係的另一片土地。兩年前那個春天的夜晚，女兒拉著我的手問，爸爸，我們的故鄉在哪裡呀？那個地方好玩嗎？

這個問題如一粒石子，攪動了我封閉的內心。短暫的心悸平息之後，我佯裝平靜地說，就在西郊的那片老工業區裡，不過，沒什麼好玩的。小時候的日子過得很枯燥，平時也就是與幾個同齡的小朋友一起在院子裡玩陀螺、滾鐵環。多年以前，我就做好了準備，把故鄉那個小鎮搬到了這個城市，把它安插在一個並不存在的地方。

我不知道當時自己的表情是什麼樣子，只記得腦子亂哄哄的。我轉眼看了看康薇。她的眼神很慌亂，短暫的四目相對之後，她便目不轉睛地看著牆壁上的時鐘，像是在細數指針的每一次跳動。

回憶讓我感到窒息。

我想出去走走，儘管現在烈日當空，太陽毒辣得似乎要吃人。每當我心裡感到煩憂時，就會到街上四處行走。只要雙腳踩在地上，我的心裡就會踏實下來。我迅速起身，拿好香菸和手機，風一樣衝進了火熱的太陽裡。

4

度過一個週末之後，曉曉彷彿變了個人似的。一個十歲的孩子，突然變得世故、囉嗦起來，開始了無休止的糾纏。只要一見到我，她就嚷嚷著要回老家，或者要我給她描述故鄉的樣貌。她問，爸爸，故鄉有山嗎？有河嗎？是不是藍藍的天上飄著朵朵白雲？是不是隨時都有鴿子飛翔？面對女兒，我真的無計可施。有幾次，我實在有些不耐煩，皺著眉頭問她，你回去幹什麼？她滿臉喜悅，興奮地對我說，同學們都說他們的故鄉很美，我也想看一看美麗的故鄉。

整個暑假，我覺得曉曉都在逮我，就像獵人尋找獵物一樣。只要我一進家門，她就在我的耳朵邊喋喋不休。很多時候，我的鞋子還未脫下來，她就撲了上來。不過，我忙碌得像一隻馬不停蹄的蒼蠅，成天焦慮、慌亂地飛舞著，很少給曉曉機會。

今年春季以來，我又恢復了以前忙碌的工作狀態。我是一家房地產公司的銷售主管，領導著一批青春、活潑而充滿理想的年輕人。我欣賞自己親手組建的團隊，他們都憧憬著美好的未來。他們都來自異鄉，都來自偏遠的農村，夢想著在繁華的都市裡拚出一片天地。事實上，他們用行動證明了我的眼光沒有看錯。過去幾年裡，我們一起為公司立下了汗馬功勞，利潤增長率一年更比一年高。

但是，自從去年金融危機席捲全球之後，房子就難以賣出去了。我和這個年輕的團隊，度過了很長一段苦悶的日子，承受著別人難以想像的壓力。那些豪情萬丈的年輕人，慢慢地都像被霜打了的茄子一樣，眼神無光，面如菜色。我深知現在他們最需要的是鼓勵，於是，每次會議都變成了動員大會。我熱情洋溢地對大家說，你看還有那麼多漂泊的人沒有房子，我們的房子就不怕賣不出去。畢竟，誰不想擁有一個家呢？在這個城市中奮鬥的人到底是為了什麼？還不是希望有朝一日能夠在這裡安家立業。

熬過一個漫長的冬季，在春暖花開的日子，我們迎來了明媚的陽光。房地產市場出現了回暖的跡象。人們都認為金融危機即將過去，部分人開始試探性地買房。為了打好春季攻堅戰，我重新做了策劃，全力宣傳家的概念。每年春節，中國都有大批人，如候鳥一樣千里迢迢地回家與親人團聚。無論有多麼艱辛，這樣的遷移都從未中斷。所以，家在人們心中的位置非常重要。在春節之後的第一次動員會議上，我發表了《人人都是蒲公英》的演講。我性格內向，少言寡語，也沒有演講經驗，但這次演講卻是如此深動、感人，觸及到了所有人的心靈。

我在演講中說，蒲公英飄到哪裡，哪裡就是它的家，然後在那裡生根發芽。漂泊是蒲公英的宿命，既然無法抗拒命運的安排，當然就只有就地生長。今天的我們，同樣也是如此。我們來自四面八方，因為各種各樣的因素飄到了這座城市。無論你是否喜歡這個陌生、冷漠的地方，但有一點必須承認，我們已經對這座城市產生了依賴。厭惡它，但卻離不開它；抗拒它，卻掙不開它。所以，我們一直漂著。這就是宿命。怎樣才能結束漂泊呢？當然是需要一套房子，一個家。有了家之後，漂泊的心就能停泊、靠岸，然後在寧靜的港灣裡休憩。

我的演講獲得了雷鳴般的掌聲。當然，接下來的銷售也讓人滿意。不過，我知道自己在說謊。

我是個騙子。蒲公英的漂泊宿命是無法終結的。我從一個遙遠的山村，飄到了繁華的都市。我擁有了夢寐以求的城市戶口，擁有了屬於自己的房子，但是，我漂泊的心依然沒有停下來。一直以來，我的心在故鄉與城市之間遷徙、奔波。我厭倦了這個令人窒息的城市，但是，我又從未鼓起勇氣回到原來生活的地方。大概有那麼幾年，我逢人就說，等自己掙夠了錢就回鄉下去生活。可是，錢這東西，多少才算夠了呢？這樣的話說了一年又一年，結果，我依然彷徨於城市的大街小巷，就像一隻從鄉村到城市覓食的小鳥。

天氣越來越熱，天氣預報隔幾天就要發一次高溫橙色預警。有時候，我真懷疑地球就快要燃燒起來了。比高溫更讓我難以承受的是，我始終無法擺脫曉曉的糾纏。暑假快過完一半的時候，曉曉打起了情感牌，她突然對我說，爸爸，我想回鄉下去看爺爺奶奶。她成功地在我面前放了一道障礙，而且她知道我跨越不了。

曉曉的話讓我的心彷彿被一隻巨大的手緊緊地扼住，我快要停止呼吸了。女兒讓我沒有了退路，但我很清楚，妥協只能讓自己粉身碎骨。這使我進退維谷。

5

無論曉曉如何央求，或者挖空心思地尋找讓我帶她回故鄉的理由，我都沒有答應她。我知道，妥協就是失敗。這些年來，我把自己流放在一片繁華的荒原裡，像一朵永遠漂泊的蒲公英。在這樣流放的狀態裡，我過得並不快樂。爸爸媽媽和在鄉下居住的妹妹，他們都羨慕我過著城市生活。但他們不知道的是，我永遠在一個不屬於自己的環境裡漂泊、流浪。我想讓曉曉代我真正地擁有這座城市。

我的工作情況並不樂觀，剛剛反彈的房地產市場只是曇花一現。夏天還沒過完時，市場又萎縮了。我的蒲公英概念引起了人們的反感，他們似乎看透了我的心境，並受到了傳染。既然有了家也不能結束心靈的漂泊，那麼還買房子幹什麼。

我又進入了去年冬天時的工作狀態，焦急、慌亂、手足無措。我像隻慌不擇路的兔子，每天帶著那幫已經快支撐不住的年輕人東奔西走，尋找新的突破口。四處突圍，但卻處處受阻。形勢越來越嚴峻，老闆穩不住了，他下達了銷售任務，而且要求必須完成。在重壓之下，人心渙散，幾名員工辭職而去。我的團隊在不可避免地走向瓦解，但是，我們依然在苦苦支撐。

冬天的寒風還未吹來時，我在深秋便失去了工作。萎靡的市場徹底擊潰了我，我主動提出辭職。這是一次完敗，輸給了自己。

二十年來，我始終處於馬不停蹄的奔忙狀態。而今，當我突然停下來時，卻沒有輕鬆的心境。我的心裡彷彿塞著一團淤泥，堵得慌。康薇聽說我主動辭職時，世故的她狠狠地數落了我一頓。她說你傻啦？金融危機了，大家都在為找工作而苦惱，你卻放棄千辛萬苦奮鬥而來的崗位。你不是很聰明的嗎？怎麼突然腦袋進水了？面對妻子的譏諷與詰問，我沉默不語，只能一根接一根地抽悶菸。

在惆悵與茫然中，秋天遠去了。凜冽的風和光禿禿的樹幹，無不顯示出冬季的殘酷。我從不怕冷，但今年除外。在寒冷的風中，我頭戴寬大的灰色帽子，身裹一件厚厚的羽絨服，瑟瑟地徘徊在這座城市的大街小巷裡。我像一隻迷失方向的螞蟻，艱難地尋找一個生活的出口。如今，我才猛然發現，自己陷入了有生以來最大的困境。即便是二十年前從故鄉的小鎮第一次到城市時，也沒有今日的迷惘與彷徨。我的人生在走回頭路，越是努力越不如從前。這實在是一個諷刺。

在這樣的情緒裡，生活失去了顏色，整個世界灰濛濛的一片。曉曉依然是週末回家，但我們之間沒有了曾經的溫暖；我和康薇的感情也隨著氣溫變得寒冷了。在乾冽、冰冷的空氣裡，我們過上了沉默的生活，失去了昔日的恩愛。我的婚姻似乎正如我一直擔心的那樣，正在不可避免地走向決裂。

十多年前，康薇的父母極力反對康薇和我在一起。原因很簡單，我是來自農村的窮小子。儘管我無數次向他們表明自己的理想與抱負，告訴他們自己出來闖蕩就是不甘平庸，但他們還是黑著臉不同意。好在康薇始終站在我這一邊，才最終促成了這段來之不易的婚姻。但是，我的內心一直很內疚。我與康薇結婚，並非我愛她。我們的結合，暗藏著一個不可告人的秘密。事實上，當初為了與康薇結婚，我忍痛放棄了另一段刻骨銘心的愛情。這僅僅是囿於自己一個與感情無關的私欲。

與康薇結婚後，我的戶口順利地遷到了城市；後來，我們有了女兒，買了房子、車子，一家三口其樂融融。看著我在這個陌生的城市闖出了一片屬於自己的天地，康薇的父母也慢慢地接納了我。但是，我從未對這段婚姻抱有太多希望，我總覺得它有朝一日會破裂。那個陰謀就像惡臭的垃圾一樣，始終污染著我的心靈。

這個寒冷的冬天，我的生活發生了天翻地覆的變化。苦心隱藏十多年的秘密，最終被無情地撕裂開來；一帆風順的事業，也在金融危機中一敗塗地；與女兒之間的天倫之樂，也因為自己的自私而化為烏有；我和康薇的夫妻之情，也如我擔心的那樣，沒有好的感情基礎，稍遇風雨就飄搖不定。

6

這個冬季，我一直沉浸在書海之中。我在另一個世界裡跋涉與尋找。

我已經好多年沒有這麼認真地讀書了。不過，二十多年前，我卻是整日以書為伴。記得在縣城讀中師時，我創造了連續七天待在圖書館裡看書的紀錄，讓整個學校的人都刮目相看。而且，我還在圖書館裡邂逅並愛上了美麗、淳樸而善良的王小菲。我們的媒人，是我們都喜歡的奧地利作家弗朗茨·卡夫卡。當時，我看見王小菲捧著卡夫卡的《城堡》，一時興起就上前與她交流起來。沒想到，我們一見鍾情。二十多年後的這個寒冷的冬季裡，我又喜歡上了閱讀。我重新走進了偶像弗朗茨·卡夫卡的世界。整個冬天，我都在閱讀《變形記》、《審判》、《城堡》、《地洞》、《饑餓藝術家》、《女歌手約瑟芬娜或鼠民》等經典作品，以及《卡夫卡傳》。閱讀讓我避開世事的紛擾，忘記了所有煩惱；閱讀讓我想起了與王小菲一起度過的難忘歲月。

春節之前，我給爸爸媽媽打了電話，告訴他們今年不回家過年了。但是，這個春節，我注定了還得回去。有些事情，真的是命中注定，逃也逃不了。

大年初六時，我接到父親的電話。話筒裡傳來一長串咳嗽聲。咳嗽半天後，爸爸說這兩天他照顧媽媽，夜裡沒休息好有點著涼。這讓我驚慌。我忙不迭地問，媽媽怎麼啦？爸爸說，初四那天，她出去玩時摔斷了腿。我急著問，現在怎樣了？爸爸說，去醫院治療了，剛回到家中。這個電話讓我心情非常鬱悶。我對爸爸說，我馬上回來一趟。

我沒有經過任何思考，就做出了返回故鄉的決定。

掛斷電話之後，我就開始收拾行囊。很簡單，沒有多少東西。這時候，康薇和曉曉從外面逛街回來了。看著我慌亂的樣子，康薇問，你在幹什麼？我把情況說了，康薇立即說，我們全家人都回去吧。我看著她們，半天沒有說話。康薇說，春節嘛，我們也應該回去給兩位老人拜年。曉曉在一邊興奮得手舞足蹈，她說，爸爸，我終於可以回自己的故鄉看看了。我苦笑了一聲，我說你奶奶腿摔斷了你還那麼高興？她即刻沉默不語了。

我一邊收拾東西一邊對康薇說，你和曉曉就不回去了。康薇的臉嘩啦一下就沉了，她說，你這是什麼意思？我說，你等幾天就要上班了，過一段時間，曉曉也該上學了，我不想讓你們馬不停蹄地奔跑。康薇氣衝衝地說，我願意奔跑，曉曉也願意奔跑。難道你不知道咱母女倆都是屬馬的嗎？曉曉在旁邊格格地笑。

面對母女兩人，我啞口無言。

初六的下午，我帶著妻子女兒朝故鄉走去。這是一趟特別的旅程。前方的路既是已知的，又是未知的。我曾經對那個地方很熟悉，那裡留有我成長的足跡；我現在對那個地方很陌生，我把心靈流放到了另一塊不屬於自己的土地。多年以後，我帶著複雜的心情，踏上了靈魂的歸程。

因為路途太遠，我沒有開車。我們要先坐十幾個小時火車，然後坐五個小時汽車才能回到故鄉的小鎮。擁擠的火車上，坐滿了疲憊的人們。沒有人能夠看出來，我比任何人都疲憊。看著對面的一對青年男女，我想起了二十年前的景象。二十年前，我坐在一列跟現在一樣擁擠的車廂裡。只是，列車行駛的方向跟現在相反。當年，火車帶著我從封閉的小鎮到遙遠的城市追尋夢想，而今，我卻帶著一身疲倦走在回家的路上；當年，與我同行的是王小菲，而今卻換成了康薇。而且，二十年後的我已經身為人父，女兒曉曉已經十歲了。滄海桑田，二十年的時間改變了一切。

二十年之後，王小菲變成什麼樣子了？

火車呼嘯，汽笛聲不斷地敲擊著我的神經。我心潮起伏，往事一幕幕湧上心來。藏在心底的記憶，慢慢地泛了起來。它迸發出一股強大的力量，撞擊著我的心房。我心跳加快，血液似乎也奔湧起來。二十年了，我從未出現這樣的心情。忽然之間，我萌發了對故鄉的思念。這是一種久違的衝動。二十年來，由於我心靈的牴觸、封鎖，那個貧瘠的地方已經逐漸在我心裡淡忘，它不再是我生命的一部分。可是，此刻故鄉又影影綽綽地在心裡閃現，忽明忽暗。於是，我開始努力地回想在故鄉生活的每一分每一秒。

我想起了狹窄、凌亂的小鎮，想起了鎮上悠閒的人們；我想起了那座讓人流連忘返的山，想起了在山上對著遠方呼喊的激情；我想起了漫山遍野的蒲公英，想起了蒲公英飛舞的迷惘歲月；我想起了綠油油的稻田，想起了沁人心脾的稻香和夏日裡動人的蟲鳴；我想起了金燦燦的油菜花，想起了歡快飛舞的蝴蝶；我想起了風吹麥浪的愜意，想起了與夥伴們快樂追逐的幸福童年；我想起了白雲朵朵的藍天，想起了天空裡盡情飛翔的鴿子……

7

我帶著妻子女兒回來，爸爸媽媽很高興，他們一直在忙著對村子裡的人介紹康薇和曉曉，就像是在向人們炫耀財富似的。雖然曉曉第一次回來，但她卻彷彿對這裡非常熟悉，成天如蝴蝶一樣在鎮上飛來飛去。

回來後的第二天，我拜訪了幾位長輩和親戚，接下來就待在寧靜的小鎮上。小鎮看上去沒有太大變化，依然是狹窄的街道，依然是低矮的房屋，依然是林林總總的商鋪。但是，我卻想不起它原來的樣子了。每一處都似曾相識，每一處又都記憶模糊。

那天下午，我悄然出門，獨自在小鎮上漫步。沿著街道一直向東走，就到了小鎮背後那座低矮的山。它曾經有個情意綿綿的名字，據說這是鎮上大部分年輕人談戀愛的必選之地。慢慢地，它演變成了一種愛情的象徵。傳說只要來過這座山的戀人，都能終成眷屬。不過，二十年後，我卻記不起它的名字來了。

與王小菲熱戀的那幾年，我們倆是這座「愛情山」的常客。微亮的晨曦或者美麗的黃昏裡，我們喜歡到這裡咀嚼愛情的甜蜜。多年以後，我在一個陰冷、潮濕的下午，獨自來到了山坡上。

山坡還是原來的那個山坡，長滿了蔥蘢的樹木和茂盛的雜草。只是，草叢中的那條小路越來越窄，快要被淹沒了。在雜草中，我一眼便看見了蒲公英。這個季節，它還枯萎著，沒有開出白色花朵來。我和王小菲都喜歡這種普通的植物，摘一朵輕輕一吹，便可看見蒲公英種子漫天飛舞，然後慢慢散落到各個角落裡。它們有著不同的命運，有的落到了肥沃的土地裡，有的落進了荒蕪的雜草中；有的則飄進了石頭縫，再也沒有繼續生長發芽的機會。後來，我也成了一朵蒲公英，飄到了陌生的城市。

我茫然地坐在山坡上，跟二十年前一樣。惟一不同的是，二十年前，我的身邊坐著王小菲。二十年後，我卻孤身一人。我望著天空的浮雲，往事撲面而來。童年時的快樂與憂傷，年輕時的夢想與迷茫，以及對外面世界的嚮往與恐懼。它們交織在一起，在我的腦子裡翻騰。最後，我又想到了王小菲。十幾年來，她的形象總是偷襲我，不斷地侵佔我的大腦。

中師畢業後，王小菲跟我一起到鎮上當了教師。她不是我們鎮的人，如果不是因為我，她不會到這裡來工作。可以說，她是為了我們這段感情而放棄了回到家鄉的機會。在鎮上，我們度過了一段難忘的時光，沒有人不羨慕我們這對金童玉女。可是，好景不長。後來，我厭倦了小鎮上封閉的生活。我渴望外面的世界，夢想著到大城市去奮鬥。

相當長的一段時間裡，我都在不厭其煩地給王小菲描繪外面精彩的世界，以及我們將來可能擁有的美好前程。王小菲說，你走了我怎麼辦呢？我說，什麼怎麼辦？我說的是我們一起出去奮鬥。王小菲張大了嘴巴，她問，你讓我也辭掉工作，跟你一起到外面去流浪？我牽著她的鼻子笑著說，是奮鬥、拚搏，是去創造美好的未來，而不是流浪。王小菲靦腆地笑了笑，出神地望著天邊絢爛的朝陽。

儘管王小菲始終處於懷疑和猶豫之中，但是，她最終還是跟我一道乘上了開往異鄉的列車。幾天之後，我們來到了一個陌生的城市。我們對這裡不熟悉，甚至一無所知。在懵懂之中，一對不諳世事的年輕人在城市中開始了他們艱難的生活。

在陌生的他鄉，我和王小菲每天風塵僕僕地為理想而奔忙。但是，我們沒有高學歷，沒有好人脈，單憑一腔熱情很難闖出名堂。一晃過了四五年，我和王小菲依然兩手空空。無論我們怎麼努力，都只能找個普通的工作，艱難地維持生計。這當然不是我們想要的結果。我們千里迢迢地來到這裡，是要闖出一番屬於自己的天地。我們想在這座城市立足，想融入這座城市，想擁有這座城市。

這時候，王小菲氣餒了。第五年大年三十的晚上，我們窩在簡陋的出租屋裡，無精打采地看著春節聯歡晚會。出來打拚以來，我們已經五年沒有回家了。這天晚上，王小菲垂頭喪氣地說，我們還是回去吧，教一輩子書也是很好的。雖然小鎮貧窮、封閉和落後，但是，我們擁有一份穩定的工作，可以過安穩的日子，不像現在這個樣子，背井離鄉的，真的好淒涼。在這個萬家團員的日子，王小菲的話觸動了我。不過，雖然我也有些心灰意冷，但卻不甘心。我不會輕易放棄的。

時間又過了一年，我們的情況依然沒有得到改善。慢慢地，我也洩氣了。這時候，我遇到了周東，他是我曾經的一個同事，也飄在這座城市。兩年前，我們在同一個單位打過半年工，之後各奔東西。

與周東的重逢，是我人生的轉捩點。那天晚上，我們就著一碟花生米沒完沒了地喝著劣質啤酒。周東酒衝天地說，哥們，像我們這樣來自異鄉的人，想在城市裡生存下來不容易呀。我不停地點頭。接著周東又說，兄弟我教你一招，讓你少奮鬥幾十年。他又喝了一口酒，然後打著酒嗝說，找個城市中的女孩結婚吧。

周東的話如一道閃電，狠狠地擊中了我的神經。我彷彿找到了成功之道。不過，我的面前卻橫著一道巨大的鴻溝，那就是我和王小菲之間真誠、淳樸的感情。而且，王小菲先是為了我到我們的小鎮教書，後又為了我跑到城市中來流浪，我怎麼忍心丟棄她和這段感情呢？我陷入了彷徨與苦惱。後來，還是周東點化了我。他說，城市是物質的，城市不相信愛情。如果你想在這座城市中擁有自己的位置，最好就按我說的辦。

三番五次地思考之後，我聽從了周東的建議，放棄了王小菲。那段時間，她正在鬧脾氣，後悔跟我到城市中來受罪。我趁機與她提出了分手。分手？王小菲問，你要與我分手？我說是的，經歷了這麼多，我才發現我們不適合在一起。王小菲的情緒即刻失控，她憤怒地說，你怎麼不早說啊？這麼多年了，你才說我們不合適。我結巴了，我說，我……她打斷了我的話，立即著手收拾起行囊來。她一邊收拾一邊大哭，一直哭到遠離我的視線。

王小菲拒絕讓我送她，獨自神情落寞地回到了小鎮，回到原來的工作單位。後來，經人介紹，我認識了康薇。康薇擁有我想要的一切，經濟基礎和城市戶口。經過艱苦奮鬥、拚搏，我過上了夢寐以求的生活。可是，我卻發現自己並不是真正地快樂和幸福。

二十年後，當我重新回到故鄉時，媽媽告訴我王小菲還在學校教書。我遲疑地問，她就在這麼貧窮的小鎮上守了一輩子？媽媽點了點頭，她說，王老師回來後不久就結婚了，丈夫憨厚樸實，在鎮上做小生意，而且一做就是十幾年。我「哦」了一聲，陷入了長久的沉默。媽媽接著說，現在，王老師的孩子都成人了，比她還高呢。媽媽停了停，接著又說，王老師是個能幹人，教了不少好學生。逢年過節時，她的學生都會去看望她。而且呀，聽說王老師還在搞文學創作，在報刊雜誌上發了不少作品呢。我吃驚不已，心裡一陣震顫。在讀中師時，我和她都立志要好好搞創作。可如今，堅持和收穫的卻只有她一人。

往事如嗚咽的風，打在臉上讓人生疼。這天，我獨自待到夜幕降臨。回家的時候，我特地朝王小菲家那條路走去。現在，她家修了兩層樓房，就在小鎮南邊。我的心情異常複雜，在心裡想像著見到王小菲時的情形。她還認得我嗎？她還會恨我嗎？我像一隻負罪的蝸牛，心事重重地朝王小菲的家爬去。

二十分鐘以後，我看到了媽媽描述的那幢樓房。在憂傷的暮色裡，王小菲的家顯得那樣讓人心生眷戀。我遠遠地望著，不想離開。王小菲的家裡亮著燈，燈光中人影綽綽。我看得很清楚，那是她以及丈夫和兒子。三個人似乎在說著什麼，她的兒子高興得振臂歡呼。這是一個幸福的三口之家。

有那麼一刻，我想去敲王小菲家的門，與她打個招呼，聊上幾句。可是，後來我又放棄了。我不想看到她寧靜而又充實的生活。坦率地說，我羨慕她，嫉妒她。如果當年我與王小菲一起回到小鎮，那麼，今天晚上我將是幸福的主角。這個暮色蒼茫的夜晚，我明白自己苦心追尋的生活，比起王小菲的日子差遠了。二十年之後，我才發現自己想要的竟然是曾經擁有的平凡生活。這是個諷刺。這讓我羞憤。

我彷彿是在逃命，撒起腳丫子瘋狂地跑開了。大概跑了二百米之後，我才氣喘吁吁地慢下來。我邁著惆悵的腳步，孤獨地走在漆黑的夜裡。

8

正月的鄉村，依然籠罩在一片潮濕、寒冷之中，偶爾驀然而至的太陽，也帶著絲絲涼意。時間過得很快，初十那天，康薇對我說，我們該回去了。我說明天吧。可是，第二天我依然對康薇說，明天吧。康薇瞪著眼睛說，我看你怎麼有點不想走的意思呢。我的心裡立即「咯噔」了一下。我木然地問，我不想走嗎？

康薇猜透了我的心思，我真的不想離開小鎮了。我早已厭倦了城市的喧囂、聒噪，我被無處不在物欲折磨得快要喘不過氣來了。如果不是因為患上了城市依賴症，我早就逃跑了。如今，我這朵漂泊了二十年的蒲公英，終於飄到了故土，又怎麼捨得離開呢？

正月十二那天早上，康薇怒氣衝衝地說，我們該回城了，我要上班了，曉曉也要上學了。我沒有再說「明天吧」，我說是的，時間快要來不及了。但我接著又說，我好多年沒有回來了，還有些師長和朋友需要拜訪。你先與曉曉回去吧，我過幾天就回來。我的話讓康薇火冒三丈，她說，你早幹什麼去了？你這幾天不是閒得慌嗎？成天像幽靈一樣獨自晃悠。我沒有被嗆住，我說老師們很忙，他們要過幾天才有時間。康薇覺得我在無理取鬧，沒有再與我多說什麼，帶著曉曉就回去了。

我沒有告訴爸爸媽媽自己失業了，我不想讓他們知道自己的困境。我對媽媽說，我是公司的主管，可以多休息幾個月。媽媽笑得眼睛都眯成了一條線，她說那當然好。於是，在接下來的幾個月裡，我順理成章地逗留在故鄉的小鎮上。無所事事的我，像個游手好閒之徒，在小鎮上晃來晃去。美妙的春天，在我虛無的腳步裡緩緩地流逝。我走完了正月，走完了二月。

康薇每隔兩天就要打電話催我，她問我是不是迷路了，不知道該怎樣回家。她在調侃、諷刺我。我不知道該怎樣回答，只能長時間地保持沉默。我們的交流常常就這樣陷入了無效之中，然後電話斷了，「滴滴滴」的聲音異常刺耳。到底是她掛的電話還是我掛的電話？我從來沒有搞清楚。二月的一天，當康薇再次打電話催逼時，我直截了當地對她說，我暫時還不想回來。這句話把她惹惱了。她在電話裡咆哮著說，蔣林，你他媽的這是什麼意思？我陷入了慣常的沉默。她又吼了起來，蔣林你告訴我，你他媽的到底是什麼意思啊？

隨後，我和康薇的感情就像一堆逐漸腐爛的垃圾，散發出讓人噁心的臭味。我們在電話裡展開了一場奇特的拉鋸戰，她始終在催促我回城，並揚言如果我不聽勸告，她就要與我離婚。我則擺出一副無所謂的態度，她的話就是耳旁風，從未放在心上。

三月了，陽光明媚，春暖花開。沉睡了一個冬季的大地開始復蘇，四處彌漫著春天的氣息。枯樹發新芽，野草開百花。我呼吸著清新的空氣，神情氣爽，彷彿回到了年輕時的歲月。我在小鎮寧靜的街道上漫步，在彌漫著泥土芬芳的田野裡飛奔，在山坡上伸展四肢盡情歡呼。城市中的焦慮、浮躁和漂泊，全都煙消雲散了。我變成了一隻快樂的小鳥，在屬於自己的天空裡自由地飛翔。我感到前所未有地平靜、充實和幸福。我忘記了外面的世界，感覺自己從未離開過這片土地。

一天傍晚，我又獨自來到山坡上，坐在這裡看夕陽從容、優雅地滑向天邊。偶然間，我發現蒲公英開花了。我興奮極了。除了在夢中，我有二十年沒有親眼看見蒲公英了。我伸手摘了一朵，輕輕一吹，美麗的蒲公英就在空中飄飛起來，像一群可愛的精靈，在天空中跳著華麗而歡快的舞蹈。

釀文學　PG0739

流放者

作　　者	蔣　林
責任編輯	蔡曉雯
圖文排版	邱瀞誼
封面設計	蔡瑋中

出版策劃	釀出版
製作發行	秀威資訊科技股份有限公司 114 台北市內湖區瑞光路76巷65號1樓 電話：+886-2-2796-3638　傳真：+886-2-2796-1377 服務信箱：service@showwe.com.tw http://www.showwe.com.tw
郵政劃撥	19563868　戶名：秀威資訊科技股份有限公司
展售門市	國家書店【松江門市】 104 台北市中山區松江路209號1樓 電話：+886-2-2518-0207　傳真：+886-2-2518-0778
網路訂購	秀威網路書店：http://www.bodbooks.com.tw 國家網路書店：http://www.govbooks.com.tw
法律顧問	毛國樑　律師
總 經 銷	聯合發行股份有限公司 231新北市新店區寶橋路235巷6弄6號4F 電話：+886-2-2917-8022　傳真：+886-2-2915-6275

出版日期	2012年5月　BOD一版
定　　價	320元

國家圖書館出版品預行編目

流放者 / 蔣林著. -- 初版. -- 臺北市：釀出版, 2012.05
面； 公分. --（釀文學 ; PG0739）
ISBN 978-986-5976-06-4（平裝）

857.63 101003520

讀者回函卡

感謝您購買本書，為提升服務品質，請填妥以下資料，將讀者回函卡直接寄回或傳真本公司，收到您的寶貴意見後，我們會收藏記錄及檢討，謝謝！

如您需要了解本公司最新出版書目、購書優惠或企劃活動，歡迎您上網查詢或下載相關資料：http:// www.showwe.com.tw

您購買的書名：____________________

出生日期：________年________月________日

學歷：□高中（含）以下　□大專　□研究所（含）以上

職業：□製造業　□金融業　□資訊業　□軍警　□傳播業　□自由業

□服務業　□公務員　□教職　□學生　□家管　□其它_____

購書地點：□網路書店　□實體書店　□書展　□郵購　□贈閱　□其他

您從何得知本書的消息？

□網路書店　□實體書店　□網路搜尋　□電子報　□書訊　□雜誌

□傳播媒體　□親友推薦　□網站推薦　□部落格　□其他________

您對本書的評價：（請填代號　1.非常滿意　2.滿意　3.尚可　4.再改進）

封面設計____　版面編排____　內容____　文／譯筆____　價格____

讀完書後您覺得：

□很有收穫　□有收穫　□收穫不多　□沒收穫

對我們的建議：____________________

____

____

____

請貼
郵票

11466
台北市内湖區瑞光路 76 巷 65 號 1 樓

秀威資訊科技股份有限公司　　收

BOD 數位出版事業部

....

（請沿線對折寄回，謝謝！）

姓　　名：＿＿＿＿＿＿＿＿　年齡：＿＿＿＿　性別：□女　□男

郵遞區號：□□□□□

地　　址：＿＿＿＿＿＿＿＿＿＿＿＿＿＿＿＿＿＿＿＿

聯絡電話：(日)＿＿＿＿＿＿＿＿＿＿(夜)＿＿＿＿＿＿＿＿＿＿

E-mail：＿＿＿＿＿＿＿＿＿＿＿＿＿＿＿＿＿＿＿＿